蝶《ちょう》鼠《そ》
中華後宮
「忌々
えるがいいわ……！」
りの運命は入れ替わった——
朱慧月《しゅけいげつ》
朱家《しゅけ》の雛女《ひめ》
そばかすだらけで厚化粧
雛宮のどぶネズミ
嫌われ悪女

登場人物
「あたしの努力を踏みにじって来たのは、ほかでもないあんただろ!?」
莉莉《りーりー》
雛女付き
下級女官
「悪女が他人を庇うなど、慣れないことはするものではないな」
辰宇《しんう》
鷲官長
「可哀そうに、混乱しているのですね、慧月。わたくしの大切な雛女」
朱《しゅ》 雅媚《がび》
貴妃

「あなた様に馴れ馴れしく呼ばれる筋合いはございません」
黄《こう》冬《とう》雪《せつ》
玲琳付き
筆頭女官
「朱慧月。そこまで言うなら、おまえに機会をやろう」
黄《こう》絹《けん》秀《しゅう》
皇后
「悪女であるとの自覚を刻み、分をわきまえた行動を取るのだな」
詠《えい》尭《ぎょう》明《めい》
皇太子
皇后の息子

「もし願いを叶えてくれるというのなら……」
とりかえ伝
ほうき星が輝く夜に、ふた
黄《こう》玲琳《れいりん》
黄家《こうけ》の雛女《ひめ》
美しく慈悲深い
病弱で伏せりがち
殿下の胡蝶

ふつつかな悪女ではございますが
~雛宮蝶鼠とりかえ伝~
中村颯希
イラスト：ゆき哉
一迅社ノベルス

《相関図》

西領を治め、金を司る一族。

象徴する季節は「秋」、方角は「西」、色は「白」。

木を剋し、また水を生じる。

現実的な商人肌の者と、芸術家肌の者に二分される。直系の者ほど芸術家肌で、美や哲学を重視する。

美を讃えながら、それで儲けることもできる人々。


北領を治め、水を司る一族。

象徴する季節は「冬」、方角は「北」、色は「黒」。

火を剋し（打ち勝ち）、また木を生じる（助ける）。

冷淡で、非人道的な行為も平然とこなす者が多い。反面、特定の対象には強く執着することも。

武芸に優れる者が多い。

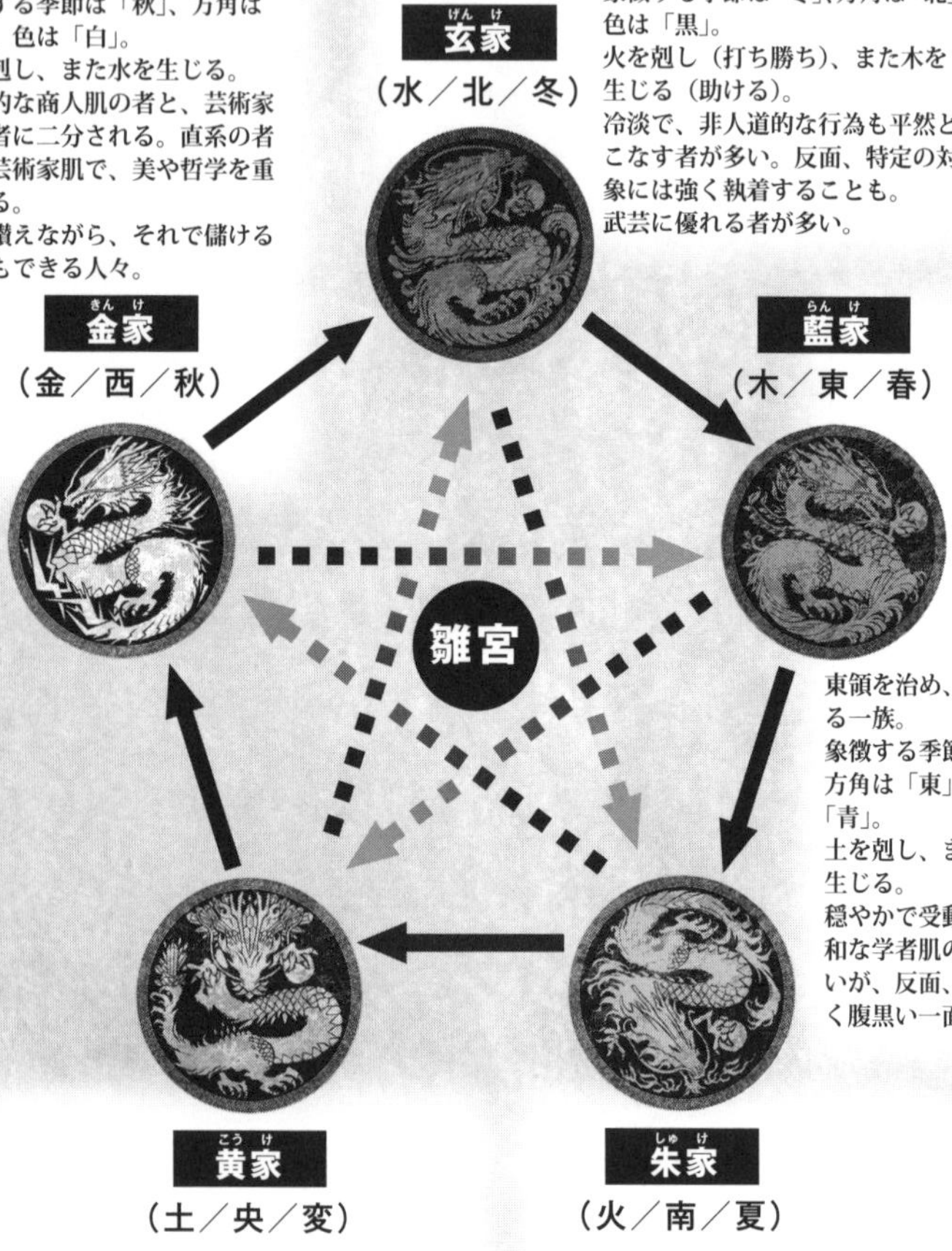

東領を治め、木を司る一族。
象徴する季節は「春」、方角は「東」、色は「青」。
土を剋し、また火を生じる。
穏やかで受動的、柔和な学者肌の者が多いが、反面、計算高く腹黒い一面も。

直轄地を治め、土を司る一族。

象徴する季節は「変わり目」、方角は「中央」、色は「黄」。

水を剋し、また金を生じる。

朴訥で実直、世話好きな者が多い。直系の者ほど開拓心旺盛で、大地のごとく動じない。

どんな天変地異も「おやまあ」でやり過ごせる人々。


南領を治め、火を司る一族。

象徴する季節は「夏」、方角は「南」、色は「紅」。

金を剋し、また土を生じる。

苛烈な性格で、派手好きな者が多い。感情の起伏が激しく、理より情を重んじる。

激しく憎み、激しく愛する人々。

→ 相生
⇢ 相剋
※( )内は象徴するもの

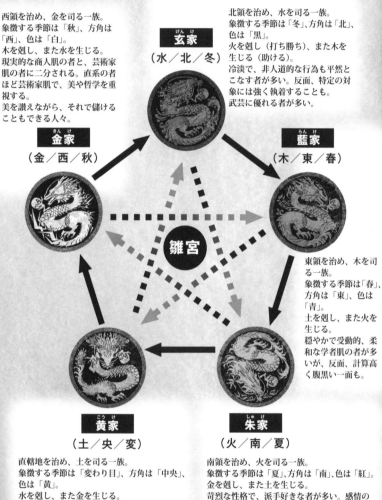

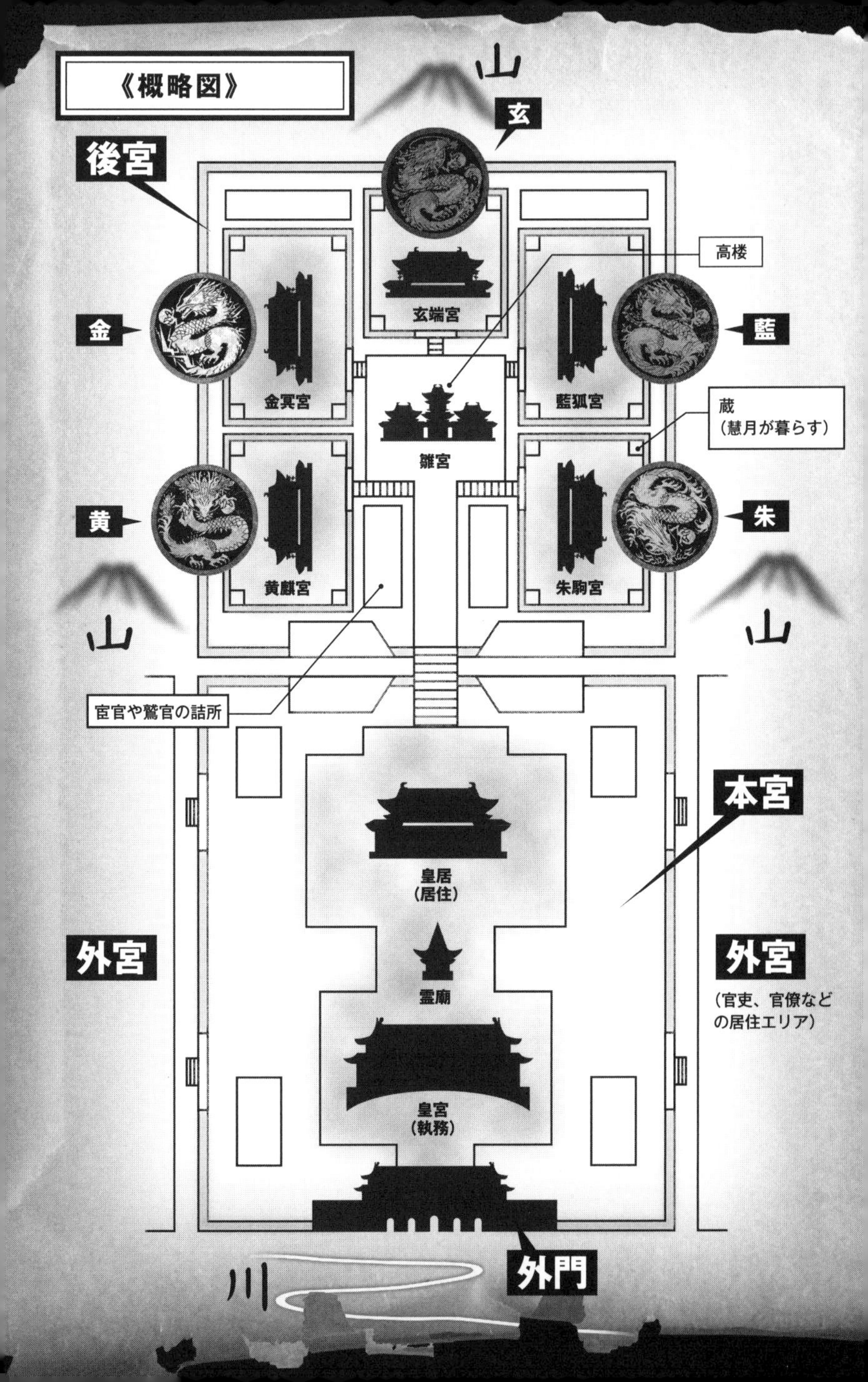
《概略図》
山
玄
後宮
高楼
金
玄端宮
藍
金冥宮
藍狐宮
蔵
（慧月が暮らす）
雛宮
黄
朱
黄麒宮
朱駒宮
山
山
宦官や鷲官の詰所
本宮
皇居
（居住）
外宮
外宮
霊廟
（官吏、官僚などの居住エリア）
皇宮
（執務）
外門
川

目次

プロローグ

乞巧節《たなばた》を迎えたその夜、後宮の一角にある高楼では、華やかに着飾った女官たちが、円扇の陰でほうっと溜息を漏らしていた。

「ご覧になって、玲琳《れいりん》様の見事な刺繍。鮮やかな色糸で刺された星々が、月光を弾いて……まるで本物の夜空のようだわ」

「ええ。織女《おりひめ》様に妬まれてしまいそうなほどの腕前よね」

彼女たちがうっとりと見つめるのは、丁寧に刺繍を施された絹、そして、欄干にそれを掛ける姫君の姿だ。優しい色合いの黒髪は美しく結われ、大きな瞳には、咲き初めの花のような瑞々《みずみず》しい笑みが浮かんでいる。透き通るような白い肌、そして儚げな美貌を持った彼女は、齢《よわい》十五、その名を玲琳と言った。

玲琳のそばには、同様に刺繍を掲げた姫君がほかに四人いる。乞巧節——牽牛《ひこぼし》と織女が年に一度再会を果たすというこの日には、裁縫の上達を願って、刺繍を星空に捧げるのだ。同時にこれには、刺繍の腕前の競い合いの意味もあるのだが、並みいる姫君の中でも、玲琳の作品が最も優れていることは、比べるまでもなく明らかだった。

「刺繍を刺せば織女と並び、筆を持てば美詩を連ねる。元宵節《げんしょうせつ》に披露された舞では、感動のあまり泣き出した女官もいたのではなかったたっけ。本当に多才でいらっしゃるわ」

「それにあのご容姿！　しかも、慈愛深くていらっしゃるなんて、信じられる？　玲琳様付きの女官《こ》が言っていたわ。玲琳様は、虫でさえ踏み潰さずに生かしておくのですって。ああ、わたしも、玲琳様付きだったら、どんなによかったたか」

「しっ、あんまり大きな声では、あなたの雛女様《ひめさま》に聞き取られてよ。まあ、あなたは大らかな藍家《らんけ》付きだから、さほどお咎《とが》めもないでしょうけれど」

「そうね。主は絶対。雛宮《すうぐう》の掟を破っては鷲官《しゅうかん》に処刑されてしまうもの。気を付けねばね」

女官たちはひそひそと囁き合う。

雛宮。それが、彼女たち、そして姫君たちのいるこの場所の名前である。

百年ほど前、血で血を洗う権力闘争が繰り広げられた広宗帝《こうそうてい》の御代を機に、肥大しきった後宮は整理され、今ではたった五家からのみ妃を受け入れることとなった。即ち、東領を司る藍家、西領を司る金家《きんけ》、北領を司る玄家《げんけ》、南領を司る朱家《しゅけ》、そして直轄領を司る黄家《こうけ》の五家である。

これら五家から送り込まれる五人の姫君が、皇后と四夫人の座を分けることとなり、彼女たちは後宮に五角形に配されたそれぞれの宮で、一定の秩序を保ちながら過ごしていた。

が、家格の拮抗する五家のこと。一家ばかりが誉を極めたのでは、当然面白くない。さらにいえば、それまで数千の妃を抱えていた皇帝が、たった五人の妃からしか世継ぎを見いだせないというのは、国の継続という点からも不安が残った。広大な領土を誇る詠国《えいこく》は、常に、有能な統治者を求めたのである。

そこで五家は協働し、五つの宮から中央へと回廊を渡して、その先に「雛宮」なる宮を構えた。いわく、婚姻前の子女を集め、当代一の女性である妃から淑女教育を授けるための学び舎である、と。

雛女《ひめ》と呼ばれるその学生たちは、妃たちと母子にも近い関係を結び、雛宮での生活を全面的に保障されるほか、妃たちの宮に一室を与えられた。

だが実際、雛宮への入内《じゅだい》を許されるのは、五家と縁のある女のみ。つまりこれは、淑女教育の名を借りた、次期妃育成なのである。妃たちは、いかに雛女をうまく育て上げるかによって妃としての資質を競い、また、後見した雛女を次世代の皇后に就けることで、家の権威を上げようとした。

今の弦耀《げんよう》皇帝は、すでに齢四十を越える。そこで、今代においてもいよいよ雛宮が解禁となり、そうして集められたのが、玲琳をはじめとする五人の雛女であった。彼女たちは、現在の皇太子・尭明《ぎょうめい》が即位するまで、日中すべての時間を雛宮で過ごし、女としての資質を競わせ合うこととなる。

だが、こと今代の雛宮においては、妃冊立《さくりつ》の日を待たずして、勝敗はすでに決していると言ってよかった。誰の目にも、玲琳が皇后にふさわしいことは明らかだったからである。

玲琳は、現在皇后である黄《こう》絹秀《けんしゅう》の姪にあたり、皇太子の尭明とは従兄妹にあたる。名は体を表すがごとく、玲琳――宝石のように整った容姿を持ち、佇まいは優雅。それでいて、学に優れ、才に溢れ、しかも心根も善良となれば、周囲は惹かれずにはいられない。

実際、誕生とほとんど同時に母親を亡くしたこともあって、彼女の父親や兄たち、そして黄家の人間は、この美しい少女を大いに憐れんだし、溺愛した。尭明もまた、幼いころから愛らしく懐いてくる彼女のことを、早くから皇后にと見定めてきた節があった。

唯一難があるとすれば、玲琳はいささか体が弱く、なにかと熱を出して臥せってしまうところか。

だが、今は繊細優美を愛する弦耀時代。淡雪のような白肌や、ほっそりとした儚げな姿はむしろ至上の美として好まれ、しかも、病弱でありながらも純真さを保つ玲琳だからこそ、人々は一層慈しまずにはいられなかったのである。

本来なら、他家の雛女のことなどこき下ろして当然、といった向きのある雛宮内でさえも、玲琳は広く慕われ、尊敬を集めていた。

「ねえ、ご覧になって。欄干に身を乗り出す玲琳様の肩に、殿下がそっと手を回されて……ああ、絵のような美男美女ねえ。さすがは『殿下の胡蝶《こちょう》』だわ」

「本当。玲琳様付きの女官たちの、誇らしそうな顔ったら。冷静沈着で知られる筆頭女官殿でさえ、口の端を綻ばせていてよ。ああ、もう結果がわかりきっているなら、雛宮なんて散じてしまえば――」

「しっ。鷲官長《しゅうかんちょう》に聞かれてよ」

節句ごとに行われる儀式時には、特別に、皇太子の雛宮への立ち入りが許される。それこそ、織女との再会を待ちわびる牽牛のようにいそいそと雛宮を訪れ、なにかにつけ玲琳に手を差し伸べようとする美丈夫の亮明のことを、女官たちはうっとりと見つめ、それから慌てて表情を取り繕っては、ちらりと後方を見やった。

人々が夜空を見るべく、庭に接した欄干へと集まるのに対し、室《へや》の隅の暗がりには、黒い装束をまとった男がひっそりと鎮座している。

華やかな女たちを前にしても、無表情を崩さぬ彼は、鷲官——後宮の風紀を取り締まる役人の長である。名を辰宇《しんう》と言った。目つきが怜悧に過ぎるのを除けば、こちらもかなりの美男である。

男子禁制の後宮のこと、鷲官は従来宦官《かんがん》が務めるものであったが、男、しかもこれほどの美男が鷲官の長を務めるのには、それなりの訳があった。辰宇は、皇帝の血を引いているのである。

もっとも、彼の母親は五家の出であるどころか異国の奴隷であり、当然、妃になれるべくもない。百年前であれば、下級妃の座を与えられただろうが、今の後宮には居場所もないということで、褒美とともに退去させられたのである。子どもの辰宇は、当時子に恵まれなかった武官に引き取られ、臣下として育てられた。優れた武技を発揮したものの、その難しい出自を持て余された挙げ句、この後宮に押し込められたのだ。女たちとの間で万が一間違いが起こったとしても、辰宇の子であれば、すぐに見分けがつくとして。そう、辰宇は、黒髪はともかく、詠国の民ならばまずありえないほどの青い瞳をしていた。

彼に与えられた役割は、後宮内の武力的な問題解決と同時に、誘惑に弱い女の摘発である。

すでに、見目に惹かれた女官数人が彼に言い寄った結果、あっさりと投獄されており、以降女たちは、辰宇のことを非情な処刑人として、畏怖の目で見るようになった。

が、幸い、冷酷な鷲官長殿は、不敬まがいの発言を聞きとがめた様子はない。

そもそも彼が取り締まるのは重大な違反や事件だけで、噂話にはとんと興味を示さない性質なのである。それを思い出した女官たちはほっと胸を撫でおろし、性懲りもなく囁きを交わし合った。

「実際、玲琳様は皇后陛下のお気に入りだし、皇太子殿下もあんなに大切になさっているのだもの。ご立后はもはや確実よね。わたくしの雛女様は、もう皇后の座は諦めて、せめて貴妃を目指すと仰《おっしゃ》っていてよ」

四夫人の序列は、上から貴妃、淑妃、徳妃、賢妃と言った。

「わたくしの雛女様もよ。二代続けて賢妃はお嫌そうですもの。まあでも」

そこで彼女は言葉を切って、意味ありげに欄干の方角を見やった。

「今代は朱家の慧月《けいげつ》様がいてくださるのだもの。賢妃は避けられそうね」

視線には、まぎれもない侮蔑の色が宿っている。

彼女たちが見つめる先、玲琳のすぐ傍には、慧月と呼ばれる雛女が立っていた。

結髪はいびつで、そばかすの目立つ意地悪そうな顔を補おうとでも言うように、華美にすぎる衣装をまとっている。刺繍の腕はいまいち。唇は気の利いた詩を紡ぐこともできずに、せっかく兗明が話しかけたというのに口ごもり、視線が離れた後に、未練がましく彼を、そして恨みがましく玲琳を見つめる始末だ。

美丈夫で文武両道、精悍な魅力にあふれる尭明に慧月が焦がれていることはつとに有名で、かつ、彼女が玲琳を妬んでいることもまた、女官たちには広く知られていた。

「分不相応って、ああした姿を言うのね。体ばかりのそのそと大柄で、目つきは卑屈な、まさに『雛宮のどぶネズミ』！　これで、四夫人の中では最も権威ある朱貴妃様の後見する雛女様だというのだから、世の中って不思議だわ」

「朱貴妃様は、ご親族の中で最も不遇の身の上であった慧月様を見捨てられなくて、雛女様に選んだという話よ。慧月様の冴えなさは、そのまま朱貴妃様の慈悲深さなのよ」

擁護するような口ぶりで、その実、慧月のことを徹底的に貶《おとし》めている。それもそのはず、慧月は上位者にはおもねるくせに、下位者にはきつく当たると評判で、慧月付きの女官の愚痴も共有している彼女たちからすれば、彼女は最も軽蔑すべき人物だ。付いたあだ名は、「雛宮のどぶネズミ」。その寵《ちょう》愛《あい》ぶりから、「殿下の胡蝶」と称賛される玲琳とは、ずいぶんの差である。

部屋の一段高い場所、敷布が延べられた席には、雛女たちを見守る皇后や四夫人の姿もある。が、彼女たちもまた、無粋な振る舞いを見せる慧月に溜息や嘲笑を隠さず、後見人である朱貴妃が、居心地の悪さからか話を逸《そ》らす声が聞こえた。

「まあ、ご覧になって。ほうき星ですわ。しかも、流れ星まで。なんと縁起のよいことでしょう」

扇で指し示す先を辿れば、たしかに夜空に、尾を引く星々が見える。

もともとこの年の夏には、数百年ぶりに彗星が接近すると言われており、それに間に合わせるように雛宮に高楼まで設けられていたのだ。それがぴたりと乞巧節の夜に重なり、しかも、願いを唱えれば叶えられるという流星までもが訪れたことに、一同はにわかに沸き立った。

「あらまあ、星が流れるまでに願を掛けなくては。ずいぶんゆっくりですわね、これなら間に合いますわ」

「いやですわ、ゆっくり進む大きなほうは、ほうき星です。願は、あの素早い流星のほうに掛けなくてはいけませんことよ。……ああ！　惜しいこと。わたくし、願を掛けそびれてしまったわ」

「いいえ、次から次へとやってきますわ！」

「まあ、なんという数……」

流星の群れは見る間に勢いを増し、まるで光の雨のようである。

奇跡のような光景に人々は息も忘れ、食い入るように空を眺めた。

そして、

――カッ！

流星群に囲まれたほうき星が、夜空が白く滲むほどに、一際眩しい光を放った、その瞬間。

「忌々しい女、消えるがいいわ……！」

「きゃあああ！」

吐き捨てるような叫びと、絹を裂くような悲鳴とが響き、彼女たちははっと我に返った。

声を辿れば、そこにはなんと、欄干から転がり落ちようとしている玲琳の姿がある。

「玲琳！」

「玲琳様、お手を！」

「誰ぞ！　鷲官、早くお助けを！」

尭明が、女官たちが、素早く裾を翻し、鬼気迫った形相で欄干に身を乗り出す。が、それも虚しく、玲琳の手は欄干を滑り、一つ下層の反り屋根に、身を叩きつけられた。

「玲琳！」

幸い、長く引きずる襦裙《じゅくん》が命綱のように欄干に絡まり、玲琳の体はそこで停止する。

それを見て取った尭明は、日頃は冷静な薄茶の瞳に、ぎらりとした怒りの炎を浮かべながら、鋭く指示を飛ばした。

「鷲官長はただちに玲琳の救出を。残る鷲官は、この女――朱 慧月を、ただちに捕縛せよ！」

彼が睨み付ける先には、玲琳を突き飛ばすように欄干へ向かって両手を突き出したまま、ぐったりと気絶する朱 慧月の姿があった。

＊＊＊

ぴとん、と、水滴が頬を叩く感覚に、彼女はゆるりと瞼《まぶた》を持ち上げた。

「……う」

妙に喉が渇いている。

無意識に喉をさすりながら身を起こし、やけにべたつく髪がばさりと顔にかかったので、怪訝さに眉を寄せた。

（体中が気持ち悪いですね……）

もっとも、彼女が体の不快感に悩まされるのは日常的なことなのだが、この手の、不潔さが滲むような感覚にはなじみがなかった。

乱れた髪を無意識に撫でつけながら、ぼんやりと薄暗い空間に向かって目を凝らす。

「………？」

そこで思わず、手が止まった。

目の前に広がっていたのは、見慣れた御簾《みす》や寝台などではなく、武骨な鉄の棒だったのだから。

「え……？」

じわりと胸に兆す不吉さを押し殺しながら、きょろきょろとあたりを見渡す。

右、石の壁。左、石の壁。後ろ、石の壁。床には貧相な筵《むしろ》が敷かれ、彼女はそこに横たわっていたのだった。月明かりひとつ差さぬ石の天井からは、いったい何が滲んだものなのか、ときどきぽつりと水滴が落ちる。

「もしやここは……牢？」

呆然と呟いたその声に、やはり違和感を抱く。

自分のものにしては、わずかばかり低いように思われた。

まじまじと己の両手を見る。手の形は記憶とどこか異なるようだし、身に付けている衣《きぬ》も、こんなにもどっしりと重い衣装に覚えがない。暗すぎて色は見えないが、布の表面に指を滑らせると、強張った糸がびっしりと縫い取られているような感触があった。金糸の刺繍だろう。

過剰なほどに、豪奢な衣装。

その情報が、彼女の頭にひらめきをもたらすより早く、急に牢に光が差した。

「――目覚めましたか」

燭台を手にした、どうやら女性の声だ。

眩しさに目を細めていると、女性はこつこつと沓音《くつおと》を響かせ、こちらに近付いてくる。燭台の持ち主が見知った人物だったので、彼女はほっとして、檻《おり》に身を乗り出した。

「ああ、冬雪《とうせつ》――」

「あなた様に馴れ馴れしく呼ばれる筋合いはございません」

が、氷のように冷ややかな声で遮られ、目を見開く。

鉄の棒を握りしめたまま硬直した彼女を、冬雪――玲琳付き筆頭女官は、切れ長の瞳でぎろりと見下ろした。

「玲琳様は、あなた様によって乞巧楼《きっこうろう》から突き落とされ、一夜が明けた今となっても苦しんでおいでです。我らが雛宮の華、玲琳様を傷付けたその罪、命をもって贖《あがな》いませ。朱慧月様」

「——……はい？」

とんでもないことを聞かされた気がする。

自分付きの女官から憎々しげに睨み付けられた玲琳は、呆然として目を見開いた。

1. 玲琳、入れ替わる

「わたくしが……なんですって？」

呆然と呟いた玲琳《れいりん》、いや、「朱《しゅ》 慧月《けいげつ》」を見て、冬雪《とうせつ》は忌々しげに鼻を鳴らした。

「なにをとぼけたことを。あなた様は、分不相応にも玲琳様を妬み、皆がほうき星に注意を向けているのをいいことに、か弱き玲琳様を高楼から突き飛ばしたのではありませんか。忌々しい女め、と罵りさえしたこと、あの場の誰もが聞いておりますよ」

「それは……」

たしかに、聞いた。

そう、慧月が髪を振り乱し、こちらに近付きながら叫ぶのを、玲琳は聞いたのだ。だがその直後、ほうき星の閃光で体中を焼かれるような心地を覚え、気付けばその場に蹲《うずくま》ってしまった。

そうして——そうだ、「玲琳」が悲鳴を上げ、屋根に叩きつけられる物音も、薄れゆく意識の中で聞き取った気がする。

（つまり……あの瞬間、わたくしと慧月様の体が、入れ替わってしまったということかしら）

信じがたいが、そうとしか思えない。

玲琳は柵を掴み、冬雪に向かって身を乗り出した。

「あの、信じてもらえないかもしれませんが、わたくしは――」

だが、「玲琳なのです」と続けようとしたその瞬間、呼気がはくっと逃げてゆき、ぎょっとする。

何度も己の名を口にしようとしたが、そのたびに音が掻き消え、玲琳は戸惑った。

(どういうことです……!?)

せめて「朱 慧月ではない」と伝えようとしても、やはり唇が名を紡いでくれない。名だけでなく、「入れ替わり」、「中身が違う」など、この状況を説明できそうな言葉は、すべて喉が音を奏でてくれないのだった。

はくはくと口を動かす玲琳をどう見たか、冬雪は汚らわしそうに顔を顰《しか》める。

「害意はなかった、とでも仰《おっしゃ》りたいので? 言い訳すら満足に話せぬなど、滑稽だこと」

どうやら冬雪は、心底「朱 慧月」のことを軽蔑している様子である。

(どうしたら、わたくしが玲琳であることを伝えられるのでしょう……っ)

玲琳ははっとして、声を張った。

「冬雪! 冬雪、あなた、甘味が好きですよね。特に好きなのが月餅。餡は花豆。魚は鰺が一番に好き。お酒は弱いのだけれど、仕官してからは付き合いで飲まなくてはならなくて、それがつらい。そうでしょう?」

冬雪と自分しか知りえぬ情報を示すのだ。冷静沈着で知られる、聡明な冬雪ならば、きっと事情をすぐに察してくれる。

「弟が一人。名は昂雄《こうゆう》。少し年が離れているから、目に入れても痛くないほど可愛がっている。そうだわ、ちょうどわたくしと同い年なのですよね。だから、雛宮《すうぐう》でわたくしに仕えはじめてくれてすぐ、あなたは、自分のことをどうか姉と思ってと――」

「お黙り、この性根の腐りきった悪女め」

だが、これまでとは比べ物にならぬほど低い声に遮られ、玲琳は息を呑んだ。

「冬雪……？」

「おまえごときが……美貌も才能も度量もない、分を弁《わきま》えぬネズミごときが、玲琳様のような口を利くなど。いいか。おまえが数日前に玲琳様の居室に忍び込んで、日記を盗んだことは、すでに玲琳様からお聞きしている」

荒々しい口調もそうだが、それ以上に、その内容に玲琳は驚いた。

（わたくし、日記なんて、書いたこともないですけれど!?）

だが、玲琳の驚愕をよそに、冬雪は苛立たしげに続けた。

「玲琳様は全身を打ち、熱にうなされながらも、盗難の被害を我らに告白なさったのだ。『心配を掛けまいと告げずにいたが、朱 慧月は日記を手掛かりに、わたくしの近しい者を害そうと、あるいは、懐柔しようとしているのかもしれない。こうなっては黙っていられない』と」

そこで、冬雪はぎりっと眉を吊り上げた。

「日記を読んで、言動を真似れば、玲琳様になれるとでも思ったか？　勘違いも甚だしい！」

「えええ……？」

一喝され、玲琳は困惑した。

（本人ですのに！）

信じがたいことではあるが、おそらく今の「玲琳」の体には、朱 慧月の魂が収まっているのだろう。その彼女がそうした行動――この「朱 慧月」の正体が玲琳であると証明させないための工作――を取るということに、強い害意を感じる。つまり、この入れ替わりは不慮の事故などではなく、彼女が玲琳に成り代わるために仕組まれたものだということだ。

「だいたい、煤《すす》けたネズミごときが、可憐で聡明で慈愛深く地上に舞い降りた天女であるかのような玲琳様を妬むこと自体がおこがましいというのに」

「て、天女……いえあの、さすがにそれは言い過ぎなのでは――」

「清らかなる玲琳様を愚弄する気か！　このどぶネズミ！」

「はい、どぶネズミです！」

ついでに言えば、冬雪の迫力、というか、玲琳愛が凄まじすぎる。思わず気合いを入れて罵倒を復唱してしまうほどだ。

（どうしましょう、忠誠心が強すぎて、主人の危機に気付いてくれません……っ）

日頃あまり表情を動かさないので、てっきり冷静な人物かと思っていたのだが、実はずいぶんと玲琳のことを気に入ってくれていたらしい。それとも、玲琳の体が弱いから、虚弱補正がかかって美化されているのだろうか。

「あっ、あのっ」

「容疑者のおまえには後宮の掟に則《のっと》り、獣尋《じゅうじん》の儀が予定されているが、それには被害者の玲琳様も立ち会わねばならぬ。玲琳様は、汚らわしい血が飛び散る様は不快であるし、見たくないと仰っている……繊細かつ慈愛深きご発言だ」

「感想ってそれで適切なのでしょうか……あいえ、なんでも」

「よって、これは玲琳様からの慈悲である。飲むがいい」

怒涛の忠誠心に圧倒されている間に、とうとう小ぶりな丸薬まで押し付けられてしまった。想像するまでもなく、毒薬だろう。

「あのっ」

「看守にはすでに話を通してある。獣尋の儀はもう半刻もせず始まる。この蝋燭が消えるまでに、己が罪を省み、果てなさいませ」

最後だけ穏やかな口調を取り戻した冬雪は、燭台から外した蝋燭を檻《おり》の間から寄越し、すぐに踵《きびす》を返してしまう。

条件反射で蝋燭を受け取ってしまった玲琳は、途方に暮れて眉を下げた。

「わたくしを傷付けた罪で、わたくしが死ぬのですか……?」

それはいったい、なんの皮肉なのか。

『ふふっ、あはは! いい気味だこと!』

弾けるような笑い声が聞こえたのは、その瞬間だった。

「え……!?」

ぎょっとして顔を上げるが、いや、声はごく近くから聞こえたはずである。

まさか、と思い視線を巡らせば、蝋燭の火がゆらりと揺れ、その奥に、なんと笑みを浮かべる「黄《こう》玲琳」の姿が映っていた。

『驚いて? 炎像の術ですわ。火は我ら朱家の眷属。念を込めれば、あらゆる炎は術者の姿を伝えることができるのよ』

「術者……? あなた様は、道術を操る道士様なのですか? いえ、そんなことより――」

驚きのまま尋ねてしまったが、玲琳は思い直し、炎に映る女に向かって唇を湿らせた。

「あなた様は……慧月様で、いらっしゃるのですね?」

『ええ、そうよ。今やわたくしが「黄 玲琳」になったの』

慧月はあっさりと応じ、それから、玲琳の顔でにたりと笑ってみせた。

『そして、あなたは「朱 慧月」というわけ。「黄 玲琳」を殺害しようとした大悪女よ。いかが?

雛宮の地下牢は。ネズミや虫が這いまわって、普通の女は数刻で正気を失うそうだけど』

「なぜ、こんなことを……」

思わず呟けば、相手は鼻白んだように片眉を引き上げた。

『正すためよ』

「正す？」

『そうよ。だっておかしいじゃない、あなたばかりが恵まれて。最大勢力の皇后陛下の姪に生まれ、尭明《ぎょうめい》殿下に寵愛《ちょうあい》され、女官たちに慕われ。わたくしはこんなにも不遇をかこっているというのに――ああ、体が熱いわね。全身が痛いったら、もう』

慧月は忌々しげに髪を掻き上げ、それから襟元を寛《くつろ》げた。どうやら今、玲琳の体は発熱しているらしい。

『優しいけれど無力な朱貴妃様。意地悪な女官。殿下の気を引くには足らぬ容姿。うんざりするわ。でもね、わたくし、素晴らしい方法を思いついたの』

彼女はぱっと髪から手を離し、瞳にぎらついた光を浮かべた。にんまりと口の端を引き上げる表情は、まるでネズミを前にした猫のようである。

『入れ替わればいいのよ。お膳立てだけしてもらって、最高の状態に整ったあなたの座を、わたくしがもらうの。そうしてあなたは、わたくしがこれまでに受けた不幸を、まとめて味わうがいいわ』

くっくっ、と、彼女は愉快で仕方ないというように声を上げた。

『あなた、嫌われたことなんてないのでしょう。侮られたことも、冷遇されたことも。常に誰かに守

られて、愛されて。……許せないわ！』

激高したように叫んだあと、人目が気になったのか、今度は息をひそめるような声で囁いた。

『だからね、あなたにはとびきりみじめになってほしいの。罵られ、石を投げられ、誰からも信じてもらえない。そうそう、その体はね、この入れ替わりに関する言葉は表現できないように術をかけてあるの。「朱　慧月」が「黄　玲琳」の日記を盗んだことにもしてあるわ。だから、あなたはけっして、自分の正体を証明できない』

なるほど、先ほどの現象はそういうことかと、玲琳は納得した。

どうやらこの慧月なる人物は、ずいぶん道術に長けているし、おどおどとして見えた言動とは裏腹に、しっかりと悪知恵が働くようである。

だが、さすがに発熱した玲琳の体は使いこなせないのか、ふらりと体を揺らしはじめた。

『ああもう、儚げだなんて聞こえはいいけど、単に虚弱なだけじゃない。ちょっと打ち身をしたくらいで熱を出すなんて』

「あの……横になってはいかがです？　額と、太い血管の近くを冷やすといいと思います。具体的には首と脇と――」

『うるさいわね！　あなた、自分の置かれている状況がわかっているの？』

つい気になって申し出たが、慧月はそれを振り払うように声を荒らげた。

『よくって？　あなたは、もうすぐ死ぬのよ。いいことを教えてあげる。今回の獣尋の儀は、無慈悲な鷲官長殿《しゅうかんちょう》が受け持つの。つまり確実に死ぬってことだわ。もちろん、冬雪に持たせた毒をあおっても、自死した卑怯者は儀式の場に引きずられ、死体に石を投げられる。あなたは、観衆の侮蔑と嘲笑にまみれて、みじめに、死ぬのよ』

丁寧に一語一語区切って、強調してくる。

『さようなら、黄 玲琳。薄汚いネズミに囲まれ、せいぜい死の足音に怯えて過ごすといいわ』

最後に捨て台詞を吐くと、慧月はふっと火を消すように口をすぼめた。その瞬間、玲琳が見つめていた蝋燭の炎が掻き消える。

取り残された玲琳は、炎の残像を追って蝋燭を見つめながら、しばし黙り込んだ。

「……大変なことになってしまいました」

やがて、ぽつんと呟く。

道術など初めて見たので、いまいち現実味に乏しいが、自身が大変なことに巻き込まれたのだということはわかる。

「わたくし、こんなに慧月様に嫌われるようなことをしでかしていたのですね……」

ついで、たしかにこれほど強い敵意を向けられるのは初めてだと思い至り、うっすら涙を浮かべた。申し訳なさで気絶してしまいそうだ。

(……あら?)

だが、そこでふと目を瞬かせる。

（わたくし、まだ意識があるということですか……⁉）

気絶しそう、と思ったことで、逆説的に今は気絶していないことに気付いたのだ。

玲琳はばっと腕を動かし、体のあちこちを触って点検してみた。

「膝が震えない……腕が痺れない……息……上がっていない……脈は……推定六十！」

玲琳は両手で口を覆い、小さく叫んだ。

（なんということでしょう！　これまで、油断すれば気絶するというのがわたくしでしたのに！）

他家で知る者は少ないが、玲琳は「いささか体が弱い」のではなく、「常軌を逸するほどに体が弱い」のだ。幼少時からこれまで、暑い、寒い、疲れた、外出した、といった些細な原因で、いったいどれだけ頻繁に、かつ深刻に体調を崩してきたことか。もっとも、ここ数年は玲琳自身のたゆまぬ努力によって、重症化する前に回復することがほとんどだったが。

そう。慧月は気付いていないようだが、「黄 玲琳」の体が発熱しているのは、楼から落ちたからではない。単に、三日に一度は熱を出す虚弱ぶりが、「たゆまぬ努力」を怠ったばかりに、通常的に発揮されただけなのだ。

「なんて健康な体でしょう……！　う、うらやましい……っ」

玲琳はごくりと喉を鳴らす。

状況も忘れて、うっかり一瞬「入れ替わって幸運《ラッキー》」などと思ってしまった。

（い、いえいえ！　やはり、親から賜った体ですもの。果てる日まで、責任を持ってわたくし自身が

わたくしの体で生きねば）

両手を組み、きつく眉を寄せてうんうん頷く。正直、誘惑に負けそうな自分がいた。

と、騒がしさに反応してか、隅にいたネズミがちゅうちゅうと騒ぎ出す。

玲琳はほとんど無意識に、ちっちっ、と舌を鳴らして呼び寄せ、近付いてきたところを指先でくすぐった。「たゆまぬ努力」の一環で、ネズミを懐かせるのは得意なのである。

（なにやら）

嬉しそうに駆けまわるネズミを、闇に慣れてきた目で見下ろしながら、玲琳は神妙な顔でこう思う。

ネズミに囲まれ、死の足音に怯えろとまで言われてしまったけれど。

（それってわりと、楽勝の部類なのでは……）

なにしろ、薬草の実験をするためにネズミを飼い、病気にかかるたびに重症化する玲琳にとって、それはほぼ日常なのだから。

「あっ、便所虫さん発見。ネズミさんの餌に確保しておかなくては」

儚げで、虫も殺さぬ繊細な姫君と評判の、黄 玲琳。

牢に入れれば、すぐに正気を失うと慧月は踏んだようだが、彼女は重大な誤解をしていた。

玲琳は繊細どころか、尋常でない数の死の危機を回避しつづけてきた、鋼《はがね》の精神《メンタル》を持つ女だったのだから。

2. 玲琳、処刑に臨む

辰宇《しんう》はうんざりとした思いで空を見上げ、眩しい青を見て取ると、やはりげんなりと溜息をついた。

雲一つない晴れ。絶好の処刑日和である。

「獣尋《じゅうじん》の儀、か……」

腰に佩《は》いた式典用の剣を撫でながら、低く呟く。それが、彼がこれから行うべき儀式の名だった。

容疑を掛けられた人間と獅子を同じ檻《おり》に入れて、食われなければ無罪、食われればそのまま死罪という、実に残忍で恣意的な「取り調べ」である。

なんでも、詠国《えいこく》を導いた仙人はその魂の気高さゆえに獣に襲われなかった、という故事があり、それになぞらえてのことらしいが、わざわざ飢えた獣を興奮させた状態で檻に入れるのだ。生存率は零《ゼロ》。

つまり処刑となんら変わらない。

回廊の先、巨大な檻が設置された梨園《にわ》には、後宮の女や宦官《かんがん》たちが、まるで出し物を見る観客のように目を輝かせ、集まってきている。皆あえて粗末な墨色の服をまとっているのは、飛び散る血を浴びてもよいようにだろう。

辰宇は再び、息を漏らした。

（一思いに殺してやれば、まだよいものを）

彼がそう思うのは、なにも慈悲深いからではない。金切り声を上げ、命乞いをし、見苦しく檻の内をはいずり回るに違いない女の姿が厭《いと》わしかったからだ。

これまで何度か獣尋の儀を目にしてきたが、大の男とて叫ばずにはいられないのだ。女、それも、あの慧月《けいげつ》なら、間違いなく暴れ回るだろうと思え、今から憂鬱だった。

（朱《しゅ》慧月は、俺が知るだけでも、面倒な女だからな）

これまで鷲官《しゅうかん》の詰め所に持ち込まれた厄介ごとを思い出し、つい渋面になる。

悪名高き朱家の雛女《ひめ》は、尭明《ぎょうめい》や辰宇、四夫人といった権力者には甘い声を出して擦り寄ってきたものだったが、他方で、宦官や下位女官には大層横暴だった。罵倒や侮辱は当たり前。理由を付けて女官の罪をでっちあげては、罰の名目で給金を払わないこともあったし、宦官をいびったこともある。

もっとも、彼女は雛女――雛宮《すうぐう》内で至高の身分であったし、盗みや殺傷といった重大な犯罪には手を出さなかったため、鷲官としても抑えようがなかったのだが。もはや容疑者となった今、雛宮に渦巻いていた反感は、一気に噴出して彼女を襲うことだろう。本来なら、「酌量餌《しゃくりょうえ》」と言って、罪人に同情した人間が、獣に餌をやる時間も設けられるのだが――人徳があるほど助かる可能性が上がるということだ――彼女の場合、そうした人間もいないだろう。

つまり、泣き叫ぶ女に形式的な質問を投げかけ、最後に肉片を回収するのが、今日の彼の仕事というわけだ。

（鷲官長など、肩書だけは立派でも、やることは下働きのそれだな）

辰宇は重い足取りで梨園《にわ》に向かいながら、皮肉な思いで口元を歪めた。

継承権のない皇子というのは、厄介だ。周囲にとっても、本人にとっても。

なぜ自分に、このように血腥《ちなまぐさ》く、面倒な役が回って来たのか、辰宇はよく理解している。つまり試されているのだ。下働きに徹することができるか。皇室の敵となる者を、言いつけ通り排除できるか。

辰宇にはいつも、数多《あまた》の視線が向けられている。

翻意はないかと怪しむもの。冷酷な処刑人として恐れるもの。あと、もっとも滑稽なのは、皮膚一枚の美醜に惑わされた女たちの、醜い媚《こび》を含んだもの――。

（うんざりだ）

もはや、すべてが煩わしい。後宮にいると、この絢爛な敷地の内側には、悪意と保身、身勝手な欲望しか渦巻いていないというのがよくわかる。

おかげで、辰宇は鷲官長となってからこちら、一度も唇を綻ばせたことはなかった。

と、辰宇の入場と同時に梨園《にわ》の奥の門が開いて、そこから、大人三人分もあろうかというほどの巨大な獅子が連れて来られる。辰宇が受け取り、慎重に檻に入れると、ちょうど同じ頃合いで、貴賓席に尭明と皇后、四夫人が現れ、腰を下ろした。

朱 慧月を除く雛女たちは、その一列後ろに席を配されているが、いまだ熱のあるという黄《こう》玲琳《れいりん》は、特別に少し離れた東屋に敷物を広げ、そこでの観覧を許されている。いつも以上にふらつき、頼りなげな様子であった。

「――これより、朱 慧月について獣尋の儀を執り行う」

心配そうな一瞥を玲琳に向けた尭明が、やがて涼やかな声で告げる。

慧月にかけられた容疑を述べると、次に、酌量餌を申し出るものはいないかと声を掛け、これに対して周囲は即座に「否《ありません》」と答える。

後見である朱貴妃は、優しげな顔を曇らせたが、やがて深々と礼を取るとこう述べた。

「無実であれば食われるはずはございません。罪を犯したのならば、もはや彼女は朱家とはかかわりのない者でございます。どちらにしても、酌量餌は必要ございません」

つまり、犯罪者の身内は不要だということである。躊躇《ため》いがちながらも、まずまず無難な対応に、周囲は眉を上げて沈黙を守った。

「朱 慧月をここへ」

尭明が片手を挙げたのを機に、もう一方の門が開かれる。

きっと、登場と同時に、無様な愁嘆場を見せつけられるのだろうと覚悟していた辰宇は、しかし振り返って、怪訝さに眉を寄せた。

朱 慧月が、物静かにやって来たからである。

深窓の姫君ならば、牢に入れられた時点で正気を失ってもおかしくないというのに、瞳に光を宿し、視線を動かさぬまま、真っすぐに歩いている。相変わらず仰々しい朱色の上衣が、楚々とした歩き方のせいか、ほんのわずか、品を持って見えた。

「――馳せ参じました」

檻の前にやって来て、貴人たちに礼を取るその姿勢もまた、清々しい。

さすがの悪女も、処刑を前にこうも神妙になるものかと、観客たちは目を瞬かせた。

「邪悪なる朱 慧月よ。おまえは我が胡蝶《こちょう》、天女にも比すべき清らかなる黄 玲琳を高楼から突き飛ばした。突き飛ばす瞬間を見た者はいないが、おまえの叫び、玲琳の証言、および前後の状況からも、おまえの害意は明らかである。罪を認めるか」

「否《いいえ》」

尭明の冷ややかな声での問いに、彼女は礼を取ったまま即座に否定を返す。

だがそこで、なぜだか居心地が悪そうに眉を寄せると、もごもごと呟いた。

「あらゆる点で合っていないと申しますか……わたくしにかかる形容詞も含めて……」

「なんだと？　罪を認めぬばかりか、己のことを善良だとでも申す気か？」

「ああいえ、そういうことではないのですが……やはりそうなりますよね……」

聞きとがめた尭明がますます表情を険しくすると、朱 慧月は焦ったように顔を上げ、意味の分からぬ答えを寄越す。それ以上は言葉に詰まったのか、もどかしそうな表情ではくはくと口を動かすので、先ほど彼女のことを見直しかけていた人々も、「なんだ、やはりいつもと同じか」と、冷ややかな視線を取り戻した。

　尭明もまた鼻白んだ様子で息をつくと、「まあいい」と首を振った。

「そのための獣尋の儀だ。おまえが真に無実であるならば、獣はおまえを食らうまい。また、優しき玲琳からの頼みで、鷲官の剣を許す。おまえが額《ぬか》ずいて詫びるならば、心の臓を貫くことで、獣尋の儀に代えよう」

「いえあの、それってどちらに転んでも理不尽極まりないのでは……」

　朱 慧月は途方に暮れたように眉を下げると、不遜にも尭明に向かって身を乗り出した。

「お願いでございます。少しの間でいい、わたくしの話をお聞きくださいませ。名君との呼び声高く、優しきお従兄様なら――」

「黙れ」

　だが、ぎっとまなじりを吊り上げた尭明によって、遮られてしまう。

　尭明は、日頃の悠然とした佇まいをかなぐり捨てて、声を震わせた。

「私をそう呼んでいい者は、天地において玲琳ただひとりしかいない。おまえは玲琳の日記を盗んだそうだな。愛らしい彼女のように振る舞えば、私の寵《ちょう》を受けられるとでも思ったか、この悪女め！」

「はい、悪女です！」

　あまりの剣幕に、朱 慧月が思わずと言ったように素早く頷く。

それでも怒りの収まらなかったらしい尭明は、辰宇に合図を送った。

「朱 慧月を檻へ」

獣尋の儀の始まりである。

辰宇は雛女の背を押すと、檻の中へと導いた。すっかり怯えているのか、抵抗もしない。

「うぅ……短時間に同じ轍《てつ》を踏んでしまいました。ご厚意が、重い……っ」

いや、怯えているというより、彼女は両手で額を押さえ、何事かを省みているようだった。

闖入者《ちんにゅうしゃ》に気付いた獅子が、ぐる、と喉を鳴らしてゆっくり近づいてくる。

だが、それでもなお眉を寄せて唸っているので、辰宇は怪訝に思って檻越しに声を掛けた。

「おい。獣尋の儀はすでに始まっているぞ」

「え……？　ああ、そうですね」

一応顔は上げてみせるが、実に雑な相槌である。

さてはとうに正気を失っているのか、と見つめてみるが、彼女の眼はきちんと焦点があっている。

ただ、すぐ至近距離まで獣が近付いてきても、その事態を春のそよ風のように受け流しているので、
辰宇はつい、再度問うてしまった。

「わかっているのか？　飢えた獣と、同じ檻に入れられているのだぞ？」

「そうですねぇ……。この牙で貫かれたら、死んでしまいますよねぇ」

「いや……死んでしまいますよね、ではなくてだな」

もう少し、それらしい反応がないのか。いや、べつに期待するわけではけっしてないのだが、あまりに自然体でいられると、妙に尻の据わりが悪い。

（なんだ……？　こんな女だったか……？）

武に秀でた男でさえ、これだけの距離で獰猛な獣に迫られれば、平静ではいられないだろうに。目の前の女は、まるで幾多の死地をくぐり抜けた武将が悠々と戦局を見渡すかのように、あるいは幾多の修羅場をくぐり抜けた仙人が枯淡の域に達するかのように、ただ揺るがずに、そこにあるのだった。

「……死が怖くないのか？」

「慣れておりますので」

「なんだと？」

雛宮の奥深くで守られている雛女が、なぜそんなことを言うのかと顔を見返せば、彼女は少し遠い目になり、淡々と答えた。

「死んでしまうまでは、生きているということでございます。同じく、噛まれるまでは、噛まれていないということ。噛まれる前から痛がっていては、体力が持ちませんでしょう？」

その主張は、筋が通っているような気もするし、支離滅裂な気もする。

ただ、彼女がまったく獣に怯えていないことだけはよくわかった。獣のほうも、凪《なぎ》のように静かな少女には興奮を掻き立てられぬのか、あるいは静謐《せいひつ》な佇まいに警戒しているのか、ふんふんと袂《たもと》のあたりに向かって鼻先を動かすだけで、一向に襲い掛かる様子を見せない。それを見て初めて、なるほど、たしかに泰然とした仙人は襲われなかったのかもしれないと、辰宇は故事を見直した。

「まあ、獣が人を襲わないだなんて」

「朱 慧月は無罪だということでしょうか?」

「たしかに、突き飛ばした瞬間を見た者はいませんわ」

「ですが、あの状況ではどう考えても」

予想外の展開を前に、人々は困惑の囁きを交わし合う。

ざわめきだした空気に焦《じ》れたのは、義憤に駆られた尭明だった。

「これでは埒《らち》が明かない。鷲官長よ、獣を突け」

より興奮させせろという指示である。

「……ですが、それでは儀式の厳正さが」

「鷲官長。俺は、突けと言った」

ゆっくりと口を開いた辰宇を、尭明はきっぱりとした口調で遮った。

「先ほど玲琳を愚弄したぶんだ」

異母弟である辰宇から見ても、尭明はべつに、暗君というわけではない。むしろ、理を愛し弱者を慈しむ、未来の名君と謳《うた》われる男だ。しかしだからこそ、筋の通らぬ振る舞いをし、弱き少女を追い詰めて詫びもしない人間には、刑を躊躇わなかった。

皇太子の命令は絶対である。辰宇は、ちらりと檻の中の女を一瞥し、彼女が相変わらず静かに佇んでいるのを視界に入れつつ、無言で獣の脇を軽く剣先で突いた。

――まさかこの儀で、朱 慧月への罪悪感を抱く羽目になるとは思わなかった。

ぐ、ぐるぁあああ……！

途端に、それまで大人しかった獅子が咆哮する。

檻のあちこちに体をぶつけ、涎《よだれ》を垂らしながら咢《あぎと》を開く様に、観衆が悲鳴を上げた。

獅子が素早い動きで、女へと襲い掛かる。

彼女はその瞬間までじっと真っすぐに立ち尽くしていたが、獣の牙が己の袂を掠めようとすると、はっとして腕を引いた。

「い……っ、いけません！」

いよいよ恐怖を覚えたのか。

辰宇は無意識に目を逸《そ》らしたが、

（あああ！　こ、この袂には、ネズミさんの遺骸が！）

実際のところ、玲琳が唐突に慌てだしたのは、上衣の袂に、先ほど牢で出会ったネズミが収まっているからだった。

実は、連れ出される直前まで牢でネズミを遊ばせていたのだが、その際、冬雪《とうせつ》に渡された毒薬をネズミが誤って飲み込んでしまったのだ。慧月の炎術とやらに驚いた拍子に、床に取り落としたことを、玲琳はすっかり忘れていたのだった。責任を感じた彼女は、機会があれば弔おうと、ひとまず袂に遺骸を忍ばせていたのである。

「お、落ち着いて。わかります、ええ、本能的にやはり、そこに向かいたくなりますよね」

(なにせあなたも、猫さんの仲間ですものね……)

玲琳はじり、と踵《かかと》を後退させながら、獅子に向かって必死の説得を試みた。

「それが自然の摂理ではありますが、わたくしも心の準備が必要と申しますか、わたくしなりのやり方で責任を取らせていただきたいと申しますか」

急に目に見えて焦り出した「朱 慧月」を見て、観衆たちが沸き立つ。だが、それが目に入らぬほどに、玲琳は必死であった。

「あの、言い訳のように聞こえるかもしれませんが、これはあなたのためでもあるのです。食らっては、間違いなくあなたも無事ではいられないでしょう」

沓《くつ》を奪われた踵が、ひやりとした鉄柵の感触を伝える。もう後がなかった。

――ぐるるるぁああ!

「もう少し冷静になっていただければ、餌としては、鮮度や品質にいささか問題があるということが……きゃあっ!」

説得も虚しく、飢え、興奮させられた獣は勢いよく飛び掛かってくる。

衣の裂ける音と、それ以上に大きなどよめきが辺りに響いた――のだが。

咄嗟に目をつむったり、顔を逸らした人々は、ややあってから視線を戻したとき、目の前に広がる光景を認めて、ぽかんと口を開いた。

獅子は獰猛さを感じさせる速さで裂いたものを嚥下《えんか》したかと思うと、その数拍後、急にどさりと、その場に倒れ込んだのだから。

「は……？」

「え……？　獅子のほうが、倒れた……？」

人々が絶句する中で、「ああ……」と女が膝から崩れ落ちる。

「だから言ったのに……いえ、これもわたくしの罪ですよね……ごめんなさい……」

彼女はそっと獅子の体を撫で、すっかりそれが事切れているのを見ると、悄然《しょうぜん》と肩を落とす。

「ええと……獅子が、死んだ、の……？」

やがて、観衆が戸惑ったように囁きはじめた。

「つまりこれは、儀式が終わったということ？」

「そう、じゃありませんこと？　だってその、片方が死んだわけなのだから」

「すると、朱 慧月はやはり無罪ということに……？」

獣尋の儀で、獣が倒れて容疑者が生き残る、といった事例はこれまでなかった。この場合、結果をどう判じていいのか、誰もわからなかったのである。

「おい、朱 慧月。立てるか？　獅子の死を確認したい。そこをどけ」

やがて辰宇が、錠を回して檻の中に入ってくる。

剣先を獣の喉に向けながら慎重に様子を確かめると、「毒か」と呟き、今度は剣を少女に向けた。

「仕込んだのか？」

「いいえ。まったくの不慮の事故でございます」

「事故？」

「そのう、ネズミさんが……」

誰もが恐れる処刑人から、剣を突きつけられているにもかかわらず、「朱 慧月」はやはり怯えるでもない。意気消沈する彼女からことの経緯を聞き出すと、辰宇は呆気にとられた。

「牢を這うネズミを？　弔おうとして、袂に？」

「はい。わたくしが行き届かないばかりに命を落としましたので」

当然のように答えるが、果たして彼女は、そのように責任感と慈愛溢れる行動を取るような人物であっただろうか。

「ですがまさか、遺骸にまで反応されるものとは……。結果的に、二つもの動物の命を奪ってしまったこと、心より反省しております」

神妙に告げる女を前に、辰宇の口の端がぴくりと震えた。

「……くっ」

それは、いったいいつぶりだかわからぬ、笑いの衝動であった。

美貌の鷲官長の初めて見せる笑みに、後宮の女たちは一様に目を奪われ、ついで、雪が降りはしないかと恐々空を見上げる。

辰宇は咳ばらいをし、なんとか笑いを散らした。

「……せめて酌量餌を与えられていれば、獅子ももう少し冷静な判断ができていたかもしれんな」

その皮肉に気付いた者は、何人いるだろう。

身内の処刑だというのに獣を宥《なだ》めなかった女たちと、薄汚いネズミを弔おうとした罪人のはずの女。

天は、後者に慈悲を垂れたわけだ。

辰宇は檻から出ると、その場に膝をついて奏上した。

「尭明皇太子殿下に申し上げます。獅子の死をもって、このたびの獣尋の儀はつつがなく完了いたしました。食われれば有罪、食われなければ無罪。厳粛なる儀の掟に則《のっと》り、ここに、朱 慧月の無罪を表明いたします」

梨園《にわ》にどよめきが走る。

尭明はしばし、難しい顔で考え込んでいたが、やがて口を開いた。

「――受け入れる」

命を懸けた儀式だからこそ、判決は絶対。この結果に、尭明とて逆らえるものではないのである。

「そんな……っ」

「許せ、玲琳。おまえのことは必ず守る」

東屋で横たわっていた少女が青褪《あおざ》めるのを見て、尭明はつらそうに眉を寄せる。

檻からおずおずと出てきた女に、彼は厳しい顔で向き直った。

「朱 慧月。おまえの無罪を認め、引き続き雛宮での滞在を許す。だが勘違いするな。この獣尋の儀で晴らされたのは、あくまで玲琳を突き飛ばした容疑についてのみだ。彼女への愚弄については、けっして許されたわけではないことを胸に刻め」

「あら？　ですがたしか、愚弄のぶんだとおっしゃって、鷲官長様を急《せ》かされていたような……」

女はおっとりと頬に手を当て、困惑の呟きを漏らす。

——聞いていたのか。

意外な聡さを見せる相手に、尭明はわずかに目を見開き、「ならば」と咳払いをした。

「今後は許さぬ。黄 玲琳を侮蔑する、あるいは彼女に成り代わろうとする不遜な行動が見られれば、今度は一思いに首を刎《は》ねられると思え」

「成り代わろうとする行動……」

「おまえのような女が、玲琳を気取って、言動を真似ることすら腹立たしいということだ。しょせんおまえは悪女であるとの自覚を刻み、分をわきまえた行動を取るのだな」

吐き捨てるように告げられると、彼女は再びはくはくと口を開き、やがて諦めたように頷いた。

「悪女……。かしこまりました。ふつつかな悪女ではございますが、己に見合った行動をいたします……」

力なくうなだれた姿は、それだけを見れば、まるで雨に打たれた花のような風情である。日頃、媚《こ》びた笑みか、さもなければ傲慢に人を見下す表情ばかりを浮かべていた朱 慧月だからこそ、しおらしさが一層際立った。

尭明は気が削がれたのか、ひとつ息をつく。皇后と四夫人に合意を取ると、散会を告げた。

(やれやれ、「後片付け」は、ずいぶんと楽に済みそうだ)

興奮冷めやらぬ観衆があれこれと話しながら立ち去るのを、辰宇は鉄の無表情を維持しながらも、内心では愉快に見守っていた。

ちらりと一瞥を向ければ、無罪を言い渡された女は、さして嬉しそうでもなく、相変わらずしょんぼりとその場に佇んでいる。

だが、ほとんど無人になったころ、ようやく意識を切り替えたのか、彼女はぱんっと、己の両頬を張った。

「ええい、女は度胸。できることをするほかありません。声を出していきましょう!」

儀式の最中ではなく、今この局面で度胸を発揮するのか。そしてその気合いの入れ方はなんなのか。

「ひとまず……獅子さん、ならびにネズミさん。このたびは誠に申し訳ございませんでした。ご冥福を祈りますことを、なにとぞお許しください」

そして、真っ先にする「できること」は、獅子やネズミの冥福を祈ることなのか。

女の行動がいちいち謎で、そして、いちいちツボに入ってしかたがない。

「朱 慧月」

気付けば、辰宇は彼女に声を掛けていた。

「おまえは、そんな人間だったか？」

「…………！　わたくし、別人のようですか⁉」

なぜだかそこで、女はぱっと目を輝かせる。

だが、身を乗り出した状態で数度、例のはくはくとした口の動きを披露すると、彼女はやがて、がくりと肩を落とした。

「これまでのわたくしではないのです……とだけは、お伝えできそうですね」

処刑を前に生まれ変わったということだろうか。たしかに、牢に入れられると普通の女は正気を失うと言うし、殺されかければ行動を改める者もいるだろう。

「……ふうん？」

辰宇はひとまず、曖昧に頷く。

傲慢で無才。媚びることだけは一人前の、冴えない雛女・朱　慧月。

だが――。

（気になるな）

敵意、保身、媚びの渦巻く後宮の中で、それらのどれ一つとして示そうとしない女を前に、辰宇は無言で顎を撫でた。

3. 玲琳、楽園に移住する

さて、獣尋《じゅうじん》の儀を終えた玲琳《れいりん》が、これからどうしたものかと思案していると、赤茶けた髪が印象的な年若い女がやって来て、無表情で「慧月《けいげつ》様」と呼びかけてきた。

（無地の洗朱色《あらいしゅいろ》の衣……朱家付きの方ですね）

女官たちは、それぞれ仕える家の五行に則《のっと》った色を身に着けることになっている。位が上がるほど色は濃くなるので、この淡くくすんだ朱色をまとった仏頂面の少女は、洗濯や炊事をこなす下級女官といったところだろうか。おそらく、いつまでも梨園《にわ》から動かぬ「朱 慧月」のことを案じ、帰室を促しに来たのだろう。

ところが、

「貴妃様からのご命令で、あなた様の室替《へやが》えを手伝うこととなりました。夕暮れ前には室を整えとうございます。お急ぎください」

彼女は予想外の単語を口にしたので、玲琳は目を瞬かせた。

「室替え？」

「……貴妃様は、たとえ無罪であれ、後宮をこのように騒がせた者を、これまでと同じようには遇せないと仰《おっしゃ》っています」

察するに、室の格を下げるか、反省室のようなところに謹慎させられるのだろう。

「ええと……」

宮は、他家の干渉がないように厳格に仕切られている。黄家《こうけ》の自分が朱家の宮に乗り込んでよいものかと玲琳は戸惑ったが、ややあってから、おずおずと頷いた。

「そうですね。よろしくお願いいたします」

雛女《ひめ》たちは、日中こそ雛宮《すうぐう》で研鑽に臨むが、朝夕や休日はそれぞれの宮に与えられた室で過ごす。つまり、どこかの宮に身を寄せないことには寝床も確保できないのだ。この状況でのこのこと黄麒宮《こうきぐう》に顔を出したところで、冬雪《とうせつ》あたりに「このどぶネズミがァ！」と毒団子を投げつけられるのが関の山だろう。

（まずは朱貴妃様に、事情を説明させていただくという方向でいきましょう）

丁寧に告げた玲琳を、女官はまじまじと見つめてきたが、やがて意識を切り替えたのか「こちらへ」と梨園《にわ》を進みはじめた。

「ありがとうございます。ええと、あなたの名は……」

「……莉莉《りーりー》でございます」

答えにはわずかに間があった。

先を歩いているため背中しか見えないが、感情を押し殺したような低い声に、言いようのない敵意が感じ取れる。

「この一年、お側について、歯を食いしばってお仕えしてまいりましたが、あなた様にはその程度の認識でございましょうね」

堪《こら》えられないというように、ぼそりと付け足された言葉に、玲琳は内心で頭を抱えた。

どうやら、彼女は下級女官ではなく側仕え――名前を覚えているべき相手であったらしい。

それにしたって、莉莉のほうもすぐに「ああどうせ覚えていませんよね」と納得してしまうのが気にかかる。

(も、もう少し「この私《わたし》を覚えていないなんて、あなた、さては偽物ですね?」と疑ってくださっていいのですよ!? そこで諦めないで!)

肩を揺さぶって励ましたいところだが、なにしろ「朱 慧月」の名も口にできない身の上である。

(く……っ、朱貴妃様に面会するにしても、どのように事態を説明したものでしょう)

慧月は入れ替わりのことを「話せない」ではなく「表現できない」と言っていた。牢にいたとき、掌に玲琳の名を指で書いてみようとしたが、それすらも手が動かなくなってしまったので、入れ替わりに関わる文字は書けないようにされているのだろう。

(話せない、書けない。となると……ううん、尻文字ですとか……)

玲琳は真剣に検討したが、この複雑な事態を説明し終えるまで、根気強く腰を注視してくれる雰囲気にはどうにも見えず、棄却した。恐らくだが、尻文字にしたって、口封じの術により動きを制限されてしまうことだろう。

朱色に塗られた門をくぐり、眩しいほどに白い玉砂利を進む。門から睥睨《へいげい》するのは、極彩色で塗られた猛々しい馬、朱駒《しゅく》。南領を治め、古くから炎を奉ってきた彼らにふさわしく、全体的に華やかで、力強い意匠に溢れた宮である。

門をくぐってすぐ、最も大きな反り屋根の下には、この宮の主人である朱貴妃の室がある。だが、莉莉はそこには向かわず、隙間のような小道を黙々と歩き進めた。

「莉莉。あの、朱貴妃様に、ご挨拶は差し上げなくてよいのでしょうか」

「……貴妃様からは、宮内に忌みを撒《ま》くことなく、即座に謹慎せよとの通達を頂いております」

罪人の疑惑をかけられた雛女は、顔も見たくないということか。

(そんな……。妃と雛女は、後宮において母と子にも等しい縁を結ぶはずですのに)

玲琳は通達の内容に衝撃を覚える。

これが皇后・黄 絹秀《けんしゅう》であったなら、彼女は玲琳がどんな疑惑を掛けられたとしても、まずは話を聞こうとするはずだ。もっとも、玲琳が真に罪を犯していたなら、彼女自らの手で処分を下すだろうが。黄家の人間とは基本的に実直であり、固い絆を愛し、身内が罪を犯したなら自らの手で殺してでも責任を取るのである。

(もしや朱貴妃様は、実は冷淡な方でいらっしゃったのでしょうか……)

そんなことを思うが、朱貴妃と聞くと誰もが思い浮かべる、優しく垂れた目や穏やかな笑い顔にどうにも印象が一致しない。それに玲琳は、雛宮に上がって間もない頃、梨園《にわ》の樹々に自ら手を差し入れ、そっと虫を移動させていた貴妃の姿を見たことがある。虫にまで優しげな視線を向ける彼女が、冷酷な人間であるとは、やはり思えなかった。

（とすれば……それだけ、慧月様が、この朱駒宮で浮いた存在である、ということなのでしょうね）

先行きは、なかなか多難であるようだった。

と、ひたすら玉砂利を踏む玲琳たちを、回廊から女官たちが見下ろしてくる。

彼女たちはさも厭《いと》わしげに、袖で顔を隠し、あるいは嘲笑を忍ばせてこちらを見た。

「ああ、臭いこと」

「本当ね、ネズミが近くを這っているのではないかしら」

「黒ネズミと赤ネズミ、二匹いるようね」

後宮を騒がせたとはいえ、さんざんな言われようである。彼女たちがまとうのもまた、莉莉より一段濃いだけの鉛丹色《えんたんいろ》。中級女官からさえあからさまな侮蔑を向けられるこの状況が、玲琳は大いに気にかかった。

もしここが、玲琳の住まう黄麒宮であったなら、藤黄色《とうおういろ》の衣を着けた上級女官であっても、

「玲琳様！　もう十日も発熱していませんね。お祝いに花を摘んでまいりました」

「玲琳様！　次に失神なさるときは、この私を下敷きになさってくださいね。肉厚で安心な倒れ心地

でございます」

などと親しげに話しかけてくれるのに。

（……あら？　あまりに日常的だから流していたけれど、よく考えると、それも少々異常なのでは）

比較対象がなかったから気付かなかったが、今思えば、彼女たちは相当に過保護だったのではないかと思われる。特に後者。

（わたくし、心は頑丈と自負しているのですが、あまり伝わっていませんよね。いえ、それがおのずと伝わるくらい、わたくしがもっと自立しろという話ではあるのですが。というか……してみたいですよねぇ、自立。夢の自助努力生活）

黄麒宮の場合、玲琳が女官たちに甘えるのをよしとしなくても、一つ咳をしただけで女官たちが「すわ一大事！」とやって来るのだ。その忠誠心が嬉しくもあり、実は少々――いや、切実に、もっと自立したいな、などと願っていた玲琳であった。

黄家は古くから土の神を奉り、この国の開墾を一手に担ってきた一族だ。険しい土地と向き合い、じっくりと取り組んできた彼らは、総じて根気強く、努力を賛美し、ついでに世話焼きでもある。愛されるよりも愛したいのだ。

玲琳もその一員として、いや、むしろ血の濃い本家の人間として、かなり熱血思想の持ち主であるのだが――いかんせん、黄家には珍しい儚げな風貌のせいで、「守られる側」だと思われやすかった。

自立とは、と考え込みながら歩いていると、ふと、あたりがうっすら暗くなり、前を進む莉莉の足が止まった。

「新たな室は、こちらでございます」

指し示された先を見て、目を見開く。

「……こちら？」

そこには、廃屋と呼んで差し支えない、ぼろぼろの蔵が、大木に埋もれるようにして立っていたのだから。

辛うじて屋根は残っているが、壁は朽ちて漆喰《しっくい》が破れ、腐った木柱が覗いている。道とも梨園《にわ》とも呼べぬ空間には、苔や草がびっしりと生え、濃厚な緑の匂いで息苦しいほどであった。

「元は食料庫であった場所でございます。もっとも、廃棄された今では、虫や菌の温床となっている場所でございますが」

なんでも、日当たりなのか湿度なのか、この一帯の雑草はすぐに育ってしまうらしく、あまりの管理の煩わしさに、食糧庫としての使用を諦めたらしい。背後に広がる塀は、藍家《らんけ》の擁する藍狐宮《らんこぐう》との境。つまりここは、朱駒宮における最果ての地と言えるわけだ。

追放。今の玲琳、いや、「朱 慧月」の状況を表現するには、その言葉が一番しっくり来た。

「……ここに、住むのですか？」

好き放題に生えた草を見つめる玲琳の声は掠れ、小さく震えている。

「まさか、ここに……？」

「――ああ、そうだよ」

返ってきたのは、乱暴な口調の肯定だった。

「莉莉？」

玲琳が驚いていると、莉莉はぱっと振り向き、怒りをぶつけるように蔵の壁を拳で叩いた。

「全部あんたのせいだ。あんたが傲慢で、横暴で、『殿下の胡蝶《こちょう》』を傷付けようとなんかする大馬鹿女だから、こんなところに追いやられたんじゃないか！」

ずいぶんと――いや、玲琳が初めて聞くほどに、蓮っ葉な口調である。そう、それはまるで、下町の住人が操るかのような。

内容よりも話しぶりにびっくりしていると、莉莉はそれを悟ったように、くっと口の片端を持ち上げてみせた。

「なにを驚いてるんだよ。あたしのことを、卑しい踊り子の娘だからってさんざん馬鹿にしてきたくせに。どんなに取り繕っても、男を誘う母親の血は消えないと……そうやってあたしの努力を踏みにじって来たのは、ほかでもないあんたと、この朱家の女官たちだろ⁉　いざ実際に本性を見せたら怯えるなんて、おかしいじゃないか」

ぎらりとこちらを睨み付ける瞳は、琥珀に近い色をしている。赤みの強い髪に、色の薄い瞳。下町の住人のような話し方。女官である以上、五家に連なる者であることは間違いないが、おそらく彼女は、朱家の誰かが移民の踊り子に手を付けて生ませた子どもなのだろう。

側仕えの女官でありながら、なぜ彼女が最下位——洗朱色の衣をまとっているのかを察し、玲琳は眉を寄せる。相手はそれをどう取ったか、激高したように、今一度壁を叩いた。

「あんたが落ちぶれるのはあんたの勝手だ。だけど、あたしまで巻き込むな！　年季を全うすれば禄《ろく》がもらえる……それを信じて、じっと耐えて、ここまでやって来たのに。それが、こんな廃屋で、罪人に堕ちた女の世話をしろだなんて……死ねと言われたも同然だ！」

きっと朱貴妃は、室とともに大量の女官を、「朱　慧月」から取り上げてしまったのだろう。とはいえ、まがりなりにも雛女に対して一人の女官も付けないとなると、夫人としての職務放棄にあたる。そうして、人身御供《ひとみごくう》のように選ばれたのが、女官たちの中でも弱い立場にある莉莉だったと、そういうことだ。

彼女は、幼さの残る瞳に苛烈な色を乗せて、玲琳に指を突きつけた。

「いいかい。こうなったからには、もう遠慮なんかしない。最初に言っておく。あたしは、あんたの世話なんてしない。あたしには、女官の過ごす室だって残ってるんだ。ここに暮らすのはあんただけ。草むしりも、掃除も、煮炊きも、全部あんたが一人でやるんだよ」

「え……っ」

「言っとくけど、この宮の女官たちは誰一人、あんたに協力なんかしないでしょうよ。これまで虐げられてきたあたしたちはみんな、あんたが落ちぶれたと知って、手を叩いて喜んでいるんだから」

莉莉は気持ちを切り替えるように大きく息を吐くと、くるりと踵《きびす》を返した。

「じゃ、あたしは行くから。そうそう、あんたのせいで、雛宮は七日の間、忌祓《いみばら》いで立入禁止、あんたはここで謹慎だ。忌明け後にある中元節の儀も、朱貴妃様は出なくていいとの仰せだ。意味は分かるね？　あんたはずっとここで小さくなってろってこと。時間はたっぷりあるから――どうぞ、ごゆっくり」

そう、捨て台詞を吐いて。

残された玲琳は、颯爽と去っていく小柄な背中を見送り、それから、再び蔵に向き直った。

「……ここで、暮らすのですか？」

やがて、ぽつんと呟く。

「こんな、素敵な場所で……!?」

無意識に胸元を押さえた手は、わずかに震えていた。

嘆きではなく――喜びによって。

そう。先ほどから彼女は、急に降って湧いた「幸運」に戸惑っていたのだ。

「一面の草むら！」

玲琳はぱっと駆け出し、茂る草に両手を広げて突っ込んでみた。

わさわさと力強い感触。なんてむしり甲斐があるのだろう。この「朱　慧月」の体力を、いかんなく発揮する機会に早速恵まれるとは。

「豊かな土！」

それから、草をかき分けて、土に触れる。

しっとりと湿り気を帯びた土は、この大量の植物を支えているだけあって、母のような豊かさを感じさせた。

「そして――自由！」

最後に、ばっと背後を振り返る。

小道には、もう誰もいない。あるのは、濃厚な緑と、完全な静けさを約束された個室《くら》。呆れるほど豊かな、誰からも監視されない、自由時間。

（きゃああ！　きゃああ！　わたくし、ここで暮らしてよいのですか⁉　好きなだけ薬草を育てて、実験して、寝て！　食事量を心配されることも、顔色を確認されることも、咳のたびに駆けつけられることもなく、暮らさせていただけるのですか⁉）

両手を口に当てて、その場でぴょんぴょんと飛び跳ねる。

「あ……っ。もう、声を殺さなくてもよいのですね！」

それから気付いて、ぱっと両手を離した。

玲琳とて年頃の娘。感情の起伏は人並みにあるのだが、大声を上げようものなら女官たちが心配するし、下手に興奮しようものならうっかり気絶することもあるので、極力その発露を押さえるのが習い性になっていたのだ。

が、この健康な体、そして人目につかない環境であるならば。

「もう、抑えなくても、いいんだぁ……」

玲琳は、ほうっと溜息を漏らした。

自由に過ごせる——なにより、誰のことも心配させずに済むというのが、心底嬉しかったのだ。

「……っと、いけません。慧月様はわたくしを憎んで、体を入れ替えたのですから。それを喜ぶだなんて、あまりに彼女の意向を踏みにじる所業です」

基本的に人の期待には応えたい性質である彼女は、はっとして、神妙に首を振る。

だが——。

「けれど……そっかぁ。このお梨園《にわ》が、全部わたくしのもの……うふふ」

次の瞬間には、猛々しい自然に目を奪われ、恍惚として頬に手を当てた。

黄家とは、土の一族。自らの足で地に立つことを誇り、困難を愛する者たち。

いけない、そんな場合ではないとは思いつつ——玲琳には、目の前の環境が、光り輝く宝箱のように思われてならないのだった。

＊＊＊

歩みを進めるほどに薄暗くなってゆく小道に、辰宇《しんう》は眉を寄せた。

（輝く炎を愛でる朱家の宮に、ずいぶんと陰鬱な場所もあったものだ）

朱貴妃の室から離れるにつれ、手入れがずさんになってゆく梨園《にわ》を見渡し、目を細める。

今、彼は、信用できる宦官《かんがん》・文昴《ぶんこう》だけを連れ、朱駒宮の監査に訪れたところであった。

獣尋の儀は厳正なものであり、その判決は絶対。無罪を言い渡された朱 慧月は、ほかの雛女と同列に遇されるべきであり、私刑などもってのほかである。後宮の風紀を取り締まる者として、辰宇は過剰な制裁が起こっていないかを確認すべく、この場に赴いたのであった。

「心配なさらなくとも、朱貴妃様は四夫人の中でも、たおやかで心優しいと評判のお方です。そもそも、あの朱 慧月を雛女に引き取られたほどなのですから。ですので……長官、鷲紋《しゅうもん》を安易に用いて、妃に無許可で宮に立ち入るのはやめましょうよぉ」

宦官と妃は、けっして常に良好な関係にあるわけではなく、ときに徒党を組み、かと思えば、互いのわずかな失敗をあげつらって足を引っ張り合う仲である。

そんな中、四夫人の内では穏健派で、宦官相手にも大人しい朱貴妃との対立を恐れ、文昴は泣き言を漏らしているのであった。

「だが、たおやかさとは、統制の弱さでもある。朱貴妃が望まずとも、女官たちが暴走することはありえるだろう」

「そのときはそのときですよ。だいたい長官、そんなに仕事熱心でしたっけ？　世の中すべてくだらないと言わんばかりの、人生投げやり、冷酷至極ないつもの長官に、早く戻ってくださいよ」

「……ほう。おまえはそんな風に俺を見ていたのか」

「ほら！　ほら、そのごみを見るような目！　それを職務に発揮してくださいってばぁ」

冷ややかに見下ろしてみるが、小柄な宦官は「よよよ」と泣き真似をして、訂正もしない。

お調子者だし、すぐに楽をしたがるが、これで文昴はなかなか頭も回る、有能な人物なのだ。辰宇はひとつ息をついてやり過ごすと、目の前の道に向き直った。

玉砂利は次第に途切れ、道はいよいよ雑草の目立つものになっていく。両脇に草むらが迫り、進むのに不自由なほどの狭さをやり過ごして歩くと、やがて、ひときわ鬱蒼と茂った樹々と、漆喰の剥がれた蔵が視界に飛び込んできた。

「……本当に、こんな場所に雛女を追いやったと言うのか」

「鷲紋を突きつけられた女官の証言なのだから、そうなのでしょうねぇ。うーん、あえて凄惨な境遇に追いやって、周囲の同情を得ようという計算なのか、はたまた、朱　慧月を嫌っていると評判の女官たちが、獲物が弱ったと見て一斉に牙を剥いたか」

「いずれにせよ、これは過剰だ」

牢と違って光は射しているものの、建物はほとんど朽ちかけている。土はじとりと湿り、沓《くつ》のすぐ傍をもぞもぞと虫が這ってゆくのを見た辰宇は、無意識にそれを踏み潰した。

猛々しいほどの草むらに、虫。ぞっとするような色の壁を見るに、おそらくはカビの類も。

とうてい、貴族の女が住めるような環境ではない。

蔵のそばでは、これから来る朱　慧月を迎えるためか、女官と思しき女が背を向けて、せっせと草をむしっていたが、見たところ使用人も彼女一人。

ぽつんと草むらに座り、細い背中に薄く汗を滲ませ、時折額を拭う姿は、冷血と呼ばれる辰宇の眉さえ顰《ひそ》めさせた。

「朱 慧月は罪人ではない。そしてこれは、真っ当な人間の住む場所ではない」

「うーん」

憐れみを滲ませた辰宇に対し、文昴のほうは、口の端を歪めて肩を竦めた。

「長官はずいぶん朱 慧月に同情的のようですけど、まあ、仕方ないんじゃないですか?」

「なんだと?」

「僕はですねぇ、この光景を見て、哀れみより苛立ちを覚えますよ」

狐のように細い文昴の目は、冷え冷えとした感情を浮かべていた。

「朱 慧月は、玲琳様を突き飛ばした疑惑については無罪となったのでしょうけど、行いのすべてが不問になったわけではありません。彼女は愚かで、傲慢で、弱い立場の人間を躊躇《ためら》いなく虐げる人物です。宦官は、けっして雛女を傷付けてはならない――そんなばかげた掟を笠に着た彼女に、僕の同僚は罪をなすりつけられたり、罰を与えられたりと、どれだけ苦汁をなめさせられたことか」

忌々しげに告げ、草をむしる少女を指差す。

「で、今は、彼女の愚かさのつけを、あの子が払わされているということです。謹慎を言い渡されたはずの本人は、姿も見せない。おおかた、もとの室《へや》で、出て行きたくないと金切り声でも上げているのではないですか？　僕、賭けてもいいですよ」

着任して半年、しかも鷲官長《しゅうかんちょう》という身分にある辰宇に比べ、勤務歴が長く、一宦官でしかない文昴は、ずいぶんと朱　慧月に恨みがあるようである。

だが、文昴がさらに続けようとした苦言は、ふいに掻き消えることとなった。

「もう放っておきましょうよ。朱　慧月がいびられようと、それは彼女の自業自得です。もし長官を見つけようものなら、彼女はきっと、いつもみたいに媚《こび》を売って、面倒くさく絡んでけっして離さない――」

「まあ、鷲官長様！　ならびに、文昴様？」

草をむしっていた女がぱっと振り向き、にこやかに礼を取ったからである。

「ご機嫌麗しゅうございます。本日はどのようなご用向きでいらっしゃいますでしょう」

その顔を見て、辰宇と文昴は揃って目を見開いた。

「――朱　慧月!?」

「え？　いえ……ああ、はい、そう、ですねぇ……？」

名を呼ばれたはずの彼女は、なぜだかわずかに口を開閉し、それから曖昧に頷く。

薄くそばかすの散った肌に、きゅっとつり上がった目尻。農民のようにほっかむりをした女が、何度見ても「朱　慧月」本人にしか見えないことに、二人は動揺を隠せなかった。

「いったい、ここでなにを……？」

「え？　それはご覧の通り、草むしりを……」

「草むしりを」

あまりに自然に返されたので、つい復唱してしまう。

怪訝そうな視線に気付いた彼女は、言い訳をするように両手を掲げた。

「その、こちらで暮らすようにと言われましたので、快適に過ごせるように整備しようと思い立ちまして」

「……側仕えの女官はどうした」

「ええっと……そうですね、所用で出かけております」

辰宇が低く問えば、相手はわずかに視線を泳がせながら答える。案の定、女官から見放されたと見て間違いなさそうだ。

「朱　慧月。なにか伝えたいことはあるか」

「えっ」

鷲官は後宮の風紀を取り締まる役職だ。過剰な制裁が行われているなら、今度は朱　慧月が朱家を訴えることもできる。辰宇は促したが、なぜだか彼女は焦ったように頬を押さえた。

「つ、伝えたいことですか？　そのう、あるにはあるのですけれど……せっかくのお梨園《にわ》……草むしり……ええ、じきに日も暮れますし、本日でなくてもよいかと」

「まだ昼過ぎだが」

「ああ……っ、お忙しい鷲官長様や文昴様のお手を、なにも今煩わせなくとも、という意味でございます。ほ、ほら、なにしろこのような出で立ちですので、お話の機会を賜れますなら、日を改め、お二人にお茶でもご用意できた際にと！」

「お茶」

　これには文昴も絶句してしまう。

　鷲官長ならまだしも、宦官相手に茶を振る舞おうとする雛女なんて、天女と呼ばれる黄 玲琳くらいしかいない。まさか、雛宮きっての悪女と名高い朱 慧月から、そんな発言があるとは思いもよらなかったのである。

「ええ、ですので、そうですね、一日……いえ、数カ月……いえいえ、数日お時間を頂戴しまして、しかる後にお声がけ申し上げます。お許しいただけますか？」

「……ああ」

　途中、単位を言い間違えているような気もしたが、懇願の色まで浮かべて尋ねられたので、辰宇としては頷くしかない。

　傍から見れば、廃屋に追いやられ、女官から見放されと、なかなか凄惨な境遇だが、本人が救いを求めていないというのなら、辰宇が動く理由もないのだ。

「さて、それでは、お忙しいお二方を長くお引止めするのも心苦しゅうございますので、わたくしはこれにて、御前を失礼し――」

「おい」

あっさりと会話を終えてしまおうとする少女を、辰宇は咄嗟に呼び止める。

「はい？」

目を瞬かせた相手に、辰宇と文昴は顔を見合わせた。

上位者と見れば媚を売り、なにかにつけ己の不幸を声高に主張してきていた朱 慧月。

その彼女が、わざわざ訪ねてきた鷲官長をあっさり追い払おうとするなど、予想外にもほどがある。

「その……なんだ。なにか、用立ててほしいものはあるか」

「用立ててほしいもの、でございますか？」

白い頬をすっかり泥で汚した女は、さも意外なことを言われたというように首を傾げる。

「いいえ、鷲官長様たちのお力を借りてしまっては、せっかくの醍醐味が台無し……」

「醍醐味？」

「言い間違えました。お力を借りては、あまりに面目がないと申したかったのです」

怪訝さに眉を寄せれば、彼女はきりっとした顔で首を振る。

朱 慧月から飛び出たとは思えぬ殊勝な発言に、二人は再び顔を見合わせた。

「ただ……厚顔ながら、もし鷲官長様の優しさに甘えてよいとのことでしたら」

だが、やがて女はおずおずと申し出た。

上目遣いを始めたのを見て、文昴が「ほら、やっぱり」とばかりに、辰宇に目配せを寄越してくる。

やはり、この一連のしおらしい振る舞いは演技だったのだ。

相手の反感を削いだうえで、要求してくるのは女官か金か、それとも朱貴妃への執り成しか——。

「塩を、賜れます？」

「塩？」

「ええ。大変幸運なことに、雨水も芋も確保できそうなのですが、塩は、さすがに一朝一夕には精製できそうになくて……」

今度こそ辰宇たちは絶句した。

目の前の、横暴と怠惰を絵に描いたようだった女は、いったいなにをするつもりなのか。

「……塩と油、火種と水瓶《みずがめ》は、流刑に処された罪人にすら与えられるものです。無罪の、それも雛女のあなたに、まさか与えられないとは思いませんが」

「えっ！　そんな生易しいことでよいのですか？」

文昴がぼそぼそと答えれば、女は口に手を当てて驚く。

流刑者の境遇すら「生易しい」と表現する彼女に、文昴はばっと顔を振り向かせ、こそこそと辰宇に耳打ちした。

「……これは、本当に朱 慧月ですか？」

「実は、俺も今朝からずっとそう思っている」

辰宇は神妙に頷き、わずかに目を細めた。

「まるで黄 玲琳にも似た穏やかさと慎み深さだと思わないか？」

「真顔でぼけないでくださいよ！　殿下の胡蝶、たおやかで繊細な玲琳様が、製塩なんてごっつい発想をなさるはずがないでしょう！」

核心をついた発言は、玲琳を大いに気に入っている文昴によって即座に否定される。

実際のところ辰宇も、儚く控えめな「殿下の胡蝶」が、こんな骨太な言動を見せるとは思っていなかったので、発言をあっさり撤回した。

「そうだな。本人も、以前の自分とは違うとは言っていた。恐らく、牢で気がおかしくなったか、大いに反省でもしたのだろう」

「地下牢の力は偉大ですね……？」

文昴はほっかむりをした女を恐々と見つめ、呟く。

いつも皮肉気な口を利く部下の、すっかり毒気を抜かれた姿を見て、辰宇はつい口の端を持ち上げてしまった。

（なぜだろう。この朱 慧月に関わると、愉快なことばかり起こる）

そうして彼は、おしゃべりが達者な部下相手に、珍しく一本を取ったのだった。

「さて、文昴。草むしりをしている雛女本人の要望だ。賭けに敗れたおまえが、塩と油と水の瓶、それから火種を運んで来いよ」

と。

＊＊＊

莉莉は苛立っていた。

（くそっ。くそっ、くそっ、くそっ！）

それはそうだ、たかだか籠一杯分の食料をもらうのに、もう半刻も頭を下げ続けているのだから。

「お願いでございます、尚食長《しょうしょくちょう》様。調理はすべて私がいたします。慧月様と私、たった二人分の食料を、こちらの籠に入れていただく以上のことはお願いしませんので」

「でもねえ、莉莉。二人分とは言うけれど、相手は獣尋の儀にかけられた朱家の恥さらしですのよ。雛女とはいえ、そんな人間を、一人分と数えてよいものなのか。ならば必要なのは、あなた一人の分。けれど、主人を差し置いて、女官のあなたが食べるわけにもいかないものねぇ。ならば結局、一人分も食材は必要ないということになるわ」

（なるわ、じゃねえよ！）

尚食長と呼ばれる、食事を司る年かさの女官は、先ほどからのらりくらりとした態度で、一向に莉莉に食料を渡そうとしない。彼女もまた、朱 慧月に罵倒されたり、突き飛ばされたりして、慧月憎しの念を飼っている者の一人だ。

ただ同時に、移民の踊り子の血を引く莉莉のこともまた、疎んじているというだけで。

尚食長が実際のところ、慧月だけでなく莉莉にも食料を与えたくないのだということは、その目に浮かぶ蔑みの色からも明らかであった。

（ちくしょう。あの女と一緒に追いやられたときから、こうなることはわかってたんだ）

莉莉は、頭を深く下げた姿勢のまま、ぎりりと歯を食いしばる。

彼女に対するいじめは、雛宮に女官として上がった初日から、すでに始まっていた。本当なら中級女官として鉛丹色の衣が与えられるはずだったのに、彼女に投げてよこされたのは洗朱色の衣だったのだ。

「中級以上の女官は、後宮外の文官とやり取りをすることも、まれにありますもの。殿方と見るやすぐに誘惑する踊り子の娘、それも言葉もおぼつかないだろう異国の民を、朱家の代表として立たせるわけにはまいりませんわ」

そんな、侮蔑の言葉とともに。

（母さんは、娼婦なんかじゃない。芸事に秀でた、正真正銘の踊り子だってての……！）

莉莉の母親は、大陸一の栄華を誇る詠国《えいこく》に流れ着いてきた旅の一座の人間だ。胡旋舞《こせんぶ》を得意とし、蝶のように華麗に舞う姿で、朱家の男の心を射止めた。

だが、血統を重んじる五家の嫁に、異国の民が加わることは許されず、彼女は愛人として、下町に屋敷を与えられたのだ。だが、それでもなお、正室は苛烈な嫌がらせを仕掛け、彼女は早々にこの世を去ってしまった。父親は彼女の死を嘆いたが、かといって莉莉を本家に迎え入れることは正室が許さず、結果として、莉莉は朱家付きの女官として雛宮に送り込まれたのである。

下町の屋敷は取り上げられてしまった。ただし、ここで三年を勤めあげれば、その間の寝食と、俸禄を与えられる。莉莉は生きるために、雛宮に上がる決意をしたのだった。

だが、どうだ。

苛烈な性格の者が多い朱家にあって、朱貴妃はたおやかさで知られる人物だが、それは気の弱さでもあるのか、宮中のいじめを諌めもしない。雛女は傲慢、女官は横暴で、だからこそ女たちは、自分がその標的にならぬよう、自分以上に弱い獲物を常に探している。そして、その餌食となったのが、莉莉だった。

（あたしは、春を売ったりなんかしない。男を誘ったことなんてない。この詠国の住人で、れっきとした女官の一人だ……！）

努力家である莉莉は、仕官に備え、できる最大の努力を払ってきたのだ。母親譲りの身体能力の高さで、どんな身のこなしでもすぐに身に着けたし、父親から与えられた書物で、五経もそれなりに修めてきた。

だというのに朱駒宮の女たちは、莉莉の赤みの強い髪や、年のわりに膨らんだ胸元を見ては、「男を誘うしか能のない女だ」と嘲笑《あざわら》う。

（悔しい……）

この場には、敵しかいないのだと莉莉は思った。弱者を嬲《なぶ》り、異端を蔑む、くずのような女たちばかり――。

（でも、今は、食べものを確保しなきゃ）

下町で倹約的な生活を送ってきた莉莉は、誇りよりも食料が重要なのだと知っている。慧月にはああして啖呵を切ったが、本当は莉莉と寝食を共有しようという女官などいないのだ。ここで食料を得られなければ、飢え死にするのは、雛女の身分にある慧月よりも、莉莉のほうだった。

だが、必死の懇願も虚しく、尚食長はとうとう「夕餉《ゆうげ》の支度をしなくては」と去ってしまう。莉莉はその襦裙《じゅばん》にまで縋《すが》ったが、最後には乱暴に振り払われた。

「……ちくしょう」

ひとり回廊に残された莉莉は、低くひとりごちる。

朱駒宮で施しは期待できない。となれば、ほかの宮に赴いて、慈悲を願うしかないだろう。近さと、住人の人格で言うなら西隣の黄麒宮に頼りたいところだが、この状況下で黄家の人間が朱家の女官を助けるものとは思えない。となれば、東隣の藍狐宮か。

他家の宮に赴くには、一度、中央にある雛宮まで出る必要がある。基本的に他家の立ち入りが禁じられている宮に、どうやって入り込んだものかと、莉莉は頭を悩ませながら歩いていたが、

「もし」

ちょうど雛宮の屋根が見えはじめたあたりで、背後から呼び止められた。

振り返ってみれば、そこにいるのは白練色《しろねりいろ》の衣をまとった女である。

(白練色……金家《きんけ》の上級女官が、なぜ?)

円扇で顔を隠しているため、誰だかはわからないが、相手の衣装から上位の者だと判断した莉莉は、素早くその場に跪《ひざまず》いた。

「何用でございましょうか、白練様」

名がわからない場合、相手のまとう色を官職名に見立てて呼ぶのが習わしである。

白練の女は、円扇の向こうでふふっと微笑んだ。

「じきに日が暮れるゆえ、用件だけ述べましょう。哀れな洗朱《あらいしゅ》よ、あなた、金家の女官となる気はなくて?」

「は?」

思いもよらぬ誘いである。

動揺のあまり口をつぐんでいると、相手は、意を汲んだように説明を始めた。

「朱 慧月に対する処分は、すでに聞き及んでおります。あなた、それに巻き込まれたのでしょう? 踊り子の娘とはいえ、望んで生まれついたことではないでしょうに……哀れですこと。我が雛女、聡明なる金 清佳《せいか》様は、心を痛めておいでです」

母親の職業をはなから馬鹿にする態度には反感を覚えるが、内容は気になる。

莉莉が沈黙を守っていると、女は滑らかに続けた。

「なので、あることを条件に、おまえに白鼠《しろねずみ》の衣を与えましょう。おまえも、朱家に強い忠誠を抱いているわけではないのでしょう？」

「白鼠を……？」

白鼠色と言えば、金家の中級女官がまとう色だ。破格の申し出に目を丸くしたが、それ以上に「条件」とやらが気にかかり、莉莉は慎重に切り出した。

「条件とは、なんでございましょう」

「簡単なことです。おまえの主人、朱 慧月をいたぶってくれればよいだけのこと」

「は？」

これもまた意外な発言に、莉莉は眉を寄せる。他家の人間が、なぜ黄 玲琳の仇討ちのようなことを望むのか。

怪訝な顔でいると、白練の女官は、物分かりの悪い相手を蔑むように鼻を鳴らし、「よくって」と猫なで声を出した。

「黄 玲琳様は『殿下の胡蝶』。殿下が深く彼女を寵愛《ちょうあい》していることは、幼子でもわかるというものです。ただ、あなたの主人のようにそれを妬んで傷付けるなど、下策中の下策。真に殿下の寵を得たいならば、進んで玲琳様に膝を折り、彼女に忠誠を誓ってみせればよいのですわ」

つまり、朱 慧月を激しく弾圧してみせることにより、金家が玲琳派であることを演出するということである。

金家は名の通り、古くから金《きん》の産出を一手に引き受け、詠国経済の要としての地位を築いてきた。

根っからの商人らしく、彼らの多くは知的かつ現実的な振る舞いを好む。

女なら誰もが、文武両道で精悍な尭明《ぎょうめい》を慕おうものだが、金家の雛女であれば、たしかに冷静な計算の元、あえて二番目の座を狙おうとするのは頷けた。

「他家の人間は宮に入れぬうえに、雛宮は七日の忌祓い。その間、朱 慧月の弾圧は、朱家の者に任せるしかありません。けれど」

白練の女は、円扇の向こうでくすりと笑う。

「それがすべて、金家の掌の上だったと明らかになったら、朱家の女たちは、そして出遅れた他家の女たちは、どれほど悔しがることでしょうねぇ」

「……行き過ぎた制裁をすれば、鷲官様に咎《とが》められるのでは」

「すでに廃屋に追いやったあなたたちが、なにを言うのだか。大丈夫、鷲官には小金を握らせておけばよいのですわ」

口調は揺るぎない。

女は、挿していた簪《かんざし》を引き抜くと、それを莉莉に突きつけた。銀の土台に真珠。五行思想から見ても、いかにも金家の女が好みそうな意匠である。

「わたくしは、金家の雅容《がよう》。明日からこの時間、この場所で朱 慧月の処遇を報告したなら、そのたびに褒美を取らせましょう。七日後には、白鼠色の衣をあげるわ」

簪を見ても、莉莉がまだ考え込んでいるのを見て取ると、女は「あなたには、こちらのほうがいいかしら」と、今度は袂《たもと》から小さな麻袋を差し出した。

中身は、二合ほどの米だ。白練の衣にも劣らぬほど、眩しく精米された、上等の米。

ごくりと喉を鳴らした莉莉を見て、女は軽蔑したように笑い、簪を袋に入れて、それごとを押し付けた。

「明日は倍量用意しましょう。受け取りますね？」

「……はい」

莉莉は結局、受け取った。

女は満足そうに笑うと、さっさと踵を返す。

雛宮の陰に消えてゆく背を見送りながら、莉莉は小さな麻袋を抱きしめた。

（べつにこれは、悪いことなんかじゃない……）

だって、生きるためなのだ。

だいたい、朱 慧月への嫌がらせなど、朱家の人間なら頼まれなくともすることだ。すでに莉莉も、彼女の世話を放棄している。それを、一日に一回、世間話のように、他家の女官に話すだけ。それで、この朱駒宮から逃れ、白鼠色の衣まで得られるならば。

莉莉は、物思いを振り払うように息を吐くと、素早く道を引き返した。

じきに日が暮れる。それまでに、米を炊いておいたほうがいい。

（あたしは自力で火を熾《おこ》せるんだから、恵まれてるほうだね。あの女は、今頃草と虫に囲まれて、泣

き崩れているところか）

そんな皮肉な思いを巡らせ、口もとを歪める。そう言えば、目つきが気に入らないという理由で、彼女には冬の梨園《にわ》に追い出されたこともあったっけ。

いい気味だ。米が炊けたら、ぜひあの女の目の前で食べてやろう。土に額を擦りつけて詫びるなら、一口分けてやってもいい。

「ふふん、これまでの分をまとめて、吼《ほ》え面《づら》かかせてやる」

そうやって勇ましく、慧月の待つ蔵へと向かったのだが――。


「あっ、おかえりなさい、莉莉！　帰ってきてくれたのですね」

莉莉の目論見は、敷地に足を踏み入れて一秒で、早くも崩れ去ることとなった。

なにせ、雑草と廃屋を前に絶望しているはずの女が、にこにことほっかむりを外しながら声を掛けてきたのだから。

「……は？」

「ちょうど芋を揚げ終えたところです。あとね、油菜もさっと炒めてみました。ささ、熱いうちに頂きましょう」

「は⁉」

いったいなぜ、泣き崩れているはずの朱 慧月は、手際よく調理なんかをしているのか。

「あっ！　あとね、あとね、見てくださいｌ　お梨園《にわ》の整備が、もう半分も終わりましたの」

しかも、昼前には荒れ放題だった敷地が、今や半分、きれいに草をむしられている。

いや、それのみならず、枝は払われ、太さごとにまとめられ、土はところどころ畝になっていた。

目の前の女は誇らしげに胸を張ると、莉莉の手を引いて畝へと導いた。

「多種多様な菜や実が入り交じっていましたので、科目ごとに植え替えたのですよ。こちら、左から順に、芋でしょう、韮でしょう、瓜でしょう、それから油菜――」

「ちょ、ちょっと！」

莉莉は咄嗟に腕を振り払う。

「え？」

「ちょっと待て！　いったい、どういうことだ⁉」

「なんで、あの荒れ放題の廃墟から、芋やら瓜やらが出てくるんだよ！　あんた、道術でも使ったわけ⁉」

「まあ、莉莉ったら。わたくしには、道術なんて使えませんわ」

だが、女はころころと面白そうに笑うばかり。

彼女の金切り声か罵倒くらいしか聞いたことのなかった莉莉は、品のよさが滲む可憐な笑い声に面食らった。

「ただね、素晴らしい幸運が重なったのです。ここは、元食料庫だったのでしょう？　そこで打ち捨てられていた食料が、陽光と湿り気の助けを得て、密かに芽吹いていたのですわ」

「はあ!?」

「本当に、どれもこれも、驚くほどの生命力で……。この場所は、木を司る藍家との境でもありますし、もしかしたら、植物を育む気に満ちているのかもしれませんね。本当に、楽園のような場所です」

女は感じ入ったように頷くと、衣服の裾が汚れるのも構わずに屈みこみ、よしよしと土を愛おしげに撫でる。

莉莉は呆気にとられた。

「そんな……。だってここは、虫やら、恐ろしい菌やらが湧いていると評判の場所で……」

「菌! そう、菌! 黒穂菌《くろぼきん》がまた素晴らしい働きをしてくれまして――」

女はぱっと顔を輝かせ、一際湿った、泥だまりのような場所に駆け寄っていく。戻ってきたその手には、やけに茎の肥大した草が握られていた。

「ご覧ください。真菰《まこも》が立派な菰角《こもづの》になっていますの! 食べてよし、眉墨にしてよしで、本当にありがたいことですね。よし。今日はこれも炒めましょう」

特定の草の幼苗が黒穂菌に傷付けられることで、筍のような触感の野菜になることを、莉莉は知らなかった。下町出身で生活力があるほうとはいえ、野菜の栽培にまで手を出したことはなかったのだ。

「な……っ、な、な……っ」

「ああ。わたくし、これまで書物で溜め込んでばかりいた知識を、次々と実践する機会に恵まれて、なんと幸せ者なのでしょう。これが、挑む喜び……ああ、尽きせぬ体力よ……」

常に媚《こ》びた色を浮かべていたはずの瞳をきらきら輝かせ、女は、恍惚とした様子で己の両腕を見つめる。

それからはっとしたように、

「芋！」

と叫ぶと、慌てて莉莉に向き直った。

「さあさあ、冷めてしまいますわ。早く芋揚げから頂きましょう。わたくし、これでもかと油を使って、理性をかなぐり捨てて塩を振ったお料理をね、胸やけも気にせず、思う様頬張るのが夢だったのです。さあ、莉莉！　夢をともに！」

力強く手を差し出されるが、正直、どう反応していいかわからない。

「っていうか、あんた、塩や油をどうやって手に入れたんだ……？」

「調理器具一式を含め、親切な鷲官様に賜りました。塩はね、いざとなれば涙で和えれば塩味になるから、ねだってはいけないかなとも思ったのですが……やはり、たっぷり振りかけてみたかったので、ここは甘えて正解でしたね」

「いや、その逞しい発想、どこから来たの⁉」

涙で味付けを、などという突飛な思考回路が理解できず、莉莉はつい叫んでしまう。

目の前の女が朱 慧月だというのが、信じられなかった。

(こいつ……どうしちゃったんだよ。まるで別人じゃないか……)

さては、怨霊にでも憑かれたか、それとも正気を失ったか。いや、こんなに生命力に溢れた怨霊はいないだろうから、おそらくは後者だろう。普通の女なら数刻で正気を失うという牢に閉じ込められ、おかしくなってしまったのだ。

「あんた、本当に朱 慧月、だよな……? なにか企んでいるなら、洗いざらい吐きなよ」

念のため問うと、相手はなぜか、気まずそうに目を逸《そ》らした。

「……始祖神よ。差し伸べられた救いの手を措《お》いてまで、今はとにかく芋揚げを食したいと望む我が身をお許しくださいませ」

もごもごと、小声でなにかを呟いている。

「なんだって? おい――」

「乞巧節《たなばた》の夜を最後に、わたくし、すっかり別人になったのです。今、わたくしの口からお話しできるのは、これだけのようですわ」

莉莉は追及しようとしたが、開いた口に、相手はさっと芋揚げを放り込んだ。

「ほら、莉莉。あーん」

「あふっ!」

揚げたばかりだという一口大の芋は、ひたすらに熱く、歯の先でざくりと皮を食い破れば、たちまち、ねっとりとした芋の感触が口いっぱいに広がる。多めに振られた塩が、芋の味と油の旨みにしっかり溶け込んでいて、莉莉は思わず目を見開いた。

「んうーっ！　た、たまらないですね……！　これは、予想以上……！」

相手もまた、ひょいと芋を食《は》んだと思うと、頬に両手を当ててじたばたとしている。

「ああ、幸せ……っ。油の匂いを嗅ぎつづけても、胸が悪くならないなんて！　いくらでも食べられます……！　いいえ、飲めます！　わたくし、芋揚げを飲める！」

どうやら、相当気に入ったようである。

頬を紅潮させ、目をうっすら潤ませて何度も頷く女を、莉莉は呆然と見つめた。

（いったい、どうしちまったんだ……）

朱 慧月の身になにが起こったのか、さっぱりわからない。

唯一わかることがあるとしたら、それは──。

（あたし……この女を絶望させることなんて、できるの……？）

白練の女から言い渡された、簡単なはずの任務が、やけに困難そうだということくらいか。

「次は油菜ですよ！　さあ、声を出していきましょう！」

丁寧に整備された梨園《にわ》の片隅では、見せつけるために持ってきた飯《めし》が、すっかり冷えて湯気を失っていた。

4. 慧月、現実を知る

同じころ。

二晩が経とうとしても一向に引かない熱に、黄《こう》玲琳《れいりん》——いや、彼女の形《なり》をした慧月《けいげつ》は、忌々しげな溜息を漏らした。

うんざりとしながら身を起こし、寝台の脇に枕を重ねて寄り掛かる。そのわずかな物音を聞き取って、隣室に控える女官たちがさっとこちらに向き直るのが、気配でわかった。

「玲琳様。なにかご入用のものはございますでしょうか」

彼女たちは、藤黄色《とうおういろ》の衣を許された黄家の上級女官だ。遠慮がちながらも、心配そうな声音に、思わず慧月の口の端が緩んだ。

「いいえ、なんでもないの。わたくしは大丈夫ですわ。どうぞ気になさらないでちょうだい」

しおらしく言ってみせると、一拍置いて、女官たちがおずおずと仕切りの戸をずらす。

「玲琳様の我慢強さは美点でございますが、頼ってもらわねば、わたくしどもも切のうございます。どうか、米一粒ぶんほどの異変であっても、遠慮なくお伝えくださいませね」

「んもう、心配性な皆さま。大丈夫よ、あなたたちは下がってちょうだい」

懸命に言い募られて、慧月は込み上げる笑いをこらえるのが大変だった。

(実に、気分がいいわ)

心配され、べたべたに甘やかされるというのは、なんと心地よいものか。

熱は高く、関節が軋むほどであったが、それでも起き上がってやり取りを楽しむくらいには、この環境が愉快だった。

(これぞ、わたくしが求めていたもの)

熱に浮かされたまま、慧月は満足げに室内を見渡す。

皇后の住まう黄麒宮《こうきぐう》の中でも、特別に広々とした空間。調度品は、実直を愛する黄家の性質を反映してか、素朴な作りの物が多いが、丁寧に手入れされているのが一目でわかる。

心を解《ほぐ》すように、控えめに焚かれた香。眠りを邪魔せぬよう、遠くに小さく灯された火。主人に対して常に敬愛の視線と関心を注ぎつづける、忠誠心溢れる女官たち。この空間には、「黄 玲琳」に対する慈しみの心が溢れている。

(これだけ大切にされたなら、どぶネズミだって、優雅で繊細な蝶になろうというものよ)

慧月は枕にどさりと頭を押し付け、皮肉げに笑みを刻んだ。

自分が雛宮《すうぐう》内で、どのように噂されているかなんて知っている。無才で陰険なネズミ姫だ。

だが、慧月からすれば、それはひとえに環境のせいだった。

（だいたい、無理な話だったのよ。ちょっと道術ができるだけの、朱家《しゅけ》の末席の娘が、雛宮で殿下の寵《ちょう》を争おうだなんて）

そう、彼女はもともと雛女《ひめ》になるべく生まれたわけではなかったのだ。朱家の中でも落ちこぼれと言われていた惨めな女と、道士崩れの優男の間にできた娘。それが、慧月だ。彼女は五家の政争なんかには加わらず、田舎に与えられた小さな屋敷で、ひっそりと生きるはずだった。

風向きが変わったのは、つい一年ほど前――彼女の両親が、借金を重ねた挙げ句、自死したときだ。寄る辺ない身の上となった彼女は本家に侍女として引き取られることとなり、そこでなんと、偶然里帰りをしていた朱貴妃に見初められ、雛女に指名されたのである。

――まあ、その年で両親を。なんと哀れですこと。

苛烈な性格の者が多いと知られる朱家にあって、朱貴妃――朱 雅媚《がび》は、穏やかで慈悲深いと評判の女性で、それゆえに、優雅を愛する弦耀《げんよう》皇帝に気に入られ、貴妃の座を与えられたほどである。死産だったとはいえ、男子を授かった妃も、皇后・絹秀《けんしゅう》を除けば彼女だけだ。

そんな彼女は、己の後継ともなる雛女を、適性でも利益でもなく、憐れみの心をもって選んだ。実際、それによって朱貴妃は名声を高め、慧月は一躍時の人となった。

が、今思えば、慧月の幸運は、そこまでだったのだ。

（ああ、思い出すだけで腹が立つわ。女官たちの蔑みの目。ほかの雛女たちの嘲笑。貴妃様は優しいけれど、おろおろするばかり）

慧月はいらいらと親指を噛んだ。

(数カ月前に初めて都に上がったような人間が、すらすらと経典を読み、詩を諳《そら》んじ、舞えるはずがないのに。誰もかれも、わたくしを馬鹿にして)

ろくな雛女教育を受けていなかった慧月を、朱家の女官や、他家の女たちは、大いに見下したのだ。足音が大きいと言っては嘲笑《あざわら》い、気の利いた答えができないと言っては後ろ指を指す。おかげで慧月は、自分より無学で粗野な女官しか、そばに置こうとは思えなかった。

唯一彼女を笑わなかったのは、黄家の雛女——黄 玲琳くらいだ。だが、だからこそ慧月は、彼女を憎んだ。

美しく、聡明で、人格まで備えた完璧な女。そんなもの、反吐が出る。

(気に食わないのよ、「わたくしは関係ございません」って、一人高みの見物をしているような姿勢が)

慧月が思うに、黄 玲琳が「殿下の胡蝶《こちょう》」たれるのは、最初から強い札ばかりを持ってこの世に生を受けたからだ。皇后の姪という至高の地位、美貌、皇子との血縁。

しかも黄家は、五行で言う土の気がそうさせるのか、朴訥として愛情深い者が多いと評判の家系である。誰もが頑丈な体と、世話好きな性格を持っている中で、玲琳のように儚げな美貌の娘が生まれたら、それはもう溺愛されて当然というものだ。他国へ遠征中だという彼女の兄たちからも、ひっきりなしに文や贈り物が届くことからも、いかに玲琳が黄家で愛されているのかが窺える。

そして、愛される余裕こそが、彼女を善良たらしめているのである。

(急《せ》かされず、侮られず、温かく見守られてきたからこそ、彼女は才能を伸ばしたのだわ。この環境ならば、わたくしだってうまくやっていける。実際、これだけ気遣われ、愛されたなら、殊勝な言葉の一つも吐けるもの)

慧月は、この昼、わざわざ尭明《ぎょうめい》が見舞いに来てくれたことを思い出し、ふふんと満足げな息を漏らした。
・
文武に秀で、太陽のように快活な男の魅力を放つ、皇太子・尭明。潔い性格のぶん、気に食わないと判じた相手にはどこまでも冷ややかで、慧月などは素っ気ない態度を取られていたものだが、今日の彼は、始終なんと甘やかな笑みを浮かべていたことか。

「獣尋《じゅうじん》の儀ではおまえに不安な思いをさせて、すまなかったな」

「まだ熱が高いようだ。ほら、少しこちらにもたれるがいい」

ときに申し訳なさそうに、ときに心配そうに。唇が耳を掠めるような距離で囁かれ、慧月は何度胸をときめかせたか知れない。

そうして、にやにやと笑いだしそうになるのを必死にこらえながら、言ったのだ。

「わたくしは大丈夫でございます。お従兄様《にいさま》にご心配をおかけしてしまうことだけが、心苦しゅうございます……」

と、思いきり殊勝に、しおらしく。

（ああ、なんて気分がいいの）

これだけ愛情を注がれれば、いい子ぶりっこなど簡単にできる。「慈愛深く繊細で、善良な黄 玲琳」など、いくらでも演じられよう。

そう。この体であれば、尭明を誘惑することさえ、実にたやすいことだ。

（あなたが悪いのよ、黄 玲琳。他人の感情に疎すぎる、あなたが）

窓から見える夜空に向かって、慧月は猫のように目を細めた。

あどけない玲琳を想うがゆえに、尭明は彼女への本格的な手出しを控えている。だがそのぶん、余裕に見える表情の下で、彼がかなり焦《じ》れていることも、慧月は敏感に感じ取っていた。

おそらく、ほんの一手。甘い囁きか、潤んだ視線か。

そんな些細な誘惑で、尭明は立后も待たず、玲琳を抱くだろう。

（それって、最高の笑い話ね）

念願かなって手に入れた女の正体が、虫けらのように扱ってきた慧月だと知れば、尭明はどれだけ驚くだろうか。そして、知らぬ間に体を暴かれた玲琳は、どれだけ絶望するだろう。

二人は、慧月のことを憎むだろう。だがそれも、眼中に入らないよりは何倍もましだ。

「少しはわたくしのことを、見ろと言うのよ……」

雛宮に上がってから一年。慧月は散々見下され、嘲笑われ、最後には目を背けられるようになった。いや、玲琳に至っては、最初から慧月など視界に入れていなかった。これは、そんな彼女への復讐である。

「今思えば、獣尋の儀であの女が死ななくてよかったわね」

このまま玲琳が「朱 慧月」の体で生きていれば、万が一入れ替わりが露見しても、彼女を盾に、慧月は殺されずに済む。元の体に魂を戻してやれるのは、慧月だけなのだから。

そうだ、明日あたり、尭明に「わたくしは恨んでおりませんので、朱 慧月に過剰な制裁がないようにご配慮ください」とでも訴えてみよう。そうすれば、「玲琳」の名声はますます高まるだろうし、「慧月《ひとじち》」の安全は確保される。

もっとも、このまま入れ替わりが気取られぬまま、尭明の寵愛を一身に受けるというのが最善ではあるので、そちらを優先はするのだが。

「ふふっ。楽しい日々になりそうね」

少なくとも、しばらくは打ち身と高熱を理由に、ごろごろとしていられるだろう。

慧月は、にんまりと笑って、寝返りを打とうとしたが、

「——玲琳様」

ちょうどそのとき、戸を叩く音があった。

静々とした身のこなしで入室してきたのは、玲琳付き筆頭女官、冬雪《とうせつ》である。

朴訥とした者の多い黄家にあって、常に冷ややかとも言える落ち着きをまとった彼女は、水と戦を司る玄家《げんけ》の遠縁にもあたる人物だと聞く。言われてみれば確かに、とっつきにくそうな無表情が、い

かにも玄の血筋らしい。

火を司る朱家の人間にとって、水を司る玄家の人間は、徹底的に相性が悪いのだ。慧月は、ぴくりとも動かぬ冬雪の顔に、

（人間味のない女だこと）

と内心で舌を出しながら、表面上は穏やかに訪問を受け止めた。

「どうかして、冬雪？」

「はい。玲琳様が熱を出されてから、もう二日となりますゆえ、急ぎ参りました」

さてはこの女も、表情は乏しいながら、過保護な女官の一人ということか。見れば、彼女の背後で、下級女官たちが続々と箱を運び入れている。見舞いの品だろう。

「まあ、冬雪ったら。あなたは本当に気が利くのね」

「いいえ。日頃の玲琳様であれば、発熱してから半日も経てば、鍛錬に乗り出そうとするところ、わたくしが至らぬばかりに、二日も待たせてしまいました。誠に申し訳ございません」

「は？」

なにを言っているのか、よくわからない。

眉を寄せる慧月をよそに、冬雪は女官たちに命じ、並べた箱を次々と開けさせた。

そうして出てきた物たちに、慧月は絶句する。

裁縫道具に、筆、硯《すずり》、経典、手ぬぐい、琵琶《びわ》、笛、琴に、碁、短刀に弓、極めつけに、鋤《すき》と鍬《くわ》。

「…………は？」

「夜を徹しての刺繍、はたまた写経百本打、舞踊稽古、各種楽器練習、それとも基礎体力づくり。今宵の鍛錬はどれになさいましょう。古来より弓は病魔を打ち払うと申しますので、今日はそのあたりが最適でしょうか。もちろんわたくしも、玲琳様のお気が済むまでお付き合い申し上げますゆえ」

真顔で告げられる内容に、頭が追い付かない。

病床での手慰みというには、あまりに、こう、重労働《ヘビー》すぎる。

というか、冬雪は今、「鍛錬」と言わなかったか。

（なにを言っているの？　相手《わたくし》は病人よ？）

黄玲琳が日頃これだけの鍛錬を欠かさぬ努力家だったのだとしても、せめて体調の回復を待つべきだろう。

だが、冬雪がしみじみと感じ入ったように告げた言葉に、慧月はさらなる衝撃を覚えた。

「『命の危機に瀕しているときこそ、体は最も貪欲に、知識技術を身に付ける。熱で朦朧《もうろう》としているときこそ、限界の向こう側を垣間見られるのだから』。初めて看病したとき、こともなげにそう仰《おっしゃ》った玲琳様を思い出すたび、この冬雪、身に震えが走ります。まこと玲琳様は、努力を尊ぶ黄家の血を、誰よりも濃く継いだお方。今や皇后陛下も巻き込むようになった鍛錬に付き合えますこと、一女官として誇りに思います」

「は……？」

「『不調はもはや日常の一部。具合がよい日を待っていては、永遠に鍛錬などできません』というのも、けだし名言でございました。女官の中には、玲琳様のあまりに儚い風情を案じて、鍛錬を止めようとする不届き者もおりますが、この冬雪は、玲琳様の味方でございます。今宵も彼女たちは蹴散らしました。さ、玲琳様。ご随意に」

ずい、と箱を押し出されるが、はっきり言って、彼女の主張がさっぱり理解できない。

「と、冬雪？　わたくし、寝込んで二日目なのですけど」

「はい。本当なら昨日にも鍛錬道具をお持ちしたかったのですが、玲琳様の実力を解さぬほかの藤黄《にょかん》どもに、『これだけの大事故、せめて一週間は休ませては』などと止められ、彼女らを説得するのにこれほどの時間が掛かってしまい……申し訳ございません」

「いいえ、あのね？　起き上がるのも苦しいほどの熱があるのよ」

「はい。脱魂《だっこん》が容易な、理想的な状況ということでございますね。機を逃してはならぬという、玲琳様の全身から滲み出る想いを、この冬雪、ひしと感じ取っております」

（そんな想い、滲ませていなくてよ!?）

これは、筆頭女官殿のわかりにくい冗談なのだろうか。

いや、しかし、彼女は真顔を崩さないし、ほかの女官たちも、いたわしげな視線を向けつつも、やけに手際よく鍛錬道具を並べている。

つまりこれは、本当に彼女たちの日常なのだ。

黄 玲琳は、これだけの鍛錬を、病に臥せっている時でさえ――いや、臥せっているときにこそ、重ねていたというのだ。

慧月は、ひくりと口の端を強張らせる。

「は……っ」

そうして、声を上ずらせ、両手で胸元を押さえた。

「吐き気がしますわ。熱がさらに上がって来たみたい。これまでにない熱さですわ」

「まあ。これまでにない高みに昇れそうでございますね。盥《たらい》をお持ちしましょう」

「いいえ！　これは、……これは、伝染《うつ》る病のような気がします。盥も鍛錬もいいから、あなたたちは下がってちょうだい。即座に」

演技ではない汗を滲ませて、慧月はぎこちない笑みを浮かべた。

「大切なあなたたちに万が一のことがあっては、わたくし、自分が許せませんもの」

「玲琳様……」

冬雪以下、女官たちが胸を打たれたように、はっと息を呑む。

それから、

「なんと、これほどまでに体調を崩されていたとは。すぐに薬師をお呼びいたしましょう」

「玲琳様、どうぞお気を確かに！」

「わたくしどもが付いております」

女官たちは、ようやく真っ当な行動を取りはじめる。

にわかに騒がしくなった室《へや》の中、慧月はずるりと寝台に倒れ込んだ。

（おかしいわよ、こいつら……）

頭の中に、ただその言葉だけが渦巻く。

おかしい。

こんなの、絶対におかしい。

（黄玲琳は、皆に守られ、甘やかされている、繊細な胡蝶ではなかったの？）

彗月は知らなかったのだ。

黄玲琳がこれほどまでに過保護に扱われているのは、彼女が病弱だからというだけではない。黄家の者が世話好きだからというだけでもない。

玲琳が、放っておくと物理的に死にそうなほどの努力《むちゃ》をする人物なものだから、心配せずにはいられないという、そこに尽きるのである。

（わたくし……この体で、やっていける、わよね……？）

熱のせいだろうか。ぞくりと背筋に悪寒が這うのを慧月は感じた。

5．玲琳、女官を得る

真っ青な空から降り注ぐ陽光を浴びて、玲琳《れいりん》はうーんと伸びをした。

「昨夜の雨から一転、なんとよい天気でしょう。絶好の農耕日和！」

大きくのけぞった後は、手で庇《ひさし》を作って、ぐるりと梨園《にわ》を見渡す。

すっかり美しく整えられた畝のあちこちで、草葉に浮かんだ水滴が陽光を弾き、まるで梨園《にわ》全体がきらきらと輝いているようだ。水たまりすら、空を映して鏡のようである。

入れ替わりから、はや四日。

玲琳にとってこの生活を一言で表すなら「最高」、これに尽きた。

（食料も薬草も面白いくらいに生えてくるし、連日農作業に没頭しても全然倒れないし、夜更かししても誰にも心配をかけないし、ご飯は美味しいし……わたくし、こんなに幸せでよいのでしょうか）

胸の前で両手を合わせながら、心の内で始祖神へと問いかける。

憎まれて報いを受けた身だというのに、今、彼女は朱《しゅ》 慧月《けいげつ》に申し訳なさを覚えるほど幸福だった。

まずなんといっても、この健康な体が素晴らしい。ちょっとの鍛錬でも、命がけの覚悟で望まねばならない玲琳だったのに、この体ときたら、多少筋肉痛を覚えるくらいで、全然へこたれないのだ。

もっともそれは、玲琳時代に、少しでも身体的負荷を減らすべく編み出した呼吸法やら、独自に配合した薬草を取り入れているからかもしれないが、やはり、零《ゼロ》に掛け合わせるのと十に掛け合わせるのでは、これほど差がつくものかと感嘆させられる。たった四日、玲琳が習慣にしている「ちょっとした」運動や訓練をするだけで、体がみるみる引き締まっていくのを感じるのだ。

（手を掛けるほどに、花木はどんどん育ってゆくし、体はどんどん健康になってゆく。それを見守る、この快感……巷で言われる『男の甲斐性』とは、もしやこうした感じでしょうか……）

すっかりキレよく動くようになった己の手足を、玲琳はうっとりと見つめた。

朱慧月は雛女《ひめ》の中では背が高い方で、つい大振りになってしまう挙措を気にしていたのか、記憶の中の彼女は、いつも背を丸めていたように思う。それなのに、衣装だけは派手なものだから、ちぐはぐと冴えない印象があったのだ。

だが、玲琳からすれば、そんなのは実にもったいない。この長い手足はぞんぶんに鍛え、しなやかな動きを惜しみなく見せつけるべきである。なにより健康美を愛する彼女は、薄くついてきた力こぶを衣越しに撫で、ほうと笑み崩れた。

（筋肉。それこそは力）

密かに、腹筋も六つに割ってみたいという野望を持つ彼女である。

（けれど、さすがにあと三日では、割れませんよね……）

忌祓《いみばら》いの期間は七日。つまりあと三日もすれば、雛宮《すうぐう》は再開される。そうしたらこの謹慎も解かれて、朱 慧月、いや「黄《こう》 玲琳」と会うことになるのだろう。

(慧月様は、なにをお考えなのでしょう)

玲琳は、そっと眉を下げた。

現時点で、朱 慧月の意図の全貌は掴み切れていない。彼女は玲琳を妬んでいて、その座と命を奪うことを望んだわけだが、玲琳が獣尋《じゅうじん》の儀を生き延びた今、彼女はこちらになにを望むのか。

事態の口封じを目論むなら、執拗に玲琳の命を狙ってしかるべきだが、少なくとも獣尋の儀以降、玲琳は命の危機に瀕したことはない。もしかして、殺害は諦めて、入れ替わりだけを継続する方針に転換したのか。

それとも、莉莉《りーりー》から聞いた噂では、「黄 玲琳」は乞巧節《たなばた》の日からずっと寝込んでいるとのことだから、単純に攻撃を仕掛けるどころではないのか。

「やはり、お会いしないことには、状況は変わりませんよね……」

玲琳はぽつりと呟いた。

一応これでも、相手に会いに行く努力はしたのだ。

だが、獣尋の儀では無罪になったとはいえ、この状況下で「朱 慧月」が「黄 玲琳」への面会を許されるなど、あるはずもなかった。より厳密に言えば、朱貴妃への説明の機会も、いまだもらえていない。朱駒宮《しゅくぐう》の「朱 慧月」への無視は、いまだに続いていた。

（……ええ。そうなのですよね。わたくしは努力したのですけど、諦めざるを得なかったから、いやいや、しぶしぶ、この状況に甘んじているわけで。ええ）

本来の玲琳なら、一度の挑戦で引き下がったりなどしない。手紙の返事が来なかったなら、何度でも書いただろうし、待ち伏せだって、おびき出しだってしただろう。

それでも、「話がしたい」という手紙に朱貴妃から返事がなかったのをいいことに、さっさと現状維持を決め込んでしまったのは、やはり、玲琳自身がこの生活をかなり気に入ってしまっていたからにほかならなかった。

（……いけません玲琳。いくら先方が望んだこととはいえ、あのぽんこつな体を他人様に押し付けるなんて。だいたい、わたくしの体は、わたくしだけのものではないわけで。雛女としての責任、忠誠を誓ってくれた多くの女官たち、そして敬愛する皇后陛下が芋揚げ……未知の薬草候補……昨日冬虫夏草見つけちゃった……）

両手を合わせ、必死に道理を言い聞かせようとする傍から、雑念が混ざり出す。

うんうん唸っていると、背後から、不機嫌そうな声が掛かった。

「なに、朝っぱらから唸ってんだよ。気持ち悪ィ」

まだ寝ぼけ眼を擦っている莉莉である。

「まあ、莉莉。おはようございます。早起きさんですね」

「……いや、女官より早く起きてるあんたに言われても」

にこやかに挨拶すれば、相手はひくりと顔を引《ひ》き攣《つ》らせる。最初はこの乱暴な言葉遣いにびっくりしたものだが、表情豊かなこの少女のことを、玲琳は大層気に入っていた。なにしろ一人暮らしの身の上だ。解放感は嬉しいものの、時折寂しくなってしまうので、そんなときは、こういった話し相手がいると、雰囲気が賑やかになってよい。

（なんと言ってもこの四日間、しっかり寝食を共にしていますものね）

結局莉莉は、三食を玲琳と共にし、この蔵の中で寝ているのだ。いや、初日の夜、芋揚げを食べた後に一度だけ女官室に帰ったのだったが、その真夜中に、荷物をまとめて蔵へとやって来た。

——握りしめた拳で、何度も目元を拭っていたから、玲琳は寝たふりを続けていたが。

すっかり蔵に住み着くようになって以降も、事情を聞き出そうとはしていない。詠国《えいこく》では珍しい赤毛を持ち、側仕えなのに洗朱《あらいしゅ》の衣をまとう彼女——まあ、どんな境遇に置かれていたのかは、おおよそ想像はつく。

（莉莉もここで、張り合いのある日々を過ごしてくれているようですし）

玲琳がちらりと莉莉を見やれば、彼女は思案顔から一転、慌てたように視線を逸《そ》らした。恐らく、今日の「奉仕作業」はどんなものにするかを考えているのだろう。

（あっ、間違えました、「奉仕作業」ではなくて、「嫌がらせ」でしたね）

心の中で訂正する。万が一莉莉に聞かれたら、きっとすごく怒られてしまうだろう。

そう。莉莉は、これまでの朱 慧月への報復か、はたまた誰かに命じられたのか、一生懸命、玲琳に嫌がらせを仕掛けようとしてくるのである。

たとえば、虫のびっしり詰まった箱を梨園《にわ》に投げ入れてきたり、枕に鋏を突き立ててみたり、はたまた、集めてきた汚物を梨園に撒《ま》いたり。箱入り娘の上級女官ではまずなしえない、なかなか気合いの入った行動の数々である。

ただ玲琳からすればそれは、「土をもう少し耕したいな」と思っていたらミミズをもらえた、「裁縫をしたいな」と思っていたら鋏をもらえた、「土壌を改良したいな」と思っていたら堆肥をもらえた、といった感じで、ことごとくこちらを喜ばせてもらっている格好だ。

莉莉がなにかするたびに、玲琳はついつい歓喜の声を上げ、相手を呆然とさせてしまうというのが、ここ数日のお約束になっていた。

(いえ、喜んではいけませんよね。相手は真剣に取り組んでいるというのに、その意向を踏みにじるような真似をしては)

黄家の者は、努力家で根性《ガッツ》のある人間を好む。一生懸命な莉莉を心から応援したいと思うのに、ろくに悲鳴も上げてやれず、まるで期待に添えていない自分が申し訳なかった。

申し訳ないのだが――正直、ちょっぴり、次を楽しみにしてしまう自分もいる。

(できれば次は、包丁か染料あたりをいただけないものでしょうか)

うずうずした。

「……ねえ、ちょっと。あんた今、ろくでもないこと考えてるでしょ」

「いえそんな。働き者の莉莉を、好ましいことだなと眺めていただけで」

莉莉が急にぱっと振り向いたので、玲琳は神妙な顔で首を振った。嘘はついていない。

それ以上追及されてしまうと、いろいろとぼろが出てしまいそうだなと判断した彼女は、首を振った勢いでさっと話題を転じた。

「さあさあ、莉莉も起きたことですし、朝餉《あさげ》と参りましょうか。今日の献立は、主食にふかし芋、主菜に揚げ芋、副菜に芋の油炒め、箸休めの品に揚げ芋ですよ」

「とても箸が休めない！　全部重い！　全部芋！」

にこやかに告げてみせたのに、勢いよく噛みつかれ、玲琳は悲しみに眉を落とした。

「そんな……この献立なら嫌いな方はいまいと、張り切って用意しましたのに」

「なんでそんなに芋と油を妄信してんの!?」

もちろん、玲琳時代にはなかなか食べられなかったからだ。

(この体であれば、油の匂いで胸焼けすることもないし、塩の取りすぎで失神することもない……となれば人間、欲望の扉を全開にしたくなるというものです)

玲琳は内心でうむ、と頷くと、爽やかに莉莉の叫びを聞き流した。

「そうそう、ご安心ください。揚げ芋ですが、もちろん、主菜と箸休めでは味付けを変えております。わたくし、そういうところは抜かりないのです。今仕上げをしますので、少しお待ちくださいね」

「人の話聞いて!?」

女官を差し置き、手際よく朝餉の仕上げに取り掛かろうとする玲琳に、莉莉が絶叫する。

だが、玲琳が「よいしょ」と腕に大きな葉を巻き付けるのを見て、彼女は怪訝そうに口をつぐんだ。

「……なにしてんの？」

「しっ。この作業には慎重さが求められますので、どうぞお静かに」

が、玲琳は素早くそれを制する。

注意深く腕と手を覆い、足音を殺して蔵の壁へと近付いた。おそらくは食料を収める箱として使われていたのであろう、どっしりと頑丈な木製の重箱のある場所へ、である。

「なにをそんな警戒してんの……？」

「しっ」

訝《いぶか》しげに尋ねてきた莉莉を再度制し、玲琳はそろりと、その木箱の上段を持ち上げた。

途端にぶわりと、小さな影が周囲を漂い、背後で見守っていた莉莉が「ひっ」と悲鳴を上げる。

玲琳はそれには構わず、そうっと箱を動かし、用意していた鍋の上でしばしそれを掲げた。

ぽたり、ぽたり。

もったいぶるようにして、箱からゆっくり垂れた黄金色の液体が、鍋底に集まりはじめる。

「なにしてんの!?」

「蜂蜜の採取でございます」

そう、打ち捨てられた重箱には、蜜蜂が巣を作っていたのだ。

「は……っ、ははは っ、蜂っ！　さっ、刺され……っ」

「巣の最上部にいる蜂さんは、蜜づくりを専《もっぱ》らとするので、大人しいのですよ。下段の巣を傷付けない限りは、攻撃はされません。……理論上は」

莉莉が真っ青になって叫ぶのをよそに、周囲を蜂に囲まれた玲琳は穏やかに微笑む。

実際、玲琳がそろりと箱を戻せば、それを追いかけるように蜂たちも徐々に箱へと戻り、最後の一匹が隙間から巣へと引っ込むのを見届けてから、莉莉はようやく息を吐き出した。

「信じられない……っ。あんた、なに蜂の巣に手を突っ込んでるんだよ……っ」

「あら、莉莉は蜂さんはお好きではありませんでしたか？」

玲琳は箱に向かって「素敵な恵みをありがとうございます」と一礼してから、莉莉を振り向いた。

「たしかに、集めていただいた虫さんたちも、蜘蛛さんやムカデさんのような、地を這う系統ばかりでしたものね。もしや、羽のついた虫さんがお嫌いで？」

「いや、羽がどうとかじゃなくて……蜂が好きな女って、普通いないだろ⁉」

「そうですか？　まあ、言われてみればわたくしも、一番好きな虫さんは、蜂さんではなくコオロギさんですが……」

「コオロギ？　まあ、コオロギなら……」

秋に美しい音色を奏でる虫の名を出され、莉莉は少しほっとしたように口ごもる。

（コオロギさんは、乾燥させて砕くと、エビさんのような風味がするのですよね。この自給自足生活

が続くならば、いずれ採集しましょう。薬の材料にもなりますし）

ただし、二人の会話は、噛み合っているようでまるで噛み合っていなかった。

だが、そんなことより、今の玲琳には気になるものがある。

「ああ、なんと美しい色でしょう……」

もちろん、鍋に集めた蜂蜜である。

酒で言う初垂《はなた》れのように、巣から真っ先に垂れ落ちた部分は、巣や木箱の屑が交じることもなく、美しく澄み渡っていた。

（ああ……叶うならば、もう少し蜜の溜まった頃合いに、短刀などの刃物を手に入れて、ほんの少しだけ巣を切り取らせていただいて。それをざくりと歯の先で噛み砕いたならば、どんなに素晴らしい味わいがするものでしょう）

玲琳はうっとりと蜂蜜を見つめる。とろりと滑らかな黄金色を見るだけで、舌下から唾が湧きそうだったし、白く結晶化した部分や、ざくざくとした歯触りの巣、そしてそこからじゅわりと染み出す甘味を想像するだけで、胸が高鳴った。

（それにそれに、巣まで取り出せるようになったなら、搾りかすを使って、ぜひ蜜蝋づくりにも挑戦したいものです。夜に灯して香りを味わって……あるいは化粧品に……ああ、なんと充実した日々なのか……！）

蜂蜜の採取など、「玲琳」時代には女官がけっして許さなかっただろう行為。それがまさか、このうち捨てられた蔵で体験できるとは。玲琳は改めて、この緑豊かな環境に感謝を捧げた。

まるで宝飾品でも扱うような恭しい手つきで鍋を持ち上げ、厨房と定めた梨園《にわ》の一部に移動する。

蔵の壁に使われていた石で組んだ竈《かまど》の上には、すでに揚げ終えた芋が、ほのかな湯気を残しつつ整然と並んでいた。玲琳はそれをそうっと鍋に落とし、蜂蜜に絡めていく。ねっとりとしたあめ色の衣が、たまらなく食欲をそそった。

そわそわとこちらを見守っている莉莉を呼び寄せ、「あーん」と微笑みかける。

この数日ですっかり、玲琳に胃袋を掴まれつつある莉莉は、いかにも親密な距離感に顎を引きつつも、最終的にはおずおずと口を開けた。

そこにひょいと揚げ芋を放り込むと、莉莉が「んっ！」と小さく目を見開く。

その反応に大いに気を良くしながら、玲琳もまた、箸休めのはずの品を真っ先に口に入れ、「んううううっ」と両手で頰を押さえて、その場でじたばたした。

（たまりませんっ）

まず感じるのは、つんと舌が痺れるほどの、真っすぐな甘み。

それを口中に絡ませながら、まだ熱を残した芋を噛み締めれば、ざくっとした歯触りとともに、たちまち油と、芋自体のふくよかな味わいが広がる。親の仇でも煮るように、じっくり油で揚げ続けた甲斐があったというものである。

「ああ……幸せ……」

玲琳はそっと目頭を拭ってから、静かに胸元を押さえた。

朝から口いっぱいに広がる多幸感ときたらどうだろう。吐き気に襲われることも、大量の薬の処方に頭を悩まされることも、心配を掛けないようにと気を遣うこともないこの暮らし。ここ数日、玲琳が悩まされた物思いといったら、せいぜい「揚げ芋には塩か蜂蜜か」くらいのものだ。ちなみにそれは、両方を採用することで今解決された。

(いえ、いけません、玲琳。この体はあくまで慧月様の蔵の補修作業もしてみたい……)

気のせいだろうか。誘惑に負ける速度も、日に日に上がっているように思われる。

玲琳は恐々と、この魅力に溢れすぎる環境を見渡した。

二日前にむしったばかりなのに、もう元気よく地表に飛び出している雑草たち。

漆喰《しっくい》もなにも剥げ、興味深い後宮建築技術ごと中身を剥き出しにしている蔵。

隙あらば育ちすぎ、実を弾けさせてしまう野菜たち。

元気いっぱいの会話を提供してくれる愛らしい女官。

(……だめ。こんなの、いそいそと手をかけずにはいられません……っ)

大の世話好きの黄家の人間からすれば、手のかかるものばかりが目の前に並ぶなど、やり甲斐しか感じない光景である。もはや、鴨が葱どころか鍋まで背負って朱駒宮に舞い降りたとしか思えない。

(まずは草をむしって、このまえ編んだ草の寝台を補強しましょう。初日に刈った枝もよい頃合いに枯れてきたから、燻《いぶ》して、消毒に使って。それから、蔵の崩れた石を積み直して、野菜は……うーん、保存食に加工できるでしょうか。余ったら、朱駒宮の厨《くりや》にお届けするとか。あっ、それとも、瓜の類は化粧品にしてみましょう。それからそれから……)

やりたいことが次々と浮かび、しかもそれらを確実に「こなせる」体力があるのだと思うと、もう興奮が止まらない。

油断するとすぐ緩んでしまう頬を、玲琳は必死で叱咤しつつ、それでもこぼれる笑みを抑えきれずに、上機嫌で朝餉の支度を続けたのだった。

(くそ……っ、なんなんだよ、この女)

一方の莉莉はと言えば、にこやかながら得体の知れない相手のことを、警戒態勢で見つめた。

そう、にこやか。

信じられないことに、この女――朱 慧月であるはずの女は、いつもおっとりと微笑んでいるのだ。

(人って、こんなに変われるもんなのか……?)

莉莉の知る朱 慧月とは、「不快な人間」を絵に描いたような人物だ。目上の相手には猫なで声で擦り寄るくせに、自分より下と見るや、途端に蹴飛ばすことも躊躇《ためら》わない。相手の弱点をねちねちとあげつらい、気に食わないことがあれば金切り声を上げ、物を投げつける。莉莉自身、寒い日に冷水を浴びせられたことも、覚えのない窃盗罪をなすりつけられ、鷲官《しゅうかん》に突き出されかけたこともあった。だというのに、この目の前の女ときたらどうだ。

日の出とともに女官よりも早く起き出し、せっせと梨園《にわ》を整え、花が咲いたと言っては喜び、甲斐甲斐しく莉莉の世話まで焼こうとする。

それだけ聞くと、まるで善良な人間に心根を入れ替えたようだが、それにしては奇妙なところもある。先日なんて、いそいそと虫の箱に手を突っ込んで仕分けし、「うーん、容れ物が足りないから、蜘蛛さんとムカデさんは一緒にしてしまおうかしら」と首を傾げさえしていたのだ。莉莉は思わず、

「あんた、蠱毒《こどく》でも作るのかよ⁉」

と突っ込んでしまった。

我ながら雛女に対する口調とも思われないが、相手が悪女という以上に、こうも叫び出したくなるような言動ばかり取られるのだから、当然だという気がする。

それに、かなり食に貪欲だ。揚げ物が特に好きらしく、毎日なにかを揚げては、おいしいおいしいと目を潤ませて頷いている。

昨日など、

「あのぅ、莉莉は育ちざかりなのですから、この、大きく割ったほうの芋を食べてよいのですよ」

と芋揚げの半分を差し出してきたが、その表情があまりに悲壮だったので、莉莉はつい小さい方を取ってしまったほどである。途端に感動したように頬を紅潮させ、何度も感謝の言葉を述べるその姿に、うっかり可愛いかもと思わされてしまったが、いやいや、そんな朱 慧月は朱 慧月ではない。

では誰かと言えば――その答えが、さっぱりわからないのだ。

上品な口調で話し、穏やかで、豪胆で貪欲な女。そんな人間、これまでに会ったためしがない。

この日も莉莉は、やはり牢で正気を失ったのだろうなという結論に行きつくしかないのだった。

そして、正気を失った人間を苦しめる方法を、莉莉はいまだにわからないでいる。

「あら、莉莉。上衣の裾がほつれていますよ。お貸しなさい、わたくしが縫って差し上げます」

「……結構だ。っていうかあんた、呪い人形を針山に活用してんじゃないよ！　気味悪ィ！」

「あっ、ごめんなさい！　使い勝手がよかったものだから、つい」

いそいそと裁縫道具を取り出した相手が握っていたのは、二日前に莉莉が忍ばせた、全身に針を刺された呪い人形である。

(そういうとこだぞ⁉)

送りつけた人間のほうが思わず悲鳴を上げていると、相手は慌てたように人形をひっくり返し、針を移動させはじめた。

「大丈夫です。ほら、背中や肩に刺してあげたら、あたかも鍼《はり》治療の模型のような感じに……」

「ならねえよ！」

莉莉は絶叫した。

なんだろう。報復のために始めたはずの嫌がらせだが、最近では、徒労感のほうが大きい。嫌いな女をいたぶるだけで白鼠《しろねずみ》の衣がもらえるなんて、と思っていたが、もしかしたら、これは割に合わない仕事なのではないだろうか。

朝から疲れ切って、げんなりと溜息を漏らしていると、相手は申し訳なさそうに肩を落とした。

「ごめんなさいね。莉莉にも、いろいろ事情があるのですよね。本当はわたくしも、恐怖に血反吐し血涙を流すくらいの反応をしたいとは、常々思っているのですが、うまくいかなくて……」

「いや……そこでそう言われると、こっちの立場が完全になくなるんだけど……」

すっかり戦意を喪失して、再度溜息を漏らすと、朱 慧月の顔をした女はおずおずと切り出した。

「でしたら、このような奉仕……もとい、嫌がらせは、もうやめたほうがよいのではありませんか？あなたはとても熱心で、気骨があり、努力を惜しまない素敵な女官です。その美点をぞんぶんに発揮して、本来の女官の仕事に全力であたるほうが、あなたの心には適うのではないでしょうか」

「…………」

莉莉は、まじまじと相手の顔を見つめた。面と向かって褒められるなんて、朱 慧月からでなくても初めてのことだ。

真っすぐな言葉を受け止めきれず、だから彼女は、咄嗟にそれを振り払った。

「……なんだよ、それ」

心臓がざわつく感触が、厭《いと》わしい。この女に感情を動かされるなんて、あってはならなかった。

「さんざん人のことを馬鹿にしてきたくせに、今さら褒めて、なんのつもり？」

「それは――」

「なんだよ、本来の仕事にあたれって、他人事みたいに。廃屋で、罪人もどきの女の世話を命じられる……こんな『本来のものじゃない』状況に巻き込んだのは、あんただろ!?」

指を突きつけて相手を睨んでいるうちに、本当にその通りだと、心が追い付いてくる。

自分はこの女を憎んでいる。嫌っている。この女に苦しめられてきたのだから、当然だ。

だいたい、蔵の立地条件に幸運が重なったおかげで、自分たちは飢えずに済んでいるが、本当なら、雅容《がよう》からの援助なしには生活も立ち行かない状況だったのだ。今後の人生を保障するためにも、莉莉は必ず、この女を追い詰め、白鼠の衣を得なくてはいけなかった。

「本来の仕事をしろなんて言うけど、じゃあ誠心誠意仕えたら、あんたはあたしに報いてくれるのかよ？　しないだろ？　それともなに、あたしに女官としての地位と報酬を、保障してくれるわけ？」

「それは……今のわたくしが、あなたにあげられるものはないのですが……」

「だろう？　だったら、大口を叩くなってんだ！」

吐き捨てるように叫べば、相手はきゅっと口を引き結び、俯く。

その瞳にはっきりと傷心の色が浮かぶのを見て取り、莉莉は顔を背けた。

これでは、自分が一方的に相手を嬲《なぶ》っているかのようだ。

(違う。あたしは悪くない。あたしは、これまで自分を苦しめてきた相手に、やり返しているだけ)

無意識に言い聞かせ、ついで、そんな自分に気付いてはっとする。

言い聞かせなくてはならないほど――本心は違うということか。

「莉莉、どこへ行くのですか!?　朝餉がまだ――」

「うるさい！」

たった数日で、すっかりほだされようとしている自分が信じられなくて、彼女はぱっと、その場から逃げ出した。

が、勢いよく走り出したはいいものの、朱駒宮の中に落ち着ける場所などありはしないのだ。必然莉莉の足は、共有の空間である雛宮の方向へと向かった。忌祓い中の今、かの宮は閑散としており、女官一人が潜むのにもうってつけである。

だが、ふらりと雛宮へ近づこうとした莉莉を、またしてもその場で呼び止める声があった。

「おや。ちょうどよいこと。止まりなさい」

薄衣を張った円扇に、白練色《しろねりいろ》の衣。金家《きんけ》の上級女官、雅容だ。

報告の時間は夕刻のはず。思いもよらぬ時間に遭遇したことに面食らいつつ、莉莉は慌てて膝をついた。ちょうど水たまりのあるあたりだったため、裾に水が染みる。

「雅容様におかれては、ご機嫌麗しく――」

「莉莉。おまえには失望しました」

だが、挨拶すら遮って放たれた言葉に、彼女は息を呑んだ。

相手の顔は薄絹に隠されて見えないが、それでもなお、冷え冷えとこちらを見下ろす気配が伝わってきた。

「日々のおまえの報告を信じ、米を与えてきましたが、聞けば、朱 慧月は蔵で笑って過ごしているそうではありませんか。洗《あら》い女《め》が噂していましたよ」

「そ、れは……」

洗濯物を各所に届ける下級女官は、宮殿内のあちこちに出入りするし、後宮で共有の洗い場も利用する。おそらくは彼女たちの誰かが、ものすごい薬草を見つけたと大はしゃぎする朱 慧月の姿を見かけ、噂したのだろう。

「虫や呪い人形を投げ込まれ、枕に刃物を突き立てられ、梨園《にわ》に汚物を撒かれたという人間が、なぜのうのうと笑っていられるのです。おまえ、さてはわたくしに嘘をつきましたね」

「いいえ！　いいえ、違うのです。私は本当に、それらを行いました。始祖神に誓って！」

莉莉は必死に取《と》り縋《すが》った。ここで、白鼠への道を閉ざされてしまっては困る。

「ほう、誓えるというの？　本当に、朱家への忠誠を捨てていると？」

「間違いございません」

「朱 慧月に懐柔されたわけではないと？」

「もちろんでございます」

間髪を容《い》れずに答えると、雅容は少し考えるように黙り込んだ。

やがて、ゆったりと口を開く。

「いいでしょう。今回は、見逃します」

「あ……ありがとうございます」

「ただし」

しかしそこで、雅容は袂《たもと》を探り、取り出したものを莉莉に投げ与えた。

ずしりと重い、黒鞘《くろさや》に収まった短刀である。

「次は、証拠が欲しい。これを使って、なさい」

「なにを……で、ございますか」

鋏や針に触れたことはあれど、武器を手にするのは初めてだ。

生々しい手触りに、莉莉がごくりと喉を鳴らすと、白練の女は面倒そうに息をついた。

「さあ。それを考えるのはおまえの仕事でしょう。好きになさい。清佳《せいか》様に差し出せる証拠があればそれでいいのよ。衣でも、髪でも、心臓でも。好きなものを裂くがいいわ」

「ですが……っ」

莉莉は、強張った顔を上げた。

「嫌がらせと、その……殺傷では、お話が違います。鷲官に小金を、とは仰《おっしゃ》いましたが、まがりなりにも雛女の身に刃が及んだなら、さすがに対応も異なるでしょう。私は、処刑されてしまいます」

これでも莉莉は、自身の安全が確保できるぎりぎりの線を見極めて、嫌がらせを仕掛けていたのだ。暴言を吐いたり、周辺を荒らしたりするのと、朱 慧月当人を傷付けるのでは、危険度が違う。

だが、雅容はけんもほろろだった。

「だからなんだと言うのです?」

「え……？」

「おまえ、自分の立場がまったくわかっていないのねぇ」

円扇から覗く赤い唇が、ふと吊り上げられる。それは、朱駒宮でよく見かける、相手を蔑みきった笑みだった。

「簪《かんざし》を受け取ったときから、おまえの命は、すでにわたくしの手の中にあるのよ。おまえができないと言うなら、わたくしはおまえを鷲官に突き出すだけのこと。金家の簪を盗んだ罪でね。白練のわたくしと、洗朱の、しかも異国人のおまえ。鷲官がどちらを信じるかなんて、火を見るより明らかだわ」

「そんな……っ」

「本気で白鼠の衣を与えられるとでも？　男を誘うしか能のない、踊り子の娘風情が、あまり笑わせないでちょうだいな」

あまりの言葉に、莉莉は顔色を失う。

「では、今日の夕刻に」

「お待ちくださ――」

さっさと踵《きびす》を返そうとする雅容の襦裙《じゅくん》に咄嗟に縋り付くと、

――どんっ
躊躇いなく、蹴られた。泥の付いた沓《くつ》に胸を押され、勢いよく背後に倒れ込む。ばしゃりと水が跳ね、頬にまで泥が散った。

「触らないでちょうだい。餌をもらえるのは、仕事をしたあとですわよ、ネズミさん」

猫なで声で言い捨てて、雅容は今度こそその場を去っていく。

莉莉は呆然としたまま、後ろ姿を見送った。

＊＊＊

「そのつまらなそうな顔をどうにかしたらどうだ、辰宇《しんう》」

嘆息を含んだ声で呼びかけられて、辰宇ははっと顔を上げた。

視線の先、回廊の中央には、やれやれと肩を竦める高貴な男――尭明《ぎょうめい》の姿がある。彼は、政務時とは異なり袍服《ほうぶく》をまとい、ゆったりとした風情でこちらを振り向いていた。言葉のわりに、精悍な美貌には面白がるような表情が浮かんでいたが、辰宇はその場に素早く跪《ひざまず》く。

「申し訳ございません。黄麒宮《こうきぐう》への連日の見舞いに付き合わされ、ついうんざりした思いが顔に」

「謝罪の口調で喧嘩を売るな。買うぞ」

いけしゃあしゃあと述べると、尭明が呆れたように言い返す。皇太子と鷲官長――そして異母兄弟という関係にしては、彼らのやり取りは気の置けないものと言えた。尭明の言葉を信じてよいなら、辰宇は彼が「内側に入《い》れた」相手だからだ。

詠国の皇太子、詠 尭明は、文武に秀でて公明正大。男らしい美貌と闊達《かったつ》な性格に恵まれた、皇子の中の皇子である。生まれた瞬間には都中に龍気が轟いたと言われ、王者らしさの滲む姿に、周囲は女ならことごとく恋慕の情を抱き、男なら多くは敬慕の念を抱いたものだが、そうした環境は、彼から人への興味を奪ってしまった。

いわく、つまらないのだそうだ。なにもかもが、あまりにたやすく手に入るから。

これが、ほかの人間が言ったなら、辰宇も「傲慢な」と眉を顰《ひそ》めたものだろうが、異母弟として数年、近くに暮らしたことで、彼も尭明の気は理解できぬでもなかった。実際のところ、周囲があまりにも尭明に溺れすぎるのだ。

たとえば、年頃の女は尭明の姿を見るや、下級女官に至るまでもがうっとりと溜息を漏らす。その聡明さに学者は舌を巻き、優れた武術に軍師は一目置き、果ては宦官《かんがん》までもが気を引こうとしゃかりきになる有り様だ。

母親の絹秀《けんしゅう》皇后が道士に調べさせたところ、尭明には五家すべての血が混ざり合った結果、始祖の加護が強く宿っているのだと言う。まさに覇王の気、なにをしても大成されるでしょうと寿《ことほ》がれ、周囲は喜びに沸いたものだったが、しかし肝心の本人は、それを聞いて白けてしまったのだそうだ。

なんだ。ならば、なにをしなくても同じではないか——と。

尭明の父・弦耀帝《げんようてい》は、玄家《げんけ》の血が濃く、戦と水を司るその性質を反映して、冷淡な人物である。他方、尭明の母・絹秀は、地を拓く黄家の女らしく、努力や挑戦をこよなく愛した。

それらが合わさった尭明は、能力をぞんぶんに発揮する場を魂が求めているというのに、最初からすべてが手に入ってしまい、結果鬱屈し、しなだれかかってくる周囲に対して冷ややかな目を向けるようになってしまった。彼にとって、甘えた声を上げる女や、熱心に膝を折ってくる家臣は、無個性な人形と同じ。だからこそ、情に流されず、公正な判断ができるのである。

ただし、彼はそのぶん、一度懐に入れた相手に対しては、強く愛着を持つ人間でもあった。

辰宇は早くに母に去られ、家臣にたらいまわしにされ、戦地に送られ、とそれなりに過酷な境遇に晒されたためか、幼少時から達観したところのある人間だったのだが、それを見た尭明が、

「その死んだ魚のような目がいい」

と、なぜだか気に入ってしまったのである。

後に本人が語ったところによれば、尭明に流れる世話好きな黄家の血が、いたく刺激されたのだそうだ。

とにもかくにも、以降というもの、排除されがちな異母弟という身分にもかかわらず、辰宇は尭明に可愛がられ、戦地で折り合いの悪かった上官によって後宮に追いやられても、安全な地位を確保され、男性機能を失わずに済んでいる。鷲官長といえば、最下級妃ならば下賜が許されるほどの身分だ。

(もっとも、そのぶん、大いに利用もされているが)

尭明は辰宇を可愛がるが、要領がいいので、もちろん彼を女の見極めに利用することも忘れない。

そうして、それなりの使い手である辰宇を重宝しているのか、後宮に足を伸ばすたびに、護衛として

こき使うのだ。

今日呼び出されたのは、いまだ病に伏せる黄 玲琳の見舞いの付き添いのためだった。見舞いの品が多いため、要は荷物運びだ。

大量の品を運ばされ、さらには異母兄の甘い囁きに付き合わされ、辰宇はげんなりとした思いを隠さず、つい抗議の声を上げたのだった。

「なにも連日見舞いに行かなくても、と思うのですが」

「なにを言う。俺のために集められた大切な雛女を、俺が見舞わずしてどうする」

当然のように返されるが、たとえばこれがほかの雛女だったら、彼は訪問はおろか、労わりの文すら出さなかったろう。それほどまでに、尭明はあからさまに黄 玲琳を好んでいるのだ。

「だからと言って、連日見舞う必要はないでしょう。それほど暇を持て余しているのなら、文官の鴻《こう》才《さい》殿に伝えて、政務を増やしていただきますが」

「おいよせ。異母兄を鬼に売り渡すとは、おまえには人の血が流れていないのか。だいたい、暇なんて言って、四半刻にも満たない時間ではないか。そう目くじらを立てるな」

鴻才とは、主に財務を司る文官で、大層優秀だが皇族相手にも容赦なく政務を割り振ることで知られる人物である。尭明は肩を竦めて、大げさに怖がってみせたが、もちろんこれが振りにすぎないことを、辰宇は知っている。尭明は忙しい政務の隙を縫い、ただでさえ膨大な業務を前倒しで片付けることで、こうして短い逢瀬の時間を確保しているのだから。

それができてしまう尭明の有能さに感じ入るべきか、はたまた、そうまでして会いたいと思わせる雛女の魅力に感嘆するべきか、悩むところである。

「殿下は、ふわふわとした可憐なだけの女は、あまり好きではなかったように思っていましたが、黄玲琳殿はそれほどに特別なのですね」

「ほう。玲琳が可憐なだけの女だと？」

結局、ぼやきまじりに呟けば、尭明は眉を上げて応じる。その様子は、どこか楽しげだった。

「彼女はな、あれで芯の強い、黄家の女だ。五年前だったか、初めて俺に引き合わされたとき、頬を染めなかった初めての女だぞ。侮ってもらっては困る」

五年前と言えば、彼女はまだ十になるかならないか。まだ色恋に目覚めていなかっただけでは、と反論したくもなるが、いやたしかに、こと尭明の場合、幼女といえども秋波を送ってこないというのは、それだけ稀有なことなのである。たったその一幕だけでも、尭明が黄玲琳を「内側に入れた」のは、わからないでもなかった。

「病弱だが、それを周囲に悟らせまいとするところも、いじらしい。俺は、あいつを前にすると、慈しみたい、甘やかしたいという黄家の血のようなものが、にわかに沸き立つのを感じるんだ」

「さようでございますか」

が、辰宇の相槌は雑である。

素行のよい黄玲琳は、基本的に鷲官とはかかわりが薄い。見かけるのはせいぜい式典のときくらいのものだが、そうしたときは尭明がぴったりと張り付いているので、彼の語る「玲琳の本質」などというものを、辰宇は知る由もなかった。となると、やはり辰宇の目には、黄 玲琳は見た目通り、たおやかで繊細な女性としか映らないのである。

(そういう女が、普通は好ましいものだろうか)

その後も、上機嫌でつらつらと語る尭明の言葉を、辰宇は軽く聞き流す。乞巧節でよほど怖い思いをしたのか、はたまた熱がよほどつらいのか、この数日は、珍しく甘えてくるのだという。それが嬉しくてならないのだと、尭明は笑った。

「龍気にもあてられず、俺にしなだれかかってこない無垢《むく》なところが玲琳の魅力でもあるが、やはり好いた女には、触れたいと思うものでな。これまで甘い囁きもまったく効かなかった彼女が、目を潤ませてこちらに縋ってくるんだ。たまらない」

そうやって黄麒宮を振り返る彼は、まさに恋する男だ。

なんと相槌を打ってよいものかわからず、辰宇が曖昧に言葉を濁していると、尭明はやれやれと息をついた。

「張り合いのないことだ。おまえにも、気になる女の一人や二人、いないのか？」

「残念ながら。おそらく、冷血と名高い玄家の血が濃いのでしょう」

辰宇の母は異国の女だ。五家の血は、父親である弦耀の、玄家のものばかりが強く表れたと見える。

だがそれを聞くと、尭明は愉快そうに肩を揺らした。

「なにを言う。ならば、なおさら楽しみではないか」

「は？」

「水は、凪《な》ぎもするが、ときに荒ぶり、堰《せき》をも押し流す。玄家の人間は日頃は冷淡だが、相手にさえ恵まれれば、朱家の人間よりよほど苛烈に愛し、憎むと言うぞ。いつもつまらなそうなおまえが、心を掻き乱し、慌てふためく瞬間が来るのかと思うと、俺は楽しみでならないな」

にやりと笑って告げられた内容が信じられず、辰宇は肩を竦めた。尭明を除けば、辰宇はこれまでのところ、こちらに怯えるか、警戒するか、はたまた色目を使ってくる人間しか知らない。そんな相手に、心を動かされるものとは到底思えなかった。

（ああ、だが）

ふと、脳裏を一人の女の姿がよぎる。

檻《おり》の中で、泰然と獣に向き合ってみせた女。かと思えば、ネズミのために慌てふためき、他方では泥にまみれて草をむしり、無邪気に塩をねだった彼女。傲慢で横暴、辰宇相手にも媚《こ》びてばかりだったはずの、朱 慧月――。

「実際俺も、黄家の血で薄まっているとはいえ、大切な人間を傷付けられると、どうしても玄家の血が騒ぐ。玲琳のつらそうな姿を見ると、女相手とはいえ、朱 慧月の胸倉を掴み上げたくなるほどだ」

ちょうど思考をなぞるように、尭明が彼女の名を口にしたので、どきりとした。

「玲琳は病床にあってさえ、『過剰な制裁は控えてほしい』と朱 慧月を気遣うほどだというのに、あの女は朱駒宮で呑気に笑って過ごしているという噂だ。謹慎とは名ばかり。おおかた、お得意の金切り声と恫喝《どうかつ》で女官をこき使い、これまで通りの暮らしを送っているのだろう」

権力者の前でだけしとやかに振る舞っても、尭明には通用しないということだ。彼は、朱 慧月の驕慢《きょうまん》な性格を、もちろん見抜いていた。

「いえ――」

一方、実際に「謹慎先」を見た辰宇は、咄嗟に反論しかける。

あれはむしろ、過剰と言えるほどに悲惨な境遇だったし、側には女官の一人も見つからなかった。彼女は宦官にも高圧的に接さず、鷲官長の辰宇を見ても、引き留めようとすらしなかったのだ。

(……こうして言葉にすると、あまりに信憑性がないな)

だが、我ながらなんとも信じがたい話だなと思い、辰宇は口をつぐんだ。

変化が劇的すぎてうさん臭いし、今尭明に語ってみせたところで、しおらしい演技をしていると取られるのが関の山だろう。彼は、「次に黄 玲琳の猿真似をしたなら首を落とす」とまで言い放っているのだ。下手な伝聞は、彼の怒りの火に油を注ぐだけだ。

(殿下にも、実際に見ていただいたほうが早いだろうか)

表情や仕草、ちょっとした間合いの取り方。じかに接したからこそ抱く、なんとも言えない違和感を共有するには、尭明を朱駒宮に連れ出すしかないように思われた。

とはいえ、これだけ慧月憎しに燃えている彼が、果たして朱駒宮を訪れようとするかどうか。だいたい、こうして黄麒宮への入場を許されているのは、彼が黄家皇后の息子だからだ。いくら皇太子とはいえ、公共空間でもない各家の宮を、軽々しく訪れられるものでもないのである。

「鷲官長！」

とそのとき、背後から声が掛かって、辰宇は振り向いた。

「尭明殿下、申し訳ございません。この場で、鷲官長にご報告をよろしいでしょうか」

声の主は、珍しく慌てた様子の文昴《ぶんこう》である。

尭明が許可すると、彼は平伏した姿から素早く立ち上がり、潜めた声で辰宇に告げた。

「雛宮付きの鷲官からの報告です。洗朱の女官が、短刀を手に朱駒宮に向かうのを見ました。足取りも覚束なく、危うい気配だったとのことです」

「危うい、とは？」

「その……今にも誰かを刺しそう、って言うんですかね。こう、復讐でもしに行きそうな、というか」

辰宇は眉を顰めて文昴を見返した。

「なぜその場で止めない」

「すぐに鷲紋を振りかざせる長官殿にはさぞ意外かもしれませんがねぇ、我々宦官の多くは下級女官よりも地位が低いのですよ！　見間違いかもしれない曖昧な理由では、朱駒宮に立ち入ることはおろか、女官を詰問することも難しいのです！」

細目の宦官は、苛立ったように早口で説明すると、「それに」と、少々躊躇ったように付け足した。

「洗朱の女官が向かったのは、貴妃様の住まう正室ではなく、宮の外れ――蔵のある方向だったそうですので」

「その宦官は、被害に遭うのが朱 慧月であるなら、看過してよいと考えた、と？」

辰宇が声を低めれば、文昴は押し黙った。それが答えだ。

「すでに獣尋の儀をもって、朱 慧月は罪人ではなくなったのだ。その道理も弁《わきま》えぬのは――」

「よせ、辰宇。目の前の宦官に罪はない。報告を上げた宦官もだ」

辰宇は冷ややかな声で文昴に詰め寄ろうとしたが、それをきっぱりとした声が遮った。

尭明である。

辰宇は思わず語気を荒らげた。

「なぜです。朱 慧月にならば、なにをしてもよいと仰るのですか？」

「違う。後宮の人間が、朱 慧月に私刑を加えていいと考えたのなら、それは俺の態度がそうさせたからだ。皇太子の俺が、あまりに堂々と、朱 慧月を嫌いすぎたから。それは、俺の好悪を忖度《そんたく》した宦官ではなく、俺の咎《とが》だ」

彼はこともなげに肩を竦める。そう、彼は、憎しみに駆られても、一方ではそうした冷静な判断のできる人間であった。

「……申し訳ございません。出過ぎた口を」

「いい。おまえが顔を真っ赤にして泣きながらぎゃんぎゃん叫ぶなど、貴重だ」

「いえそこまでは」

素早く否定するが、辰宇の足は、すでに朱駒宮に向かおうとしている。

それを見て取った尭明は、「待て」と異母弟を呼び止めた。

「俺は朱 慧月を過剰に攻撃したいわけではないが、かといって、擁護したいわけでもない。おまえは少し頭に血が上っているようだから、ひとつ教えておいてやろう」

「なにをです?」

「朱 慧月は、かつて『襲われかけた』と嘘をつき、宦官一人を馘首《かくしゅ》に追い込もうとしたことがある」

辰宇は絶句する。

日頃は快活に光る尭明の瞳には、今、鋭い怒りが浮かんでいた。

「まだおまえが就任する前――彼女のあまりの不慣れさに周囲が呆れ、距離を取りはじめた頃だ。関心をねだるように、朱 慧月は自ら壺を割り、破片を宦官に突きつけられたと言い張った。もっとも、その主張はあまりにお粗末で、矛盾が多かったから、その宦官は放免となったがな」

「なぜ、そんなことを……」

「理由は単純。式典で詩が上手く読めなかったのを、その宦官がつい笑ってしまったからだ。侮辱を不快に思ったなら、その場で窘《たしな》めればよい。その権利や力だって、彼女には与えられている。だが朱 慧月は俺たちの手前、小さくなってやり過ごし、後から報復に出たというわけだ」

雛宮において、雛女の権力は絶対。唯一それを上回る皇太子尭明の執り成しがなければ、その宦官はあっさり処刑されていたことだろう。そしてその卑劣なやり口は、公正を愛する尭明の逆鱗に触れたというわけであった。

傍らに跪く文昴を見れば、彼はいつになく険しい顔で、沈黙を守っている。

なるほど、「苦汁を舐めさせられた同僚」とはこのことかと、辰宇は事情を察して嘆息した。

「あの女はいつもそうだ。視線をねだるくせに、自らは努力せず、正々堂々と抗議することもせず、もの言いたげに見つめ、妬み、機嫌を損ねて暴れ回る」

それが原因で、大切な胡蝶《こちょう》を失いかけた尭明からすれば、朱 慧月はとうてい許せない存在であるようだった。

「…………」

辰宇は眉を寄せる。

尭明や文昴の話に聞く女と、獣尋の儀や、蔵の前での彼女の姿が、あまりに食い違っているように思えたからだった。

いや――だが、そう。

たしかに辰宇とて、朱 慧月から媚びた視線を向けられたことは、過去にあるのだ。彼女を発端とした諍《いさか》いを処理したことも。

となればやはり、たった二回の邂逅《かいこう》で見せた姿こそが例外で、彼女の本性は、邪悪で卑劣なものという見立てが正しいのだろうか。

「むろん、おまえが職務を全うするのを、止める理由はないがな。行け、鷲官長。ただし、冷静に臨むように」

「……ご忠告、痛み入ります」

結局、辰宇は、己の心の定まりきらぬまま、尭明がさっと手を振ったのを合図に、踵を返した。

＊＊＊

「不甲斐ないことです……」

玲琳は落ち込んでいた。

土に向かって膝を抱え、じっと蟻の行列を見つめる。せっせと巣に餌を運び入れる彼らを見ていると、その生き生きとした働きぶりに、胸が痛んだ。

「精が出ますね……さぞや良好な職場環境なのでしょう。労働の対価にあなたたちはなにをもらうのです？　食糧？　住居？　それともやりがい？」

自分の言葉に自分で傷付く。玲琳は両手で顔を覆った。

地を這う虫ですら、労働の対価を得ているであろうに。

「わたくし、働き者の莉莉に、なにも報いることができていないのですね……」

そう。玲琳は先ほどから、莉莉の言葉を反芻《はんすう》しては、心に打撃を負っているのであった。

莉莉は実によい女官だ。どうやら朱 慧月には相当恨みを募らせてきたようだが、それでも職務を投げ出さず、命じられれば蔵に移動し、主人とともに寝食を過ごす。身のこなしは機敏で、口調こそ乱暴だが打てば響く返事をし、なにより心根が真っすぐである。その最後の部分が、玲琳が、特に気に入っているところだった。

（あんなに素直な感情をぶつけてくれる方は、なかなかいないのに……）

幼い頃から病弱だったためか、昔から玲琳の周囲は、優しさと気遣いの塊のような人間ばかりだった。にこにこと笑みを浮かべ、または心配そうな眼差しを向ける、愛に溢れた人々。多少珍しくて、表情の動かない冬雪《とうせつ》くらいか。

それがどうだろう。乞巧節の夜を境に、まずは朱 慧月に恫喝された。ついで莉莉にどやされた。慣れないことで大層驚いたものだだが、同時に、玲琳は思ったのだ。

そうか、世の中にはこうした、負の感情もあるのか、と。

自分がぬるま湯に身を浸していることは重々承知していたつもりだったが、いざ窓を開け、身を切るような冷風を浴びてみると、そこには、想像をはるかに超えた生々しさがあった。

これを浴び続ければ、人は傷付くのだろう。倒れてしまうのだろう。けれど、南国の民が雪に手を伸ばさずにはいられないように、玲琳もまた、そのきらめくような感情の発露を見ると、ついつい手に取り、矯《た》めつ眇《すが》めつしてしまう。怒りの結晶は、鋭くとがって、とてもきれいな形をしていた。

特に莉莉は、この数日間、朝から晩までともにいる相手である。

びっくりしたようにこちらを凝視したり、探るように目を細めたり、顔を真っ赤にして怒鳴ったり、揚げ芋の小さいほうを取ったりする彼女を見るにつけ、小動物を見るような愛らしさがこみ上げる。やることがないからと、居心地が悪そうに草をむしったりする姿を見ると、本当にいい子なのだなと思わされるのだ。

それになにしろ、彼女には根性がある。きっと悲鳴を上げながら、大量の虫を集めてきてくれたのだろうと思うと、即座に黄麒宮に連れ帰って上級女官にしたくなるほどだ。

だというのに――現時点でたしかに、玲琳は莉莉に、なにも与えられていなかった。

(黄麒宮のわたくしの私物なら、簪でも櫛《くし》でもあげられたでしょうに、今この状況では、それも叶いませんものね……)

女官は寝食を保証される代わりに、在任中の禄《ろく》は少なく、そのぶんを主人からの褒賞で補う。頻繁に死にかけていた玲琳は、生前分与の意味も込めて、積極的に女官たちに物品を与えてきたものだったが、今、朱 慧月の姿をした玲琳が、黄麒宮の私物を莉莉に与えることは不可能である。

(かといって、慧月様の私物を、わたくしが勝手に莉莉に与えるというのも……)

悩ましいのは、そこだった。

いくら先方の都合で体を取り替えられたとはいえ、朱 慧月の私物に手を付けるのは、玲琳の倫理観が許さなかったのである。

ほぼ身一つで追放されたため、他人に与えられる財などないが、それでも、唯一残された上衣――

乞巧節に朱 慧月が着ていた派手なものだ――は上等なものだし、髪だって切れば多少の金になる。

(けれど、使い物にならなくて打ち捨てられたものならともかく、価値ある状態のものを、わたくしが勝手に与えたり、切ったりというのは……)

莉莉に報いたい。けれど報えない。玲琳はぐぅっと眉を寄せて涙をこらえた。

「う、だめ……泣いては免疫力が……」

病への抵抗力が落ちる。玲琳が最も、そして唯一恐れる事態である。

彼女はぶるぶると首を振り、ついでに両頬を張って、己に喝を入れた。

「ええい、声を出していきましょう!」

長い間地面に向かって屈みこんでいたので、ふくらはぎが痺れる。この健康な体でそうなるとは、どうやら相当な時間が経っていたようだ。

見ればすでに太陽は頂点を過ぎていて、玲琳は昼餉の準備に、慌てて蔵へと戻った。

そのときである。

――シャッ、シャッ。

蔵の中から、小さな物音がするのに気付き、彼女は首を傾げた。

まるで、猫が爪を研ぐような音。あるいは、なにかを引き裂くような。

なんだろう、と薄暗い蔵の中を覗き込み、玲琳はぱっと顔を輝かせた。

「まあ、莉莉。戻って来ていたのですね。わたくし考え事をしていて、ちっとも――」

そして、喜びを告げるために開いた口を、途中で閉ざした。

こちらに背を向けた莉莉が、壁に掛けた上衣を、引き裂いていたからだ。

「……莉莉？」

――シャッ、シャッ。

「なにを、しているのです？　それは……」

この蔵で唯一の、上等な衣。

だが、玲琳がそれを言い終える前に、言葉はまたも止まった。

莉莉が唐突に、振り返ったからだ。

「……あんたのせいだ」

その姿に、思わず息を吞む。

莉莉の衣服はぐっしょりと濡れ、白い頬にまで泥が飛んでいた。髪は乱れ、こちらを睨み付ける目は、ぎらぎらと光っている。

短刀を握りしめる手と、声が、震えていた。

「あんたが、あんたが……っ。あたしの人生を、めちゃくちゃにしたんだ……！」

「莉莉、落ち着いてください。このままでは風邪を引いてしまいます。まずは着替えて、手を洗って、深呼吸――」

「ふざけんな！」

そっと手を伸ばすと、それを振り払うように短刀をかざされた。

「風邪がなんだ！　そんなの、もうどうでもいいくらい、あたしの人生は……っ。もう、取り返しがつかないんだ！」

言う傍から、ぼたぼたと涙が落ちる。理性を失っていることは明らかだった。

「莉莉、とにかく一度落ち着きましょう。さあ、刀など置いて、汚れた衣を脱いで――」

「触るな！」

めげずに玲琳が腕を伸ばすと、莉莉は一層大きな声で叫んだ。

「ちくしょう！　ちくしょう！　どうせあたしなんて、はなから汚れてるんだ！　なにをしても、どう足掻いても、しょせん言われるのは『踊り子の娘』！」

「そんな、莉莉――」

「馬鹿にするなぁああ！」

ぎゅっと目を瞑《つぶ》ったまま、莉莉がむちゃくちゃに短刀を振り回す。玲琳は素早く躱《かわ》したが、耳の横の髪だけ間に合わず、ぱさりと一筋が、土まみれの床に落ちた。

（ああっ！　慧月様、ごめんなさい！）

体は動いたが、元の体との身長差を忘れていた。断りなく髪の一部を失ってしまったことを、咄嗟に心の中で慧月に詫びる。

（あっ、でもここ、枝毛の多かった箇所……）

切り取られた部位をちらりと確認し、少しほっとした玲琳だったが、その間に、莉莉は大きく短刀を振り上げていた。

「ちくしょぉぉおお！」

切っ先が、くり抜き窓からの陽光をぎらりと弾く。

振り仰いだ玲琳が、刃の影を認めて、目を見開いたその瞬間――。

――ぱしっ。

軽やかな音が響いて、突如として莉莉の腕が止まった。

「なにをしている！」

同時に、鋭い叫び声。

辰宇である。

彼は、掴んだ腕を捻り上げて短刀を落とすと、ついで、鷲官の名の通り、鷲のような素早さで莉莉を拘束した。同時に、背後に控えていた文昴が、短刀を蔵の隅にまで蹴り飛ばす。

「無事か」

「鷲官長様に、文昴様……」

鋭い一瞥を受け、玲琳はぽかんとした。

なぜこの場に彼らがいるのか、咄嗟に状況が呑み込めなかったのだ。

（……素直な表情を浮かべるものだ）

一方、辰宇たちは、驚いてこちらを見上げる相手のことを、注意深く観察していた。

軽く瞠《みは》られた目に浮かぶのは、あくまでも純粋な驚き。

もしこれが、同情を集めるための狂言であったなら、観客《しんう》が登場したことに彼女は歓喜を滲ませただろうが、そんな様子はかけらもない。

かといって、まったく怯えた風でもないのがまた不思議で、辰宇は相手の真意を掴みかねた。

(殿下の言うような、計算高い悪女のようには見えないが、無力で哀れな女のようにも見えない)

警戒しながら身構える文昴を視界に入れつつ、辰宇は慎重に口を開いた。

「刃物を握りしめた女官が朱駒宮の外れに向かった、と報告があったのでな、様子を確かめに来た。後宮内の刃傷沙汰《にんじょうざた》は厳禁で、反した者は厳刑に処す。そのうえで双方に問おう。なにがあった」

声を低めて見下ろせば、すでに床にくずおれた女官は、がくがくと震えて顔を覆っている。

我に返ったというのもそうだが、同時に、辰宇の迫力に当てられているのだ。

視線ひとつで女を恍惚とさせ、睨みひとつで男を卒倒させる尭明の龍気に比べればささやかなものだが、辰宇もまた、皇族の血を引く人間。声を低め、怜悧な目元を細めれば、肝の据わった雛女たちでさえたじろぐほどだ。皇族とは縁遠い下級女官など、ひとたまりもなかった。

莉莉に見切りを付けた辰宇は、ついで、その場に立ち尽くしたままの女に向き直る。

女官と同様、蒼白になるか、はたまた涙でも浮かべて、金切り声で窮状を訴えてくるか——。

これまでの朱 慧月の言動から、辰宇はその二つを予想していたが、実際の彼女は違った。

「なにがあったか、でございますか」

おっとりと頰に手を当て、小首を傾げたのである。

その仕草に違和感を覚え、辰宇はわずかに眉を寄せたが、続いた一言に、その眉を、目とともに開かされることとなった。

「そうですね、枝毛を切ってもらっておりました」

「……なんだと？」

「ですので、髪の手入れをしてもらいました」

取り押さえられた女官も、絶句して顔を上げている。文昂も同様だ。それはそうだろう。この状況で、まさか朱 慧月がそんなことを言おうとは、誰も思わなかったのだから。

(女官を庇おうというのか？)

女の行動が意外に過ぎたのと、それ以上に、言い訳としてはあまりにお粗末な内容に、辰宇は口元を歪めた。嘘をつかれるのは、嫌いだ。

「悪女と呼ばれるおまえが、他人を庇うなど、慣れないことはするものではないな、朱 慧月よ。罵声を上げながら短刀を握っていた女官が今泣き崩れていて、その言い訳が通用するとでも？」

「言い訳ではございません。純粋な、事実でございます」

だが、相手は揺るぎない。

彼女は、媚《こび》も怯えも覗かせず、真っすぐに辰宇と向き合った。

「莉莉がどのような思いを抱いていて、どのような目的を持っていたのだとしても、実際に起こったのは、わたくしの枝毛が切り取られたということだけ。起こらなかったことに対して、いちいち疑ったり非難したりしては、体力がもったいのうございます」

その凛とした佇まいに、辰宇は思わず目を見開く。

背後の文昴もまた、静かに息を吞んだのが気配でわかった。

同じだ。獣尋の儀のときと。

妙に達観した、泰然とした――そして凛とした、態度。

(この女は、誰だ……?)

胸がざわつく。

だが、問いの答えにたどり着くよりも早く、朱 慧月の顔をした女は、にこりと微笑んだ。

「というわけで、申し訳ございませんが、御前を失礼してもよろしいでしょうか。ご覧の通り、わたくしの女官が濡れそぼっております。殿方のいない場所で、身を整えてやりとうございますので」

そして、きっぱりと言い切った彼女の言葉に、辰宇と文昴は再度衝撃を覚え、顔を見合わせた。

侮られるのをなにより嫌い、あの手この手で関心を引こうとしていた朱 慧月が。

権力者と見るや、じっとりと媚びた視線を送り続けていた彼女が。

今回もまたあっさりと、辰宇たちを追い払おうとしている。

「……それは、俺たちの監視の届かぬ場所で、おまえ自ら女官に罰を与えるという意味か?」

「まあ。髪の手入れをしてくれた女官に、なぜ罰など与えなくてはならないのでしょうか。それより鷲官長様、莉莉を放していただけますか。殿方の力で手首を掴まれては、腫れてしまいます」

あまつさえ、女官を気遣う素振りまで見せる。

辰宇がぎこちなく女官を解放すると、「立てますか？」と手まで差し伸べる女を、二人は呆然として見守った。

優しく細められた女の瞳に、残忍な色はない。そっと女官の背を撫でる仕草は実に自然で、体面のために怒りを抑えているようにも見えなかった。

「鷲官長様ならびに文昴様に、このような場所まで足をお運びいただき、まことに光栄でございました。それでは、御前を失礼いたしますこと、お許しくださいませ」

「おい……」

女は、まるで黄 玲琳のように、優雅な礼を取る。

あまりに滑らかに退出を促され――ありえないことに、文昴もまた、「あの」と声を掛けずにはいられなかった。

「なにか、言いたいことはないのですか」

「言いたいこと、でございますか？」

きっと彼女の境遇であれば、雛宮の風紀を取り締まる鷲官たちに訴え出るべきことは、多くあるはずだった。

たとえば、この蔵が、雛女が住まうにはあまりに惨めな場所であることや、側仕えの女官があまりに少ないこと。さらに言えば、獣尋の儀を経てなお、強い敵意にさらされていることだとか。

どれかひとつでもいい。不遇をかこち、こちらを責めてさえくれたなら、文昴はこれまで通り、彼女を軽蔑してやれる。ようやくその汚らわしい性根にふさわしい、惨めな環境になっただけだと、せせら笑ってやれるのに。

いや、

だが女は、金切り声も、媚を含んだ上目遣いもせず、不思議そうに首を傾げるだけだった。

「ああ、そうですね」

彼女は、ふふっと笑みを浮かべると、こう告げた。

「伝えたいことがあったような気もしますが、今は、それより優先すべきことがございますので」

笑みは柔らかく、まるで宙を舞う蝶のように軽やかだ。

目を離せずにいた男たちの前で、とうとう彼女は再度礼を取り、会話を打ち切ってしまった。

「それでは、御前を失礼申し上げます」

そうまでされると、辰宇たちとしても退かざるをえない。

加害者ならともかく、明らかに被害者のはずの朱 慧月が、女官の罪を否定しているのだ。それをあえて取り調べる権限を、鷲官は持ち合わせなかった。

「くれぐれも、妙な真似はするなよ」

我ながらまるで捨て台詞のようだ、と思いながら、辰宇たちは蔵を出たのだった。

「……………」

男二人、無言のまましばらく小道を進み、やがて辰宇がぽつりと呟く。

「やはり、おかしい」

「僕もそう思います」

両脇に鬱蒼と迫る草を払いながら告げれば、文昴も即座に、頷きを返した。

「いくら牢に入れられたからとはいえ、あの変わりようは異様だ」

「僕もそう思います」

「殿下もにわかには信じられぬことだろう。報告は慎重を要する」

「僕もそう思います」

日頃生意気な文昴も、先ほどの一幕に毒気を抜かれたのか、しみじみとした口調の相槌であった。

ようやく草が減り、朱駒宮らしい玉砂利の地面が現れたころ、辰宇は低い声で切り出した。

「なので、報告書はおまえが書くのがよいと思う」

「僕はそう思いません」

あっさり突き放してきた部下と鷲官長は、しばらくそのまま歩きつづけたが、朱駒宮の門を抜けるや、互いに無言で道を分かれた。

（よかった……素直に退いてくださいました）

一方、玲琳は辰宇たちの後ろ姿を見送りながら、ほっと胸を撫でおろしていた。

もしこの場にやって来たのが尭明だったら、ごまかしを許さない性格と意志の強さで、莉莉のことも玲琳のことも激しく問い詰めていたかもしれないが、相手が、妙な優しさのある辰宇たちで本当によかった。

――鷲官たちの語気が弱かったのは、自分の振る舞いで動揺していたからだとは、露にも思わぬ玲琳であった。

（本当は入れ替わりのことをお伝えするべきだったのでしょうけれど……今はそれよりも、莉莉のことです！）

玲琳は意識を切り替えて、ぱっと少女に向き直った。

「さあ、莉莉。早く、その汚れた衣をお脱ぎなさい。そして、わたくしに背を向けて」

莉莉はすっかり怯えた様子でこちらを見返すと、やがて悄然《しょうぜん》とした面持ちで上衣を脱ぎはじめる。下着と襦裙のみの姿になると、言われた通りに背を向け、床に跪いた。

「……鞭打ちでございますか」

「んもう、なにを寝言を言っているのです。それに、いつもの元気な口調はどうしたのですか？」

「だって……」

胸の前で合わせた両手が、小刻みに震えている。

「あたしは、あんたを……殺そうとした」

玲琳は、忙しく動かしていた腕を一瞬止めると、小さく笑った。

「――あなたは優しい人なのですね、莉莉」

そうして、莉莉の丸まった背に、ふわりと衣を掛けた。

色の濃い、銀朱色の衣だ。

「…………!?」

「肩のあたりを詰めれば、ぴったりですね。ふふ、裏地まで傷付けられなくて、本当によかった」

それは、莉莉が引き裂いた衣を、裏返したものだった。金銀の色糸でびっしりと刺繍が施されていた衣の、その裏側は、無地の銀朱の布だったのだ。

不意に肩口を包んだずしりと温かい布の感触に、莉莉が驚いて振り返る。

玲琳はにこりと微笑んで、それを受け止めた。

「そのまま着たのでは、内側がごわごわしますでしょう？　色糸の刺繍をすべて外して、破れもきれいに繕うので、大丈夫です。これでもわたくし、裁縫の腕には覚えがあるのですよ」

「なにを……」

「なにを。もちろん、莉莉に差し上げる衣のお話です」

ぽかんとした莉莉が呟けば、玲琳は身頃を合わせながら、楽しげに返す。

（慧月様の私物を勝手に下賜するのは躊躇われましたが、これだけぼろぼろに破れてしまったなら、

きっと許されるでしょう）

ようやく、この一生懸命な女官に与えられるものができて、玲琳は嬉しかった。

「折よく、銀朱色の衣なのですよ。洗朱も愛らしいけれど、あなたのきびきびとした働き姿に、きっと銀朱はよく似合うと思います」

銀朱色は、洗朱色、鉛丹色《えんたんいろ》よりもさらに濃く、朱家の上級女官がまとう色だ。

「そんな、だって……。あたしが、銀朱色なんて……」

「なんの問題がありますでしょうか。あなたはわたくしの、誰よりそばに仕えてくれる女官なのに」

まごついた莉莉を、玲琳は柔らかな声で封じる。

「取り外した色糸も、後ほど差し上げます。少しは金子に替わりますでしょう？」

「なん、で……」

「あなたは、わたくしの大切な女官ですもの。あなたに差し上げられるものがあって、よかった」

相手が呆然と黙り込むと、その間に玲琳は水の甕《かめ》に寄って手ぬぐいを濡らし、それで莉莉の手を丁寧に拭いた。

「いいですか、莉莉。手洗い、清潔な格好、そして笑顔。これがなによりの健康の秘訣ですからね。わたくし付きの女官でいるからには、これらを、なにがあっても維持せねばなりませんのよ」

「そんな……。あたしはあんたに切りかかろうと、刃を向けて……」

「刃を向けて、ほんの少し髪を切っただけでしょう？　起こっていないことまで責めるような体力があるなら、それはもっとほかのことに使わねば損です」

もごもごとした反論を、玲琳はきっぱりとした主張で退ける。

莉莉は信じられないものを見るような目で玲琳を見て、やがて、恐る恐る銀朱色の衣に触れた。

「…………っ」

少女が、俯く。その肩が震えはじめたのを見て取ると、玲琳は苦笑し、少女の頬を両手で挟み込んだ。悪戯っぽく、挟んだ顔をぐきっと上に持ち上げる。

「いっ」

「背を丸めては、体に悪いことばかりですよ。ほら、莉莉、顔を上げましょう。胸を広げて、深く息を吸い込んで、視線は前に。俯いて健康を損ねていては、お母君に叱られてしまいますよ」

「母……？」

唐突に出てきた母親の単語に、莉莉が不思議そうに目を瞬かせる。

「ええ。あなたのお母君は、異国の踊り子でいらしたのでしょう？　武官でさえ刀がなくては戦えぬのに、その身ひとつで異国の地に立ち、生活を賄っていらしたのだから、大したことです。きっと、鍛錬も欠かさずに行っていたはず。あなたはその娘なのだから、お母君に恥じぬよう、生きねば」

玲琳は、鍛錬を愛する体育会系思想のもと、心からそう思って告げたのだが、莉莉がその瞬間、堰を切ったように涙を落とし、しゃくりあげたので、驚いて手を離した。

「莉莉？」

「………っ」

莉莉の涙は、止まらなかった。

（なんで、だよ……っ。なんでこいつが……こんなことを、言うんだよ……っ）

ぼろぼろと流れる涙の合間に、脳裏をかすめてゆくのは、母の声だ。

――いい、リリー。あたしのかわいい子。覚えておいてね、女はいつだって胸を張らなきゃ。

異国の響きで莉莉の名を呼んだ母。彼女は詠国の言葉が上手ではなかったから、おかげで莉莉は下町の友人から言葉を覚えざるをえなかったけれど、柔らかに耳をくすぐる母の異国語が、彼女はとても好きだった。

――体を真っすぐにしてね、視線は揺らさない。芯がしっかりしてなきゃ、くるくると蝶のように舞うことは、できないんだからね。

まるで宙を舞う蝶のような、ひらりと旋回する舞が得意だった母。

しなやかな体で凛と前を見つめていたその姿が、なぜだろう、今、目の前で心配そうにこちらを見る女と、重なる。

「……ごめ、なさ……っ」

気付けば、口からその言葉が飛び出ていた。

「ら、乱暴な、口を利いて、いろいろ、嫌がらせをして……っ。衣を、刻んで……髪を、切って……、ごめ……申し訳、ございません、でした……っ」

「いいのよ、莉莉。言ったでしょう、わたくし、全然気にしてなどいません」

そっと、優しく抱きしめてくる腕に、ますます涙がこぼれる。

ずっと莉莉に嘲笑を浴びせ続けてきた、陰険なはずの女。

なのに、今、彼女から放たれる言葉は、心の奥底からのものなのだということは、妙にすんなりと理解できた。

そう、わかるのだ。

彼女が心底、こちらを案じ、心を砕いているということが。

「むしろ……追い詰められていたあなたに気付くのが、こんなにも遅くなって、ごめんなさい」

申し訳なさそうに告げられる言葉に、嘘の色はない。

ひっくひっくと嗚咽《おえつ》の残骸を漏らしながら、莉莉はぼんやりと考えた。

(変わった……この人は、本当に、すっかり変わってしまったんだ)

演技ではなく、上っ面だけの反省でもなく。

彼女はすっかり、魂ごと生まれ変わるかのように、善良な人物になった。

果たしてそれは、おぞましい牢に入れられて気が触れたからなのか、はたまた、獣尋の儀で邪悪な魂が清められたからなのか。原因はわからないが、ただ一つ、確信できることがあった。

自分は、この新しい朱 慧月と、ともにいたいということである。

(雅容様に、簪と米を返しに行こう……)

きっとそれで、自分は鷲官に突き出されてしまうのかもしれない。けれどそれならもう、仕方がないことだ。

(だって、あたしにはもう……この人を裏切ることも、絶望させることも、できない)

腫れてきた目で、莉莉はぼうっと相手を見つめた。

つり目がちで、意地悪そうな顔をしていたはずの彼女。なのになぜか、目の前の人物からは醜悪さが消え、初夏の風のような清々しさだけが感じられる。

余裕があり、穏やかで、慈愛深い人。新しい朱 慧月。

(この人は、いつも穏やかに微笑んでいるんだ……)

そんなことを思ったが、その思考は「さて」と立ち上がった玲琳によって打ち切られた。

「わたくしたち、無事にわかりあえたようですし。涙が収まったなら、ようやく本題とまいりましょうか、莉莉」

「……本題？」

不思議な言葉に、莉莉は首を傾げる。

今の一連の流れで、本題的なものは済ませたのかと思っていたが、まだなにかあるのか。

ぽかんとして見上げていると、相手は「いやですわ、なんのために人払いしたと思っているのです」と両手を腰に当てた。

「莉莉。わたくしはね、健康維持のために、手洗い、清潔、笑顔をとても大切にしているのです」

「は、はあ」

「だというのに」

朱 慧月の顔をした女は、そこでにっこりと笑みを深める。

「誰かが、あなたの手と頬と衣服を泥で濡らし」

ぎゅっと汚れた布を絞る、その手にはずいぶんと力が籠もって見えた。

「誰かが、あなたの笑顔を奪い、『もうおしまいだ』と心身を焦燥させるほどに追い込んだ」

ゆっくりと屈み、顔を近付けてくる相手を前に、莉莉は正体のわからぬ冷や汗を浮かべた。

「あ、あの……っ」

「教えてください、莉莉。わたくしの大切な女官の、大切な健康を損なおうとしたすっとこどっこいは、どこのどなたです?」

そこにあるのは、まぎれもない怒りの色だ。

莉莉はぞくりと背筋を粟立《あわだ》たせながら、先ほどの感想を訂正した。

新しい朱 慧月は、たしかに命を慈しみ、温かな風のように微笑む人だけれど。

(そういえば、茎についたアブラムシを前にしたときは、めっちゃ怖い笑顔になる人だった……!)

結構怖い人でもあるよな、と。

6.――慧月、焦る

（熱い……！　苦しい！　苦しい！　苦しい！）

慧月《けいげつ》は喉を掻きむしるようにしながら、唸り声を上げた。

「うぅ……あぁ……」

胸が苦しくて息ができない。枕に頭を擦りつけ、何度も姿勢を入れ替え、それでも逃げ場のない息苦しさに、頭がどうにかなってしまいそうだ。

慧月の――いや、「黄玲琳《こうれいりん》」の体は、乞巧節《たなばた》から四日が経った夜も、いまだに熱に侵されていた。

（どう、いう、ことなのよ……っ）

全身が軋む。熱で視界が歪む。自分の身にこんな不幸が降りかかろうとは、信じられなかった。

いや、一番信じられないのは、こんなに高い熱を出しているというのに、女官たちは困惑した様子で、「いつもに比べればそこまで高くない熱でございますが……それほどに辛うございますか？」と尋ねてくることだ。彼女たちの目はいたわしげだったが、同時に心底不思議そうで、慧月は、女官たちにとってこれしきの熱は「日常茶飯事」なのだと理解せざるをえなかった。

（おかしいじゃない！　ありえないわよ！　黄　玲琳……あの女は、こんな高熱を出しながら、普通に振る舞っていたというの!?）

慧月の知る限り、玲琳が雛宮《すうぐう》内の儀式を欠席したことはない。時折、行事が立て込んだ後などには倒れていたようだが、それでも翌日には、いつもの穏やかな表情で雛宮に参内していたのだ。妃として、慧月よりも多少は他家の事情にも通じているだろう朱貴妃からも、黄　玲琳を褒める言葉こそ聞けど、これほど虚弱であるとの話は聞いたことはない。

だからてっきり、病弱などという噂は、尭明《ぎょうめい》の関心を引くための誇張だと思っていたのに。

「薬……薬は、どれなの……」

今となっては、それが誇張ではなかったということは、身をもって理解できる。

なにしろこの体は、ちっとも熱が引かないうえに、今日は床から起きられるからと楽器でも鳴らせば――冬雪《とうせつ》の迫力に圧されて、半刻だけ付き合ったのだ――途端に腕が痺れ、全身がぐったりとするのだから。

しかも、寝台の脇に置かれた箪笥《たんす》は、反物でも収めているのだろうと思いきや、上から下まで、すべてが薬で埋まっていた。驚くべきことに、黄　玲琳が自ら調合したという薬だ。あまりに頻繁に体調を崩すので、その都度医官を招くよりも、自分で用意したほうが早いと、幼少時から薬草の栽培を始めていたのだという。女官の誇らしげな回想を信じるなら、十の歳ですでに医官の知識を越していたらしい。

薬の種類や形状は多岐に渡り、二百近い数まで丁寧に付番されている。玲琳は症状に合わせ、それをさらに混ぜ合わせ服用していたようだが、慧月にはもちろん、どれを飲めばいいものか、さっぱりわからなかった。中には強い臭気を放つものや、虫の形を残したものまであり、手当たり次第に含むのも躊躇《ためら》われる。

かといって、自助努力を放棄し、医官に頼りきりでは、冬雪たちに怪しまれてしまう。

結果として、慧月は精いっぱい平気な振りをしつつ、こうして人払いをした夜に一人苦しむほかないのだった。熱には波があり、明け方と夜が特につらい。

「どれよ……っ。薬ィ……！」

慧月は目をぎらつかせ、はいずるようにして引き出しを開けた。これまでは風邪さえあまり引いたことがなく、薬を飲んだ経験も少ないので、どれが適切なのか、手掛かりすらない。

ふぅーっ、ふぅーっと毛を逆立てた猫のように呼吸を荒らげ、やがて慧月はずるりとその場に崩れ落ちた。

「……助けて」

出てくるのは、弱々しい悲鳴だ。

「助けて。苦しい……怖い……っ」

目を閉じれば、べったりとした闇が襲ってくる。息苦しさより、全身の熱より、実はこの闇こそが、慧月は恐ろしかった。

熱とは、これほど獰猛に体内を暴れ回るものだったろうか。くっきりとした死の気配。死という獣の生臭い牙が、すぐ鼻先まで近付いている。自我が塗りつぶされてしまいそうな、その恐怖。

(おかしいわよ……)

息ができない。苦しい。怖くてたまらない。

こんなはずではなかったのに。

(どうして、入れ替わっても、わたくしは、惨めなのよ……っ)

苦しい。苦しい。苦しい。

もはや冷静な思考などできるはずもなく、彼女は本能の促すまま、ぎっと燭台を睨みつけた。

本当なら、二度と話したくなどなかった。

誰からも愛され、ひらひらと舞う蝶のように優雅な、あの女――。

「助けなさいよ……」

荒れ狂う呼吸を押さえつけ、慧月が強く燭台を見据えると、炎が震え、膨らんだ。

「わたくしを、助けなさい、黄 玲琳……!」

(莉莉《りーりー》はまだ帰ってこないのでしょうか……)

蔵の入り口を振り返る玲琳は、そわそわとしていた。

経緯をじっくりと問《と》い質《ただ》してから、はや数刻。

莉莉は「白練《しろねり》の女官に簪《かんざし》と米を返してくる」と言って、雛宮付近だという待ち合わせ場所に向かっていた。いつもの待ち合わせは夕刻だったそうだが、もう酉《とり》の刻になるというのに帰ってこない。

（大丈夫でしょうか。んもう、わたくしも付いていきたかったのに……）

黄家の女らしく、世話焼きで過保護なところのある玲琳は、莉莉が心配でたまらない。もちろん先ほども、「わたくしが落とし前を付けてまいります」と主張したのだが、なぜだか青褪《あおざ》めた莉莉に、「お願いですからあたしに行かせてください。だいたい、謹慎中の人間が宮を出ちゃダメだろ。それに今のあんた、アブラムシをこともなげに素手で大量虐殺したときと、同じ顔してるもん」

とよくわからない理由で止められたのだ。

（いったいそれって、どんな顔でしょうか……）

玲琳は不思議に思いながら、己の頬をぺたぺたと触ってみる。

ここ数日、梨園《にわ》で採れた瓜を薄切りにして、肌に張り付けて手入れしていたため、もちもちとして気持ちがいい。朱《しゅ》慧月はどうやら肌も強靭のようで、これまでに試したどんな「化粧品」相手でもかぶれることがないので、玲琳としてはとても楽しかった。体格といい肌質といい、実に磨きがいのある体である。

（それにしても、金家《きんけ》の清佳《せいか》様が。ご好意は感じ取っていたものの、そのようなことをするとは思いませんでしたのに）

玲琳は両手で頬を挟みながら、むうと眉を寄せた。

ことの経緯は、莉莉から洗いざらい聞き出した。金 清佳が、尭明に気に入られるために朱 慧月を罰しようとし、莉莉を利用したというのを知って、大層驚いたものだ。

なにせ清佳は、その華やかな美貌に相応しく、好き嫌いがはっきりした性格ではあるものの、陰湿な手口を使うような人物ではなかったはずだから。

(芸術家肌で、誇り高くて、潔い方だと思っていたのですが……わたくしの見誤りでしょうか)

実は、今の玲琳には、そのあたりの自信があまりない。

なにせ、大人しいと思っていた慧月は苛烈な性格で、冷静沈着だと思っていた冬雪は熱血で、快活で優しいと思っていた従兄は、冷ややかにこちらを睨み付けてくるのだから。自分の見る目のなさに、玲琳は密かに落ち込んでもいた。

(わたくし……本当に世間知らずだったのですね)

思えばこれまで、自分の体調を整えることばかりに腐心していて、外部とろくに交流を取っていなかった気がする。黄家の女官たちや、尭明、皇后が、いつもぴったりと張り付いていたというのもあるが、それ以上に、誰と話していても、つい「肌の熱さに気付かれてしまわないだろうか」「心配されて、せっかくの和やかな空気を壊してしまわないだろうか」と、そうしたことばかり気にしていたように思うのだ。

玲琳は両手を下ろし、それをじっと見つめてみる。

気を張らなくても失神しない、興奮しても息切れしない、健康な体。

己を律することが少なくなったからなのか、最近、玲琳の心は忙しい。今日なんて、ひさしぶりに怒ることまでしてしまった。

彼女は両手を胸に当てて、そっと息を漏らした。

（いけません。これは慧月様の体なのですから、未練など覚えては。こんな様子を皇后陛下に見られたら、どんなに呆れられてしまうことでしょう）

己を叱りがてら、母とも慕う皇后のことを思い浮かべる。

黄家直系の女であり、玲琳の後見人でもある黄絹秀《けんしゅう》は、幼少時より、玲琳の憧れの存在であった。

――よく来たな、玲琳よ。今日からそなたは、妾《わらわ》を「伯母様」ではなく、「陛下」と呼べ。

雛宮に雛女《ひめ》として上がった初日、黄麒宮《こうきぐう》の最奥で腰かけていた絹秀は、女性にしては低い声に笑みを含ませ、こう切り出したものである。

――妾が雛女に求める素質のすべてを、ここに記しておる。とくと胸に刻むがいい。

そのときはまだ絹秀付きであった冬雪を介し、恭しく運ばれてきた書を、一年前の玲琳は武者震いする思いで開いた。

最高級の紙を惜しみなく使い、彼女らしいくっきりとした達筆で、そこにはただこう書かれていた。

根性。

（あのときの衝撃と感動は、いまだ忘れられるものではございませんね……）

玲琳はしみじみと頷く。

たとえば金淑妃は計算で金 清佳を雛女に選び、朱貴妃は慈愛の心で朱 慧月を選んだと言われるが、皇后・絹秀は、ただ根性というその一点をもって、この病弱な姪を雛女に据えたわけである。

あのとき初めて、玲琳は、世界には自分とまったく価値観を同じくする人間がいることを理解し、一層、彼女に深い敬慕と忠誠を誓うようになった。

少し深く付き合えばわかることだが、絹秀の口癖は「根性よなぁ」というものである。

誘惑に負けて衝動的に宮内の調度品を盗んだ女官は、古参の者であれ容赦なく切り捨てたし、かと思えば、己の鼻をこそいでまで人相を変え、執念深く室《へや》までたどり着いた刺客のことは、「根性よなぁ」の一言で放免していた。

雨が七晩降りやまず、女官たちが不安がっても、空を見上げて感心したように「根性よなぁ」。雑草が梨園中《にわじゅう》にはびこって、宦官《かんがん》たちが難儀しても「根性よなぁ」。彼女にかかれば、「恋人の命日に梨《に》園《わ》の花が一斉に開いた」みたいな悲恋譚も、「これはつまり、女が死に際に残した根性が具現化して土を破り、花開いたということよなぁ」という風になった。

強い意志、諦めぬ心をなにより愛する彼女が、健康な肉体にうっかり誘惑され、おめおめとその体に留まっている玲琳を知ったら、果たしてどう思うだろうか。

それとも案外、不慣れな境遇でも楽しく過ごしている姪のふてぶてしさを、褒めてくれたりするだろうか。

(いえ、自身に都合のよい想像ばかりをしてはなりません。あくまでわたくしは――)

『――黄　玲琳！』

自戒した瞬間、まるで思考をなぞったように己の名を呼ばれ、玲琳は「きゃっ」と飛び上がった。振り向けば、声の出どころは、蔵の奥に一本だけ灯した蝋燭である。

ただ、二度目ともなるとすんなり事態を飲み込めるもので、玲琳はさしたる混乱もなく、蝋燭に近寄り、その前で正座した。

「慧月様でございますね？」

『そう、よ……っ』

どういった仕組みなのか、彼女との会話ならば、「慧月」の名前もすんなり喉を出てくる。道術とは不思議なものだと首を傾げかけた玲琳だったが、それよりも、炎の中に小さく映る相手の顔を見て取り、思わず眉を寄せてしまった。

「どうなさいました。ずいぶんとお辛そうですね」

『どうも、こうも……っ』

自分の顔をした朱　慧月は、ひどく憔悴《しょうすい》しきっていたのである。

全体が炎の色に引っ張られた中でもくっきり見て取れるほど、濃いくまが浮かび、髪は乱れ、しかもぜえぜえと喉を掻きむしっていた。

『熱が、全然引かないし、息が、できないわ……っ。今すぐ、どうにかしてよ！』

「息が？」

金切り声のような悲鳴が心配で、玲琳は身を乗り出した。

「息が、どのようにできないのです？」

『どうって、なによ!? できないったら、できないのよ！ 吸っても、吸っても、苦しい……っ』

「過呼吸を起こしかけているのですね……」

要領を得ない訴えから素早く容体を理解すると、玲琳は会話の主導権を取り、素早く質問を重ねた。

「息苦しいのはいつからですか？」

『もう、四半刻にはなるわ』

「半刻以内に食事や水分を取りましたか？」

『取って、ないわよ……っ』

「では、強く不安を感じたり、怯えたりしたことは？」

その問いに、なぜか慧月は一瞬黙り込んだ。

『……あるわ』

やがて、ぎりっと歯ぎしりしながら答える。

『あるわ！ あるわよ！ 当たり前でしょう!? こんな状況、ありえないわよ……っ！』

これ以上刺激してはならないと判断し、玲琳は努めて、優しく低い声を出した。

「大丈夫です、慧月様。今は、息をうまく吐けていないだけ」

『吐けていない!? 吸えないと言っているのよ!?』

「体が、ちゃんと息を吐いていると理解できていないのです。さあ慧月様、両手で口を覆って」

『苦しいのに、このうえさらに口を覆うですって⁉』

「大丈夫」

玲琳は、炎越しに慧月へ微笑みかけた。

「それだけ話せるのですもの、絶対に大丈夫です。さ、口を覆って。いいですか、わたくしがいいと言うまで息を吐いてくださいい」

『そんな――』

「さあ」

再三促すと、慧月はしぶしぶといったように口を覆い、息を吐きはじめる。

玲琳は数を数え、息を吐く、吸う、止めるというのを繰り返させた。

「少し、落ち着いてきました？」

『…………』

「そうしたら、寝台の裏の箪笥の、左上の引き出しを開けて、十番と二十一番の薬を取り出してください。どちらも細かい粉末です。手ですり合わせて、それで口を覆って、粉を吸い込んで」

玲琳が指示しても、もう慧月は言い返さない。恐らく、少し楽になってきたのだろう。

慣れない手つきで薬を混ぜ合わせ、吸い込むのを、玲琳はじっと見守った。

「吸って。止めて……一、二、三。吐いて……一、二、三、四……」

吸入を済ませた後は、しばらく呼吸指導を続ける。吐ける拍数が長くなってきたのを確認すると、この呼吸をいいと言うまで続けるよう告げ、あとは慧月に任せた。

「…………」

『…………』

蝋燭を挟み、沈黙が落ちる。

すっかり肩の力が抜けた頃、ぽつりと切り出したのは、慧月のほうだった。

『……あなた、どういう体をしているのよ』

「え？」

『ありえないわよ。こんなひ弱で。ちょっとも健康なときがないじゃないの。おかしいわ』

攻撃的――というよりは、まるで、拗《す》ねた子どものような口調だ。

(熱が特別高いときは、人恋しくなりますものね)

なんだか相手が微笑ましく思えた玲琳は、蝋燭のそばに横座りに座り直し、会話を受け入れた。

「そうですね。それが日常でしたもので、これまで気付いていませんでした。引き換え、慧月様のこの体はとても強靭で、羨ましい限りです。わたくし、入れ替わってびっくりしましたわ。お陰様で、とても楽しく過ごさせていただいております」

『……嫌味なの？』

「えっ」

吐き捨てるように返されて、玲琳は目を見開く。

だが考えてみれば、慣れぬ熱に苦しんでいる相手に向かって、こちらは快適ですと告げるなど、無神経にも程がある気がした。改めて、自分が他人に虚弱な体を押し付けているのだと、胸が痛む。

「も、申し訳ございません……。あのう、かねてから伺いたかったのですが、慧月様、入れ替わりを解消するおつもりはないのですか？　解消してしまっては、慧月様のご意図に反するだろうとはいえ、わたくし、この状況が忍びなくて……」

おずおずと切り出すと、慧月はぎろりとこちらを睨み付けてきた。

どうやら、すっかり呼吸と気力は持ち直したらしい。

『冗談じゃないわ。親切ごかしに、なにを有利にことを進めようとしているの？』

「そのようなつもりでは……」

『これまで間が悪くも、体調を崩してばかりで、全然旨みを堪能できていなかったけれど。それでもこの立場は最高だわ。誰もが傅《かしず》き、愛を囁き、ちやほやしてくれる』

女官はもちろん、尭明、皇后、さらには敵のはずの金家の雛女まで見舞いの品を寄越してきたのだと、慧月は上機嫌に語った。

「清佳様が、ですか……。あの、それはもしかしたら、あまり素直に受け止めないほうがよいかもしれないのですが……」

『ふっ、負け惜しみ？　いいわね、あなたはそうやって、誰からも顧みられない身の上を嘆いていればいいのよ』

「いえ、そういうことではなくて――」

心配からの申し出だったが、一蹴される。ただ、清佳の意図もわからない状態で、彼女を悪意ある人間のように描写するのも躊躇われ、結局玲琳は口をつぐんだ。

それを慧月はどう取ったか、ますます愉快そうに口の端を吊り上げた。

『ふふっ、いい気味だわ。黄 玲琳が、わたくしの境遇を羨むだなんて！　そう、あなたはそうやって、なにもかも手に入れたわたくしのことを、指を咥えて見ていればいいわ。美貌も才気もない、視線のひとかけらも与えられないどぶネズミとしてね』

「そんな、ないないと仰らなくても……慧月様は、こんなに健康な体をお持ちではありませんか」

『はあ？　そんなの農家の娘でも持っているわよ。その体には、雛女に必要な才能がないの。美貌と、運と、血筋がないの。愛を囁く男も、気を許せる友も、守ってくれる親も……そうよ。親はわたくしに、肝心なものを、なにひとつ与えなかったのだわ』

爪を噛んでそう告げる姿は、本当に忌々しそうに見える。

それを見て、玲琳はおっとりと頬に手を当てた。

「ですが、素敵なお名前を与えてくださったではありませんか」

『はあ？』

慧月が呆れたように振り返ったのを、玲琳は微笑んで受け止める。それから少し考え、切り出した。

「慧月様は、乞巧節《たなばた》の夜、星になにを願いました？」

『は？』

　突然の話題転換に、相手はついていけないようである。怪訝そうに眉を寄せられたのにもめげず、玲琳は続けた。

「わたくしはね、二つ見つけたので、二つ願い事をしたのですが、そのうちの一つは、もちろん――健康になりたい、でした。毎日毎日、それを願っていたのですもの。すぐ口を突きます。空駆ける星に間に合わない、などということは、まずありませんでした」

　慧月が目を見開く。

　少しだけ押し黙った後、不機嫌そうに「そうでしょうね」と呟いたので、玲琳は笑って頷いた。

「わたくし、実は、願掛けも呪いもあまり信じないほうなのです。流れ星が願いを叶えるなどというのも、内心では少し、冷めて見ていました。そんなはずないでしょう、と」

　自分を助けられるのは自分だけ。夢を叶えるのは努力だけだ。

　星が夜空を駆けるのは、ほんの一瞬。その瞬間をめがけて素早く願いを紡げるのだったら、その人は、それだけ日頃からその夢を強く思い描いているということだ。強く思えば意識が変わる。意識が変われば行動が変わる。結局それは、星が夢を叶えているのではなく、夢を叶えられる人だからこそ、流星にさえ願えるというにすぎないではないか――と。

「ですが」

意外な屁理屈ぶりに驚いている相手を前に、玲琳は悪戯っぽく目を細めた。

「乞巧節の夜、たしかにわたくしは、星の力を借りて、健康を得たのです。同時に、かけがえのない経験の数々も」

『え……？』

「流星は、べつに願いを叶えてくれはしないのかもしれない。けれど、今では、わたくしはこう思うのです。ほうき星なら——力強く、ゆっくりと夜空を進む星ならば、本当に、奇跡を起こす力を持っているのかもしれないと」

そうして、まっすぐに慧月を見つめた。

「『慧』の字には、彗星《ほうきぼし》の意味もありますね。なんと壮大で、美しい名前でしょう。慧月様。わたくし、あなた様に感謝しております。あなた様こそが、わたくしの、ほうき星なのです」

慧月は黙り込んだ。

ただただ、圧倒されたのだ。

（なにを……言うのよ……）

胸がざわつく。まるであの夜の星々のように、素早く体内を駆け巡っていった感情に、彼女はひどく戸惑った。

（馬鹿じゃないの。わたくしなんかを、星だなんて……）

いつも高みにあり、人々の眼差しを一身に集めていたのは、殿下の胡蝶《こちょう》と例えられる玲琳のほうだ。だというのに彼女は、地を這うネズミと呼ばれていた慧月こそを、空の頂きを流れる星に例える。

その矛盾がおかしくて、慧月は嘲笑を浮かべた。

――いや、浮かべようとした。

持ち上がるはずの口角が歪み、眉が寄る。

まるで、涙を堪《こら》える子どものような顔になっていることに気付き、慧月は慌てて視線を逸《そ》らした。

『ね、慧月様。一度、きちんと会ってお話しできませんか。あなた様は以前、わたくしに報復したいと仰った。ですがこの入れ替わりでは、わたくし、いい思いをさせていただいてばかりなのです。わたくしがあなた様を不快にしてきたのなら、入れ替わりではなく、きちんと話し合ってお詫びしたい。もし慧月様が、なにか生きづらさを感じているのなら、それを解消するお手伝いを――』

「結構よ」

ひたむきな表情で身を乗り出す玲琳を、素っ気なく遮る。

傷付いたように息を呑む相手に、慧月は今度こそ挑発的な笑みを浮かべてみせた。

「体調が回復さえしたら、ようやく本格的にいい思いができるのですもの。わたくしは誰からも愛され、あなたは皆から嫌われるのよ。いい思いをしてしまうから、だなんてきれいごとを、そのときになっても言えるといいわねぇ?」

騙されてはいけない。これまで周囲から溺れるほどに愛されてきた女が、朱 慧月の境遇に追いやられて、「いい思い」などできるはずがないのだ。いくら健康とはいえ、容色は冴えず、側仕えの女官もなしに蔵に追いやられて。真実を封じられ、誰からも敵意を向けられる。

(思い出すのよ、わたくしが送ってきたこれまでの日々を)

火遊びの果てに生まれた娘を、両親は愛そうとはしなかったし、一族の落ちこぼれだった母親と、道士崩れの父親に対する、親族の目は厳しかった。親は慧月にろくに手もかけず、借金をこしらえて死に、朱家の縁類はそれに手を差し伸べることもせず、怪しげな力を持つ慧月に対し、ひたすら冷ややかだったのだ。

唯一朱貴妃だけが、「素晴らしい才能ですね」と褒めて引き取ってくれたが、彼女は教育にはさほど熱心ではなく、雛宮に上がった慧月が四苦八苦していても、困ったように見るだけだった。

軽蔑。嘲笑。困惑。――無視。

それらが、慧月に常に浴びせられてきたものだったのだから。

「あなたは、皆から、馬鹿にされるのよ」

現実になることを願って、唱える。

「善行を働こうが怪しまれ、生き抜こうが図太さを嘲笑《あざわら》われ、油断すると失笑されるの」

そうだ。それこそが、自分の願い。

『慧月様……』

「そうだわ、三日後にはもう中元節ね。雛宮の忌も、あなたの謹慎も明けているでしょう。となれば、他家の雛女たちが、こぞってあなたを引っ張り出して、石を投げようとするでしょうねぇ。特に、金家の清佳様あたりは、遠慮なく仕掛けてくることでしょうよ。現に彼女は、『玲琳《わたくし》』に媚《こ》びて地位を高めようと、せっせと贈り物までしてくるのだもの」

慧月は、室《へや》の一隅に置かれた香炉を、得意げに振り返った。金家からの見舞いとして差し出された、上等な品だ。

むろん彼女とて、金家からの贈り物を、素直な好意の表れと受け止めるほど愚かではない。

だが、それでいいのだ。擦り寄るべき相手と見なされること自体が、心地よい。

「わたくしはこの体調だから、欠席するけれど。周囲には、しくしく泣きながら、『朱 慧月のせいで儀式に出られなくて悲しい』と訴えておくわ。巡り巡って、殿下や清佳様があなたにどんな『仕返し』をしてくれるものか――本当に楽しみね」

呼吸はすっかり戻っている。熱を抑える薬も混ざっていたのか、関節の痛みもだいぶ楽になった。

もうこれ以上玲琳と話す必要はないと判じた慧月は、勝手に会話を打ち切って、ふっと蝋燭の火を吹き消した。

「お待ちくださ――」

「慧月様！」

掻き消えてしまった火に向かって身を乗り出した瞬間、蔵の入り口から声が掛かり、玲琳は慌てて振り向いた。

「莉莉！」

声の持ち主は、莉莉である。

お帰りなさいと玲琳が迎えると、相手はばつが悪そうに鼻を鳴らし、暗い蔵の中へと入ってきた。

「あたしのこと、待ってたんですか？　いえ、言い訳は結構。くり抜き窓から、明かりが漏れてましたから。さては、あたしが戻って来るとわかったから、慌てて火を消したんでしょう」

口調は相変わらず蓮っ葉だが、語尾に敬語が戻っている。

だいぶ敵意を解いてくれたのがわかったのと、つんとした態《てい》を装いながらも、「待っていてもらえて嬉しい」という感情が伝わってくるのが微笑ましくて、玲琳は思わず小さく笑みをこぼした。

「……なに笑ってるんです？」

「いえ、べつに。それで、無事に饗とお米は返せましたか？」

話題を逸らしがてら、気になっていたことを問うと、莉莉は「……それが」と歯切れ悪く答えた。

「どれだけ待っても、待ち合わせの場に、雅容《がよう》様は来なかったんです」

「そうなのですか？」

「もしかしたら、すでに、あたしを鷲官《しゅうかん》に突き出そうと動いているのかもしれません」

暗い声音は、その事態を警戒してのもののようである。

玲琳は少し考え、首を振った。

「もしそうなら、あの機敏な鷲官長様ですもの、とっくの昔に莉莉を捕らえにきているはずです。それがないということは、先方も、これ以上莉莉と取引を重ねることは危険だと判断したということではないでしょうか」

「……だといいんですけど」

「きっとそうですよ。だって、鷲官長様がこの場にお越しになったことは、後宮中に広がっているはず。おそらくは、莉莉が刃物を振り回したということも。この状況下で、莉莉を盗人ですと訴え出ようものなら、莉莉との関係性を疑われてしまいます。わたくしが白練の方なら、手を引きますわ」

穏やかな、けれどきっぱりとした物言いに、莉莉があからさまにほっとしたような息を漏らす。

「なら、そう思うことにします。あたしも、この件からはこれっきり手を引くということで――」

「なにを言っているのですか？」

だがそれを、玲琳の朗らかな声が遮った。

「つまり、女官同士では決着がつかなかったということでしょう？　ならばここからは、その主人同士――わたくしと清佳様の間で、落とし前を付けるべき場面ということではありませんか」

「はい!?」

思いもよらぬ好戦的な発言に、莉莉はぎょっとする。

「いや……ちょっと待って、なに言ってんですか？　だいたい、謹慎中の身の上で、他家の雛女に会えるわけがないでしょう!?」

「いえいえ、折しも三日後は中元節。謹慎も解け、儀式に参加すれば、もれなく清佳様にお会いできます」

「いや、それは……」

莉莉は口ごもった。

ただでさえ、芸事に疎かった朱 慧月。それも、黄 玲琳を傷付けた容疑の拭いきれぬ状況で、のこのこと儀式に参加して、とうてい無事で済むとは思われない。

それでなくとも、儀式に立ち会える上級女官が言うには、朱 慧月の振る舞いは垢抜《あかぬ》けなく、歩くたびに失笑が巻き起こり、朱家の者は居たたまれない時間を過ごさねばならないとのことなのに。

「朱貴妃様は、中元節の儀には出なくていいと、言っていたじゃないですか」

「出なくていい、ということは、出てもいい、ということです」

「言っておきますけど、今の境遇の慧月様じゃ、上級女官たちも随伴を堂々と拒否すると思いますよ。正式な行事なのに、付き添いのいない雛女なんて、ありえないですよ」

「三日もあれば、銀朱の衣をきれいに繕えるから大丈夫です。ね、莉莉上級女官殿？」

莉莉の抗議を、相手はまるで、巨岩がでこぼこ道を難なく転がっていくようにやり過ごしていく。

「いや、でも、中元節の儀って、豊穣を願って舞を奉納するじゃないですか。正直、あんた、踊りの才能なんてまったく――」

「莉莉」

それでもしぶとく食い下がった莉莉だが、とうとう相手は、きっぱりとそれを封じた。

「わたくしはね、大切な女官の健康を損ねた方に一矢報いねば、雛女として、気が済まないのです」

「…………」

そこまで言われては、反論などできない。

「……なら、お好きに。後悔しても知りませんから」

「えっ。そこは手を取り合って、えいえいおう！　の流れではありませんか？　さあ、声を出していきましょう？」

「夜更けになに言ってるんですか。寝ますよ」

莉莉は素っ気なく言い捨てて、寝台代わりの藁《わら》に横たわった。

「莉莉、つれないです……」

横から聞こえる悲しげな呟きは、寝返りを打って、聞こえない振りをする。

目を閉じるまでもなく、火の一つも灯らない蔵の中は真っ暗だったが、莉莉はこの日、そのことを初めて感謝した。

(女官の敵討ちとか、ほんと、あんたいったい誰なんだよ。べつに……嬉しくなんかないんだから)

もし明るかったら、銀朱の衣と同じくらい赤くなった頬に、気付かれてしまっただろうから。

いつだって莉莉を庇い、守ってくれる人物――新しい朱　慧月。

安堵と、まぎれもない喜びの念に滲んだ涙を、莉莉はこっそり拳の裏でぬぐい取った。

7. 玲琳、備える

さて、翌朝のこと。

蔵のくり抜き窓から差し込む陽光で、ゆるりと瞼《まぶた》を持ち上げた莉莉《りーりー》は、そのままなんとなく視線を巡らせ、蔵の入り口付近に座る人影を認めると、ぱっと意識を覚醒させた。

半開きにした扉にもたれ、さんさんと降り注ぐ陽光を頰に浴びているのは、彼女の主人だ。片手に銀朱の衣を、もう片方の手に針を持ち、精を出している。どうやら、早速、莉莉に下賜するという衣を繕ってくれているのだろう。

女官の繕い物を主人がするなどあってはならないのに、それよりも、軽く俯き針を進めるその姿があまりに輝いて見えて、莉莉はつい、ぼうっと見入ってしまった。

釣り目がちの、意地悪そうな顔のはずだったのに、かすかに口元をほころばせ、楽しげに針を操る様子は、いかにも優しさに満ち溢れている。結い上げるのではなく、さっと肩口に流しただけの髪は、いつの間にか随分と艶を増しているように見えた。そう言えば、昨日莉莉が切りつけた後、彼女自身が手際よく鋏を入れてしまったのだ。傷んだ部分が切り取られ、丁寧にくしけずられたことで、ようやく莉莉は、自分の主人が豊かな量の髪を持っているのだということに気付かされた。

朱《しゅ》慧月《けいげつ》の顔をした女は、満足そうに衣を光にかざしては、うんうんと頷いて再び針を取る。

時折、さあっと夏の風が蔵を吹き渡ってゆくと、気持ちよさそうに瞳を閉じた。よく見ると、そうしたときは唇が小さく動いている。詳しくは聞き取れないが、音階を感じさせる声や韻を踏んだ響きから、どうやら季節の美を謳《うた》う詩を諳《そら》んじているようだった。

(不思議……)

莉莉は息を殺して、じっと相手を見つめる。

(この人が、きれいに見えるなんて)

実際に変わったのはせいぜい、髪の長さと艶くらい。だというのに、その温かくも生き生きとした表情が、知性を感じさせる振る舞いが、彼女を内側から輝かせている。

彼女は変わった。こんなにも。

(どうかこれが、ずっと続いてくれたらいいんだけど……)

祈るような気持ちで、そっと息を落としたそのとき、気配を感じたのか、相手がぱっと振り向いた。

「まあ、莉莉。おはようございます。もしや日差しで起こしてしまいましたか?」

「……いや、だから、主人を差し置いて呑気に寝てていい女官なんていないんですけど……」

莉莉はたじたじとなって答える。

あれだけ不遜な態度で接しておきながら、今さら丁寧な女官言葉を使うのはばつが悪い。かといって、主人と認めた相手に対してなんの敬意も払わないわけにはいかない。悩ましさが、彼女に中途半端な敬語を使わせる。相手も「砕けた口調のままがいい」と笑っていたので、莉莉はそれに甘えることにしていた。

もごもごと答えながら、さっと身なりを整えて——なにせこの環境だ、裾と髪を直すことくらいしかできない——、なんとなく相手の手元を覗き込み、莉莉は驚きに声を上げた。

「えっ⁉　もう完成してる……⁉」

「ふふ、破れはすべて繕い終えたのですよ。なかなかきれいに直せましたでしょう？」

なんと、広げられた銀朱の衣は、すでに美しく修繕されていたのである。引きつれたところも、ほころびもなく、ぼろぼろに破れて裏地に回った部分さえ、よくよく目を凝らさねば縫い目もわからぬほどであった。その腕前は、専門の針子をも上回るほどだし、純粋な仕事量としても、莉莉がこなしたなら三日はかかる内容だ。

「こんな短時間で……。まさか上級女官の室《へや》から新しい衣を盗んできたんですか？」

「まあ、莉莉ったら。ちくちく地道に縫ったに決まっているではありませんか」

「いや、でも、こんなの数刻じゃ無理でしょう？」

莉莉が重ねて問うと、相手は少し照れたように肩を竦め、実は早起きをしたのだと白状した。

「だって、ようやく莉莉にあげられるものができたのが、嬉しくて。それも、あなたが晴れの日に着てくれることになる衣装でしょう？　それで興奮が抑えられず、少々……ええ、ほんの少しばかり、早く目が覚めてしまったのです」

「……ちなみに、何時に起きたんです？」

なんとなく、ある予感を抱いて、莉莉が問うと、彼女は一拍だけ黙り込んでから、さりげなく扉の外へと視線を逸《そ》らした。

「あのね、莉莉。空ってこんなにも鮮やかに表情が変わってゆくのですね。わたくし、星や月がゆっくりと位置を変えてゆく様子に、たまらなく感動いたしましたわ」

「……さては、夜明けどころか、夜中から起き出しましたね？」

「夜から朝に転じるほんのひととき、地上が薄青く染まるあの神秘的な様子。長い夜の腕《かいな》を離れ、光あふれる世界へ飛び出そうとする、まるで赤子の目の薄青さにも通ずる清らかさ……」

「すごく詩的な表現ですけど、それ、完徹の描写ですね？」

ぴしりと告げると、女は「えへ」とごまかすように微笑んだ。

「だって、早く仕上げたかったのですもの」

「だからって女官の繕い物ごときのために徹夜する雛女《ひめ》がいますか！」

莉莉が一喝すると、敵もさるもの、針を置いてさっと衣を広げ、口を封じるように試着を始めた。

「ちょ――」

「まあ、ぴったり！　明るい色合いの髪がまた、鮮やかな銀朱に映えて実に素晴らしいですね。こんなに美しい女官を伴えるなんて、わたくし、鼻が高いというものです」

無邪気に喜ばれてしまえば、莉莉も口を噤《つぐ》まざるをえない。

「腕が長くて素晴らしい」「顔色が華やいで最高」「雛宮《すうぐう》で一、二を争う美女女官」などと手放しの称賛を注がれ、しかもそれが本心からのものとわかってしまった莉莉は、むずむずとする唇をぐっと噛み締めた。

こんなに手間暇と愛情をかけられ、褒められたことなど、この数年、ただの一度もない。

「やめてください」

目をきらめかせて微笑む相手を、遮る。

ついそっぽを向いてしまったのは、苛立ちではなくて、面映ゆさのためだった。こんな真っすぐな感情を向けられるのは、慣れない。

「そんな大げさに騒ぎ立ててくれなくて、結構です。自分の素質くらい、ちゃんと自分でわかってますから」

「莉莉？」

「昨日だって、雅容《がよう》様に会いに行こうと雛宮へ向かう途中、すれ違った銀朱の何人かに、言われました。おやおや赤ネズミさん、どこへ行くのかしらって。小汚いとか、みすぼらしいとかも。睨み返してやりましたけど、……正直、自分が銀朱の衣をまとえる人間じゃないってこと自体は、理解しているつもりです」

そう、この蔵から一歩出れば、敵意の雨は相変わらず降り続けているのだ。

短刀を握りしめて蔵に向かったあの時に比べれば、彼女たちの声は全然胸に堪《こら》えなかったけれど、それでも、銀朱の衣を約束されて力が溢れるようだったところに、ふと冷水を落とされたような心地は覚えた。

雛宮に上がるときの条件は中級女官だったのだから、鉛丹《ちゅうきゅう》をまとえるようになるというのなら、話はわかる。だが、それも飛び越えて、与えられるままに銀朱《じょうきゅう》をまとおうなど、浮かれすぎではないか。

回廊からこちらに嘲笑を向ける上級女官たちは、その表情こそ醜いけれど、身なりは整い、姿勢もよく、少し離れてもそうとわかるほどに、いい匂いがする。

そこに自分が並び立つ様を、莉莉はかけらも想像できなかった。

「べつに、卑屈になってるつもりはないです。徒党を組んで人を罵る女たちより、あたしのほうが人として劣ってるなんて、思いたいわけじゃない。でも、今のあたしに銀朱をまとう素質があるかと言えば、それは別問題です。だってあたしは、上級女官にふさわしい立ち居振る舞いなんて、学んだこともない」

話しながら、莉莉は自分で自分の頬をはたいてやりたいような気になった。

過分な褒め言葉に照れて、それから、昨日遭った嫌なことを思い出して。ただそれだけだというのに、なにをこんな、同情を引くような、深刻ぶった話をしているのだろう。あの厭味《いやみ》ったらしい女たちのことなんて、今の今まで忘れていたくせに。

（ただ……なぜか、甘えたくなっちゃうんだ）

この新しい朱 慧月が、自分のすべてを受け入れてくれるような、そんな気がしてしまうから。

莉莉がちら、と視線を上げると、相手は軽く俯いていた。目頭を片手で押さえているので、表情が見えない。

「あの――」

「その方々には、ちゃんと莉莉から反撃したのですね？」

「え？　ええ、舌打ちもおまけしたら、逃げていきましたけど。まあでも、そういうところまで含めて、あたしに銀朱ってどうなのかなっていうか……」

「そう」

続く言葉に、莉莉ははっと息を呑んだ。

「では莉莉。悪いのですが、その衣を返してください」

咄嗟に開きかけた口を閉じ、莉莉は頷いた。

自分から言い出したことだ。返したくないなどと思うのは、間違っている。

のろのろと衣を脱ぎ、畳んで渡した。

「それと、あなたに差し上げると言った色糸ですが、数が減ってしまいそうです。お許しいただけますでしょうか」

「それは……もちろん」

呟くように答えながらも、胸には冷たい風が吹き渡る。

なぜだろう。彼女なら、きっと温かく微笑んで「いいえ、あなたは銀朱にふさわしい人間です」と、そう請け合ってくれると思い込んでいた。

じわりと、正体のわからぬ涙が滲みそうになる。

だがそこに、思いもかけぬ言葉が降ってきた。

「それでは、色糸で刺繍を施して、史上最大に豪華な銀朱の衣装を仕上げてみせますので、ご期待くださいね」

「――は？」

莉莉はぽかんとした。

いったい、彼女は今、なんと言ったのか。

「え？　……え？」

「考えてみれば、せっかくの晴れがましい舞台、莉莉上級女官の初お目見えとなるのに、ごく一般的な衣を仕立てようとしていたわたくしが愚かでした。式典の場には、女官もまた刺繍の衣が許されるとなれば、全身をこれ着飾らぬわけにはまいりませんよね」

「え？　いや待って？　あの、あたし今、自分は銀朱にはふさわしくないって言ったつもりだったんですけど……」

顔を引《ひ》き攣《つ》らせて指摘すると、相手はなぜか、感じ入ったように首をふるふると振った。

「ええ、つまり、銀朱にふさわしい女性に早くなりたいということですよね。なんと素晴らしいことでしょう」

「え⁉」

「みすぼらしいなどと言われぬ、華やかな衣が欲しい。上級女官にふさわしい立ち居振る舞いを身に付けたい。あなたの全身から滲み出る切実な思いを、わたくし、ひしと受け取りました。ああ、莉莉がここまで志の高い人物だったなんて……！」

（そんな思い、滲ませてないですけど⁉）

ぎょっとする莉莉をよそに、朱 慧月の顔をした女は、堪《こら》えきれぬというように再び目頭を押さえ、うんうんと頷いている。

どうやら、莉莉の一連の言動が、ひどく琴線に触れたらしい。

さらには、彼女は感極まったようにぎゅうっと莉莉を抱きしめると、

「ああもうっ、好きです！」

と叫びさえした。

「その根性。その飽くなき向上心。あなたはなんと、上級女官にふさわしい魂をお持ちなのでしょう。ええ、ともに頑張りましょうね。わたくし、全力で支えさせていただきます」

「ちょ、は、離……っ」

「まずは、姿勢改善からまいりましょうね。体幹と呼吸はすべての基本ですから。筋力を上げる鍛錬を朝夕一刻ずつ。呼吸については、これから日常のすべてを腹式呼吸に切り替えましょう。それから、

経典の暗記でしょう、筆の練習でしょう、刺繍も少し頑張っていただいて、あとそれから……」

興奮のままにまくし立てる相手を、莉莉はなんとか振り払った。

「ちょ、ちょっと待てよ！　なんで、上級女官になることが前提になってんだよ！」

すっかり口調からも、敬語が取れてしまっている。

だが、目の前の女はそれにには頓着せず、ことりと首を傾げるだけだった。

「え？　だって、あなたはわたくしの唯一の、大切な女官でしょう？」

その、当然と言わんばかりの、いたって自然な口ぶりが、かえって莉莉から言葉を奪った。

「一番の女官なのだから、一等の衣をまとうのです。なにか、おかしいですか？」

「……お」

頬が、燃えるように熱い。

「……おかしく、は、ない、ですね……」

それ以外、なんと答えられたものだろう。

真っ赤にゆだって視線を逸らす莉莉をよそに、相手は上機嫌なまま、頬に手を当てて呟いていた。

「ああ、藤黄《とうおう》の衣をまとう莉莉の姿というのも、本当に素晴らしいことでしょうねぇ……」

――藤黄。

朱駒宮《しゅくぐう》では耳なじみのない色の名前に、莉莉はふと顔を上げる。

(言い間違い……？)

銀朱は黄色味のある朱色のことだから、その連想から言い間違えたのだとしても、さほど不自然ではない気もする。

だが――。

（藤黄色は、黄麒宮《こうきぐう》の上級女官のまとう色だ）

その事実がひどく重要な意味を帯びている気がして、莉莉はざわりと胸を騒がせた。

突然人が変わったような、莉莉の主人。

「あら、どうかしましたか、莉莉？　急に黙り込んで」

「……いえ」

口を開きかけてから、結局莉莉はその口を閉ざした。

些細な言い間違いをもとに、こんな荒唐無稽なことを想像するなんて、どうかしている。単なる言い間違いだ。

「雛女様が、あんまりに現実離れした鍛錬を言い出すから、びっくりしただけです」

いつの間にか彼女のことを、「慧月様」ではなく、「雛女様」とだけ呼んでいる自分のことは、気付かないふりをした。

なんとなく相手の顔を直視できず、視線を逸らしていると、「まあ」と楽しげな声が降ってくる。

顔を上げれば、彼女の主人は、目をきらめかせてこちらを見つめていた。

「現実離れ？　この計画ではまだまだ夢の実現には及ばないと？　なんという努力家なのでしょう」

「え、いえ、あの」

「わかりました。今度こそ承知しましたわ。莉莉に手加減は無用。考えうる最大に負荷の大きい計画でまいりましょう」

「えっ」

なにかに着火した様子の彼女に、莉莉は己の失言を悟った。

だいたい、目の前の人物は、一日中草むしりをして、煮炊きに掃除に蔵の補修にと動き回っても、まるで疲れを感じさせない、やたらと負荷慣れしている御仁なのだ。そんな彼女の言う「最大に負荷の大きい計画」などに付き合っていたら、間違いなく莉莉が過労で倒れる。

「い、いや、待ってください。冷静に考えて、儀式の主役はあんたでしょう？　あたしなんかにかまけてないで、あんたこそ諸々の準備をしたほうがいいんじゃないですか？　式典用の衣装だってない中、どう手に入れるか、算段も付けなきゃならないのに」

「ご安心ください。銀朱の衣と交換に、あなたの洗朱《あらいしゅ》の衣を頂戴して、それを加工しようと思っておりますので。ほら、染色や着香用に、野菜の皮や花を集めて、あとは、昨日切った髪で筆も作ったのですよ」

「雛女のくせに、この生活に順応しすぎ！」

だが、関心を相手の側に逸らそうとする試みは、想定外の準備のよさに、あっさりと封じられてしまった。

もう後がない。このままでは、妙な凄みを滲ませる主人に、鍛えられすぎて倒れてしまう。

莉莉は無意識にじりじりと後退しながら、なんとか言い訳を絞り出した。

「いやぁ、でもその……あたしだけ、雛女様にいろいろと手を掛けてもらって、導いてもらおうというのも、その、不甲斐ない？　かなぁ、とか……。だから、鍛錬とやらの量をですね、減らしていただいて――」

「まあ！」

だが、その途端、相手がいよいよ感極まったように目を潤ませたので、ぎょっとした。

「なんといじらしい心がけでしょう。わかりましたわ。ならば莉莉、あなたはわたくしに、胡旋舞《こせんぶ》を教えてくださいますか？」

「はい!?　いや、あんな難易度が高い舞、できるわけないでしょ!?」

「ご謙遜を。お母君は胡旋舞の名手で、しかも、あなたはそれを見てきたのでしょう？　ならば思い出せるはず。ほんのさわりでよいのです。どうせこたびの儀には向かない舞ですし、わたくしも引き出しを増やしたいだけですので。どうぞお気軽に。ね？」

朱 慧月の顔をした女は、にこにこした表情を崩さない。

だが、その手はひしと莉莉の両手を握り、どこか、獲物を逃がさぬ猟犬のような凄みすらあった。

「い、いや、でも……」

「ふふ。先ほど言った鍛錬を倍にしたうえで、美顔美容の講義を加えて、さらには胡旋舞の授業も。

盛りだくさんで、胸が弾みますね」

相手を宥《なだ》めるつもりが、とんだ藪蛇になってしまったことを、莉莉はここにきてようやく理解した。

これでは結局、休憩時間が増えるどころか、鍛錬とやらが倍増しただけではないか。

「さあ、声を出してまいりましょう！」

中元節の儀まで三日を切った、晴れやかな朝の出来事である。

＊＊＊

夜風を入れるために大きく放たれた窓から、欠けた月が随分と傾いているのを見て取った尭明《ぎょうめい》は、やれやれと息を吐いた。

「今宵はこれで仕舞いとしよう」

「は」

言葉を受け、書面を広げていた文官たちが、統制の取れた動きで片付けを始める。

有能な部下たちが三々五々散っていくのを眺めながら、尭明は強張った肩を揉《も》んだ。まだ国政の責任を取る立場ではないとはいえ、皇太子の彼には、膨大な量の政務が日々降りかかる。今はそこに、中元節の儀も迫り、さらには、もともとごくわずかだった休憩時間をやりくりして、黄麒宮への見舞い時間を捻出しているのだから、疲労もひとしおであった。

もっとも、歴代の皇太子ならすぐに音を上げるだろう過密な政務を、少々の夜更かしで解決できてしまうあたりが、尭明が尭明たるゆえんではあるのだが。

「殿下」

集中のために凝った眉間を揉んでいると、室に居残った辰宇《しんう》が声を掛けてくる。

今日の審議内容には、二日後に迫った中元節の儀の最終確認も含まれていたため、鷲官長たる彼もこの場に呼ばれていたのであった。

「先日の、朱駒宮での女官の刃傷沙汰《にんじょうざた》の件ですが」

自分以外のすべての官が退室したのを見届け、辰宇が慎重に切り出す。

尭明は文机に頬杖を突いたまま、軽く片手を振った。

「よい。報告書ならすでに目を通した。朱 慧月も女官を擁護し、外傷も見受けられない――本人曰く、『枝毛を切り取られた』だけのため、不問に処したと。近年稀に見るほどの粗末な言い訳が、この報告書最大の見どころだな」

皮肉気に告げる尭明は、どうやら、朱 慧月の自作自演説を未だ疑っているらしい。

「過去の経験から、多少は学んだと見える。加害者を捏造《ねつぞう》して同情を集めるより、加害者を庇う慈悲深き女として振る舞うことを、今回は選んだか。だが、それなら言い訳はもっと練ったほうがいいな」

「いえ、それなのですが」

やはり書面を通しては、そのようにしか受け止められないよな、と、辰宇はぎこちなく口を開いた。

「このたびの件、鷲官《しゅうかん》二人の目からも、朱 慧月に悪意は認められませんでした」

言葉を選びながら、辰宇は思い出す。

おっとりと、けれど揺るぎない態度で女官を庇ったあの姿。ごく自然に背中に添えられた手。

あの場にいたのは、凛としつつも慈愛深い、雛女の中の雛女のような女だった。

「朱 慧月は、たしかに悪女であったのでしょう。ですがそれと同じくらいたしかに、今、彼女は変わろうとしている。それを、我々はこの目で見たのです」

ぴんと背筋を伸ばした姿を思い出すたび、辰宇の胸には、正体のわからぬさざ波が走る。

不慣れな感覚を不思議に思いながら、彼は続けた。

「殿下もまた少し、朱 慧月への対応を改めるというのは、いかがでしょうか。彼女は高潔な女に見えました。少なくとも、卑劣な計算を巡らせるようには見えませんでした。周囲の同情を、舌なめずりして待ちわびるような、浅ましい女にも。そう、それを言うなら、多忙な殿下の見舞いを、連日平然と受け入れる、近頃の黄《こう》 玲琳《れいりん》殿のほうがよほど――」

「辰宇」

冷ややかな声で制止が掛かる。

明らかに踏み込みすぎたことに気付き、辰宇は口をつぐんだ。

（これだから、話芸は苦手だ……）

淡々と事実を報告するならまだしも、私見を挟み、それとなく相手の意見を誘導するなど、口下手な辰宇には至難の業である。普段心が波立つことが少ないだけに、こうして不意に胸に溢れた感情を、どう言葉にして表現したものかわからない。

朱 慧月を擁護しようとするあまり、不用意に黄 玲琳を貶《おとし》め、尭明の逆鱗を自らむしりに行ってしまった愚行を、辰宇は悔いた。

「おまえの主張はこうか、辰宇? 朱 慧月は変わった。なぜなら、女官を虐め、宦官《かんがん》に罪を着せ、権力者に媚《こび》を売り、己の不才を知りながら努力するでもなく、陰では不満に金切り声を上げ、他家の雛女を罵り、高楼から突き落として殺そうとしたけれど、たった一度、女官を庇ったから」

「…………」

「それも鷲官長という、雛宮の権力者の前で、まるで、玲琳を真似るように。……俺は、次に玲琳の猿真似をするようなら、朱 慧月の首を刎《は》ねると告げたはずだ」

やはり、火に油を注いでしまったか。

眉を寄せた辰宇を前に、尭明は冷静さを取り戻すためか、小さく息を吐いた。

「すまない、言いすぎた。玲琳を持ち出されると、すぐに頭に血が上ってしまうのは、俺の悪癖だ。そこは認める」

気まずげに顔をしかめつつも、彼は「ただ」と続けた。

「わかってほしい、辰宇。初めて愛しいと思った女が、目の前で殺されかけたのだ。儀の判決に従い、更生の機会を信じねばと思う心とは裏腹に、寝台から起き上がれもしない玲琳の姿を見るたびに、朱慧月への激しい憎悪で、胸が焼かれそうになる。本音を言わせてもらえば、即座に首を刎ねないのが精いっぱいだ」

それはそうだろうと、辰宇は思う。皇太子の身分を考えれば、不興を買った雛女など即日処分されてもおかしくはないのだ。獣尋《じゅうじん》の儀の判決を曲げず、追放もせずに許しておくことは、彼の律義さの表れと言えた。

「連日の見舞いが行き過ぎていることも、理解している。だがそれは、玲琳ではなく俺の咎《とが》だ。今の彼女は、これまでになく俺に気を許してくれている。前に言った通り、俺はそれが嬉しいし、――同時に、恐ろしくて、目が離せないんだ」

「恐ろしい、とは？」

「あの気丈な彼女が、それほどに追い詰められているのかと。……頼りなげな風情を見ると、あの日、欄干の向こうへと消えていった姿が重なって仕方がない」

尭明は己を恥じるように、肘をついた掌に顔を埋める。

いつになく玲琳が甘えた態度であることも、尭明の見舞いが行き過ぎていることも、頭では理解していた。それでも、今は全神経を、彼女の安全へと注がずにはいられないのだ。態度よりも、言葉よりも、その体温や確かな息遣いを確認するほうが、よほど重要だった。

「頼むから、今の俺に、朱 慧月に優しく接しろなどと言ってくれるな。そんな余裕は、とてもではないが持てない」

低くなった声に、辰宇は異母兄の葛藤を感じ取る。

彼もまた、辰宇とは逆の方向で、本来は他人に囚われない男だ。心が掻き乱される己を自覚もしているだろうし、歯がゆくも思っているのだろう。

「――御意」

結局、辰宇はそこで引き下がった。

窓の外に浮かぶ月は、三日月のように笑うでも、満月のように地を照らすでもなく、ただ中途半端に、欠けた姿で空に佇むだけであった。

8．玲琳、舞う

（つまらないこと）

中元節の日である。

金《きん》清佳《せいか》は、しずしずと雛宮《すうぐう》に上がりはじめた他家の顔ぶれを見回して、扇の陰でこっそりと息を吐いた。

（華がありませんわ。まったく、興が乗らない）

柳眉を寄せ、小首をかしげる。なんとなく視線を落とした先には、丁寧に磨き上げた自分の爪がある。凡庸な雛女《ひめ》たちと比べれば、染めた爪のほうがいくらか見ごたえがあった。

金家は、古くから金の製造と管理を任され、詠国《えいこく》の経済を担ってきた、いわば商人の一族である。けれど同時に、彼らは金細工をはじめとした精緻な工芸を育成してきた一族でもあり、古くから芸術の庇護者を自認してきた者たちでもあった。

その生業がそうさせるのか、金家の者は風変わりな性格の持ち主が多い。だいたいは、現実的な商人気質、さもなければ誇り高い芸術家肌の人間へと両極端に分かれ、清佳は後者のほうであった。

彼らは、何事にも美学を強く求める。誇り高くあること、一貫した哲学を感じさせること、なにより、目に快くあること。それらを追求した結果、ときに、商人の合理的判断をも上回り、成功をもたらすというのが不思議なところで、両者は反目しあいながらも、結果的に、互いを補うような形で一族の繁栄を支え合ってきた。多くは、芸術家肌の直系の者たちが長期的な理念を掲げ、実利的な傍系の家臣たちが、短期的な実践を進めるという具合である。

そんなわけで、金家直系の血を濃く受け継いだ清佳は、人目を引く華やかな美貌とともに、気まぐれにも見える、「美」原理主義の思想を持ってこの世に生を受けた。彼女にとって、美しくないものなど、宙を舞う埃ほどの価値もない。

ここ雛宮において、そんな彼女が見惚れ、執着するものがあるとしたら、それはただ二人だ。一人は、陽の気の極みと言えるほどの、迫力を帯びた輝きを持つ皇太子、詠《えい》尭明《ぎょうめい》。そしてもう一人は、胡蝶《こちょう》に例えられ、まるで風に揺れる金細工のように繊細な美しさを持つ黄《こう》玲琳《れいりん》である。

自分とて華やかな顔立ちだと清佳は認識しているが、黄玲琳のような、見る者をはっとさせ、手を差し伸べさせてしまうような、透明感のある美しさには敵わない。しかも、その穏やかな言動と同時に、時折凄みを感じさせるほどの透徹した意志を感じとれることがあり、その点も含め、清佳は黄玲琳のことを大いに認めているのである。

いつか、黄玲琳が皇后となり、自分は金貴妃として他の夫人を束ね、ともに尭明を支えるのだろうと、清佳はそんな未来を予想していた。

ところが、だ。

（なんと忌々しい、朱《しゅ》 慧月《けいげつ》よ。もっと早く、あの卑屈で陰険などぶネズミを、わたくしが駆除しておくべきでしたわ）

現実には、身の程知らずな朱 慧月が、黄 玲琳を高楼から突き飛ばしたせいで、清佳の目算は狂ってしまった。始祖を祀《まつ》り、豊穣を願う中元節は、秋を司る金家の領分。金淑妃とともに、この日に向けて様々な趣向を凝らしてきたというのに、忌祓《いみばら》いによって準備を中断され、結局規模を縮小せざるをえなかった。

最も許しがたいのは、突き飛ばされたことが原因で、黄 玲琳がずっと床に臥せり、今日の中元節の儀にも出られないということである。他家の雛女の舞など、しょせん猿が芸を見せる程度のもの。尭明の鑑賞に値するのは、自分と、あとは玲琳の舞くらいしかなかったろう。清佳自身、踊りの名手として、彼女の優美な舞を楽しみにしていたというのに。

（仏頂面の玄家《げんけ》の女と、りすみたいな藍家《らんけ》の小娘の舞では、穴埋めにもなりやしない。恥知らずの朱慧月の、拙い舞など、猿芸どころか、目汚しにしかなりませんわ）

清佳は朱 慧月が嫌いだった。才能もないくせに視線をねだり、関心を集めている人物を妬んでは、恨めしそうに睨み付ける。立場が弱い者相手となると、途端に金切り声を上げ、いたぶるのだ。まさに、陰湿。

そういえば金家の女官の中には、朱家の人間に簪《かんざし》を盗まれたかもしれないと訴える者もいた。こそこそと盗人のような真似は、いかにも朱 慧月らしい。清佳は呆れの溜息を漏らした。

(これまでは、嫌いな相手に時間を割くのも無粋だと放置してきたけれど、もはや我慢ならないわ。雛宮に居残っているのを後悔させるほどに、徹底的に惨めな目に遭わせてやる)

中元節の儀では、豊穣を願って各家の雛女が舞を披露する。うまく舞えた者には、観客から玉《ぎょく》が投げ入れられるのが慣習であった。

今回清佳は、その慣習に加えて、舞が見苦しかった者には清水を振りまくべきだと提言した。奉納の舞とは、天に捧げられるもの。見苦しい舞は、天の威光を汚すことになるので、人自らの手で清めるべきだと。同時に、祈りの捧げ手は多いほうがよいだろうという建前で、宦官《かんがん》や中級女官まで儀式への参加を許した。もちろん彼らにも、舞い手に水を振りかける権利を与える。

まあ、酒も入る席だ。水を「振りかける」つもりが、手元が狂って水瓶《みずがめ》ごとひっくり返す者も現れるだろう。もしかしたら、酒瓶《さかびん》を投げつけたり、泥水をぶつけたりする粗忽者《そこつもの》もいるかもしれないが、そうした無礼講に目を瞑《つぶ》るのも、主催者の度量というものだ。

見苦しいほどに舞が下手なのは朱 慧月ひとり。彼女が破片で顔を切ろうと、泥で全身を汚そうと、知ったことではなかった。もとより、彼女ほど性根の汚らわしい女はいないのだから。

ちらりと舞台を見回せば、久々に会うこととなった雛女たちや妃たち、そして初めて儀式への参加を許された女官、宦官たちが、興奮ぎみに囁きを交わし合っているのが見える。彼らも、突然の忌祓いで一週間の巣ごもりを余儀なくされ、相当鬱憤が溜まっていたようだ。その捌《は》け口《ぐち》は、間違いなく

朱 慧月に向かうことだろう。きっとそれが、このつまらない儀式の、唯一の見どころだ。

（さあ、出ていらっしゃい、朱 慧月）

汚れた舞台で舞う気はないので、朱 慧月の踊り順は最後に設定してある。それに伴い、雛宮への参内順も、彼女が最後だ。

随伴の女官もおらず、すごすごと背を丸めてやって来るのだろうみじめな雛女を思い、清佳は目を細めて、雛宮への入り口を見つめた。


「なあ、辰宇《しんう》。あの女は、どんな顔でこの場にやって来るのだろうな？」

雛女たちの参内を見守りながら、尭明は傍らに控える辰宇へと話しかけた。

雛宮はあくまで、次期皇帝とその妃候補が主体となる場。宮中儀式とはいえこの場に父帝はおらず、皇后や四夫人も主役でなくあくまで後見人として、舞台から少し離れた場所に座している。

よって、舞台に最も近い、一段高い場所に席を設けた尭明は、ゆったりと酒杯など傾けながら、気の置けない異母弟に話しかけているのであった。

酒は米の味の強い上等なもの、舞台は紅葉する秋の山を模した華やかなもので、あえて季節を先んじる趣向の数々に、金家の強いこだわりを感じる。手の内で盃を揺らし、香りを味わう尭明のことを、辰宇はちらりと見やり、また視線を前に戻した。

「……あの女というのは、朱 慧月のことでございますか」

「それ以外に誰がいる。獣尋《じゅうじん》の儀で無罪になったとはいえ、雛宮の全員から疑われ、敵意を向けられ、後見の朱貴妃からは自主的な欠席を促されたというのに、それでも出席を強行する、厚顔な女。舞も歌もからきしの無才な女のくせに、そんな雛女が、どんな面でこの場にやって来るのかと、おまえは気にはならないのか」

口調は軽快で、愉快そうに肩まで竦めているが、尭明がかなり苛立っていることを、辰宇は長年の付き合いから察した。つい先日は、朱 慧月の話題を持ち出すことすら嫌がっていた皇太子が、自らそれに触れようというのだから。

「なにか、お怒りでございますか」

「今朝がた見舞いに行ったとき、玲琳が泣いていた」

尭明は眉を寄せ、低く答える。

「中元節の儀に出たかったのだそうだ。舞で俺の目を喜ばせたかったと。気丈な彼女が泣くところを、俺は初めて見た」

「……さようでございますか」

辰宇はただ、相槌だけを打った。

異母兄が、黄 玲琳に相当肩入れをしていることは、重々承知している。

辰宇からすれば、たかが女の涙、とも思えるが、この状況、そしてこれまでの経緯まで考え合わせると、尭明の怒りも、ある程度は理解できた。皇太子という、なにをしても許される彼の身分を考えるなら、朱 慧月に追加で罰を与えるでもなく、儀式への参加も容認している時点で、かなり我慢しているほうとさえ言える。

「舞台での首刎《くびは》ねはご容赦ください。潔癖症の金家に睨まれますゆえ」

「さすがにそこまで短絡的ではない」

極力感情を滲ませず、淡々と上申したつもりだったが、尭明は揶揄《やゆ》されたと思ったのか、軽く口元を歪めた。

「……ただ、胸がざわつく不快な感覚を、吐き出したかっただけだ」

辰宇の視線を逃れるように、酒杯を見つめる。

そう、彼は今、まるでこの盃に満ちた酒のように、心を揺らしていた。

もちろんそれは、愛しい女の涙を見たからだ。玲琳への愛おしさがこみ上げ、義憤に駆られたから。

いや、――そのはず、だった。

(黄家の血は、懐に入れた者を徹底的に守ろうとする。好いた女が目を腫らして縋《すが》ってきたなら、怒りに感情を揺らして、当然というものだ。だが……)

尭明は、今朝のことを思い出す。

儀式の開始を間近に控えたその頃、なんとか捻出した自由時間で、彼は玲琳の室《へや》を訪れていた。

これまでの彼女と言えば、その身を侵す病魔が相手にうつらぬかと心配している様子で、どれだけ尭明が気さくに話しかけても、それとわからぬほど自然に距離を取るのが常だった。

ところが、ここ数日の彼女ときたら、尭明の胸におずおずと頬を寄せてくるのだ。

それだけ心細いのだろうと思えば愛しさが込み上げるものだったが、今朝の彼女は、さらに嗚咽《おえつ》を漏らし、身も世もないといった風情で、尭明に強く抱き着いてきた。

「ああっ、わたくし、悲しゅうございます！　お従兄様《にいさま》の目を喜ばせたい、愛でていただきたいと、ただそればかりを思い、精進してまいりましたのに」

直前まで寝床に臥せっていたからだろう、髪は乱れ、目は涙のために真っ赤に濁っていた。

上目遣いでこちらを見つめる彼女に、そのときふと、尭明は思ってしまったのだ。

彼女は、本当に自分が愛した黄 玲琳なのだろうか、と。

尭明の愛しい胡蝶。儚げに見えて、その実芯の強い彼女は、こんな風にべったりと、誰かに依存するものだろうかと。

これまで尭明は、彼女が泣いたところを見たことはなかった。見たことはないが、どうも、彼女がこんな風に、人目を引くようにして泣く人物には、思えない。

――周囲の同情を、舌なめずりして待ちわびるような……。

脳裏をよぎったのは、先日辰宇から向けられた言葉だった。

（……くそ。つい一昨日、ああ啖呵を切っておきながら、情けない）

尭明は盃を握り、思いを振り払う。

誰より愛しい女を前に、疑念を抱いてしまった己を、彼は恥じた。

病のとき、心細くなるのは当然のことだ。まして、今回は命の危機に瀕し、その後ずっと熱が引かないのだ。普段と様子が違っても、なにもおかしくない。微笑む彼女だけを慈しみ、弱りだした途端に見放すなど、恥ずべきことである。

(俺が内側に入れた女は、玲琳だけ)

そう。すぐに媚《こ》び、しなだれかかってくる女しか知らなかった尭明にとって、玲琳は唯一、凛とこちらを見返すことのできた少女だった。たおやかでありながら、誇り高く、いつもこちらの醒めた予想をひっくり返すようなことをする、大切な少女。

この胸の内に住まうことを許したのは、玲琳だけ——尭明は胸の内で再度それを唱えた。

「殿下。ただいま藍家の雛女が参上を済ませました。次はご懸念の朱 慧月でございます」

傍らの辰宇が、小声で囁きかける。

「付き添いの女官は、ひとりしか確保できなかったよう——」

だが、その報告が、不意に途切れた。

訝《いぶか》しく思った尭明は、咄嗟に入り口のほうへと顔を向ける。

いつも衣だけは派手ながら、大柄な体をみすぼらしく丸めて歩いていた朱 慧月。さては、手に入る衣すらなく、入場前から泣き出しているのだろうか。

「…………!」

だが、舞台の設《しつら》えられた室にやって来た彼女を見て、尭明は息を呑んだ。

（あらまあ）

女官や宦官たちでひしめく室を見渡して、玲琳は軽く目を瞠《みは》った。

金家が主催する以上、華やかな儀式になるだろうとは予想していたが、まさかここまで客入りが多いものとは思わなかった。一段高く設えられた吹き抜けの舞台だけが無人で、ほかは黒山の人だかりという状況である。

だが、入場するまでたしかにざわついていたはずの彼らが、一様にぽかんと口を開けてこちらを見ているのを理解し、玲琳は薄く微笑んだ。

（うふふ。わたくしの女官、最高にきれいでしょう？）

もちろん、親心、というか、主人心を大いにくすぐられたからだ。

上級女官として随伴させた莉莉《りーりー》には、今日、件《くだん》の銀朱の衣をまとわせている。破れを丁寧に繕って

――ここでも、「嫌がらせ」の針や鋏は大活躍だった――、縫い目が見えぬよう色糸で上から刺繍しなおした逸品だ。莉莉に宣言した通り、銀朱の格調高さは維持しつつも、史上最大に豪華な女官衣装に仕上がったと自負している。

さらにはこの三日、視線のやり方から髪の結い方まで、徹底的に訓練した莉莉は、深みのある銀朱

の衣と相俟《あいま》って、実に品のある上級女官という風情である。斜め後方を歩く彼女が、

「胸を張る、視線は先……」

とぶつぶつ呟いているのを聞き取り、玲琳は笑みを深めた。

彼女は、実に優秀な生徒であった。

（もちろんわたくしも、頑張りましたけれど）

今日は、莉莉を脅した人物を威嚇するための会なのだ。主人である自分が手を抜くわけにはいかない。玲琳は、己のまとう衣をちらりと見下ろしてみた。

銀朱の衣と引き換えに手に入れた、莉莉の洗朱《あらいしゅ》の衣。元が薄いのをいいことに、花や野菜の汁であちこちを染め、余った金糸で刺繍を施したため、結果的には大層華やかな衣になった。全体の色合いは淡いながら、天から注ぐ陽光を弾き、きらきらと輝く自信作である。抜かりなく、採取した樹の皮から作った香も焚いてある。

（ああ、昼も夜も忘れて大好きな刺繍をしたり、諸々のお手入れに没頭してきたこの三日間。なんと充実した日々だったのでしょうか）

この日までのことを思い出し、ついうっとりと息を吐く。誰にも心配されず、体力も尽きず、好きなことを好きなだけするというのは、まさに最高としか言いようのない状況であった。

髪は、一部を切り取られてしまったのをいいことに、玲琳自身が切り揃え、木の実の油を用いて丁寧にくしけずった。おかげで、ぐにゃぐにゃとうねるばかりだった髪は、今やしっとりとした艶をた

たえている。

肌は瓜で欠かさず手入れしたためにもちもちだし、なにしろ強靭なので、遠慮なく好みの化粧を施すことができた。

眉はくっきりと、唇は紅く。意地悪に見られがちなつり上がった目尻は、あえて朱で強調し、同時に睫毛《まつげ》を菰角《こもづの》の墨で濃くして、切れ長に見せる。そうすると、まさに夏の太陽のごとき力強さが手に入るし、しかも軽く目を伏せたときに、どきりとするほどの色気が出るのだ。

ただし、白粉《おしろい》はあくまで自然に。頬紅と合わせながら、そばかすだけを隠し、透明感のある健康な肌を演出する。なにしろ、熱で赤らんだ顔や悪寒で青褪《あおざ》めた顔を隠すべく、自然に見える化粧は長く特訓してきたのだから、この程度はお手の物である。

(しかも！　慧月様の肌は！　どれだけ紅を重ねても、全っ然荒れないのです！)

誇らしさに近い感情で、少し鼻息が荒くなってしまった。

玲琳の体はとにかくあちこちが弱く、限られた素材で顔色をごまかすのが精いっぱいだったが、慧月は違う。実は玲琳は、紅を重ね付けするような大人の化粧に、挑戦したくてたまらなかったのである。念願かなって、とても嬉しかった。

(はっ、いけません……。慧月様には、中元節の儀で苦しめと望まれているのだから、きゃっきゃとはしゃいで意向を踏みにじるようなことをしては)

と、つい浮かれかけてしまった自分を、慌てて戒める。

それから顎を引き、すでに室に上がっている者たちを見つめた。

四角い舞台の一辺、最も高く設えられた席には、尭明。奥には後見の皇后と四夫人。病床にある「黄玲琳」と黄家の女官たちは欠席で、ほかの三家の雛女と女官たちが、残り三辺を分け合う形で着席している。玲琳と莉莉の二人しかいない朱家のための場所は、なかった。

席を指示したはずの金 清佳の、明確な敵意を感じ取れる瞬間である。

玲琳はしずしずと室に上がり、立ち止まって清佳を見た。

「ごきげんようございます、清佳様。わたくしと女官の席がないようにお見受けするのですが」

清佳は息を呑んでこちらを凝視していたが、はっと我に返ったように目を瞬かせると、やがてにこりと笑みを浮かべた。

「申し訳ない限りですわ。朱貴妃様からは欠席するよう諭したと聞いておりまして、まさかそれを押してまでこの場に参上なさるほど、面の皮が厚くていらっしゃるとは思いもしませんでしたの。丈夫な皮膚をお持ちのようですので、床のどこかに座られてはいかが？」

あからさまな攻撃だ。だが、鷲官長《しゅうかんちょう》がわずかに眉を寄せたものの、この場で清佳を窘《たしな》めるものはいない。公明正大を旨とする尭明も、天秤を決めあぐねているような塩梅だ。

いや、実際のところ、彼はあまりの「朱 慧月」の変貌ぶりに、咄嗟に反応できぬほどに動揺しているのであった。

（どういうことだ……）

尭明は、金 清佳の挑戦的な微笑みを、真っすぐに受け止める朱家の雛女を見る。

これまでも、獣尋の儀や、辰宇からの報告を通じて、彼女の様子が変わったこと自体は、把握しているつもりだった。

だが、これではまるで別人である。

そのくっきりとした顔立ち。髪結いを専門とする女官もいなかったろうに、美しくまとめられた艶やかな髪。衣装はこれまでのように派手さだけが一人歩きすることなく、意外に華やかであった相貌をこれ以上ないほどに引き立て、極限まで数を抑えた装身具が、むしろ肌の滑らかさを強調している。

なにより、その、余裕と知性を感じさせる目つき。優美でありながら隙のない身のこなし。

芯の強さを感じさせるその佇まいが妙に、尭明の胸のどこかをざわつかせた。

「まあ……丈夫と言われてしまいました」

ややあって、静まり返った室に、品のある声が響く。女はなぜだか、しみじみとするように、己の胸に両手を当てていた。

それを聞いて、尭明は咄嗟に口を開く。

あからさまな攻撃を受けているのに、それを殊勝に受け入れようとする雛女を擁護するのは、皇太子としての責務に思われた。たとえ、いまだに相手のことを許せないとしてもだ。

「金 清佳よ。予期せぬ参加者であれ、丁重に遇するのが金家の腕の見せ所と思うが。場所がないなどと言っても、たった二人程度のこと。急ぎ、座椅子を持て」

「ご配慮痛み入ります、殿下。ですがわたくし、こちらで結構でございますわ」

だが、その擁護は、当人によってあっさり退けられる。

「……なんだと？」

「……なんですって？」

ぽかんとする尭明や清佳をよそに、彼女はすんなりと、舞台から離れた硬い床の上に、腰を下ろしてしまった。

それも、被害者として肩を落とすのではなく、いたって上機嫌な様子で、である。

「雛女様……なんでこの局面で顔綻んでるんですか」

「だって莉莉……うふふ」

ちなみに、女官と雛女の間では、小声でそんな会話がなされていた。

玲琳は、人から「丈夫ですね」と褒められるのが初めてだったのだ。いや、もちろん嫌味であることは重々承知しているのだが、それを差し引いてもまだ嬉しい。えも言われぬ達成感すらあった。

さらに言えば、ふかふかとした敷物を詰めた座椅子よりも、硬い床のほうが好みであったので、その点も含め、玲琳はこの展開にとても満足していた。

抗議もしない「朱 慧月」に、人々がわずかにざわつく。清佳もまた、怪訝そうに目を細めた。

だが、玲琳はそれを春のそよ風のように受け流す。

敵意。警戒。不信の眼差し。そんなものは、被害を「予感させるもの」にすぎない。実際に被害も受けぬうちから、いちいち傷ついて体力を消耗する気は、玲琳にはないのだ。

――大切な者に、それが向かない限りは。

（今日の目的は、清佳様に、この銀の簪をお返しすること）

玲琳は、莉莉から預かった簪を収めた懐のあたりを、そっと押さえた。

舞の上手な者には宝飾品を差し出すことになっているから、清佳相手になら、難なく簪を渡せるだろう。簪を見て、彼女がどう出るかによって、取るべき対応は変わるはずだ。

「どんな儀になりますでしょうか」

ぽつりと呟いて、玲琳は開始の合図を待った。

＊＊＊

（どういうことですの……？）

清佳は開いた扇の陰で、眉を寄せた。

もちろん、困惑の原因は、舞台から離れた床の一隅で、静かに座る朱 慧月だ。いや、正確を期すなら、彼女の変貌ぶりだ。

まるで醜い芋虫が、突然蝶に転じたかのような変わりよう。背筋を伸ばし、顎を引いて静かに舞台を見つめる彼女には、まるでこの場の主のような風格があった。

（こんなに美しい女だったかしら？）

清佳は眉間の皺を深めた。

黒々と艶やかな髪。はっきりとした顔立ち。かつての朱　慧月の面影はたしかにあるのに、凛とした佇まいのせいか、まるで別人に感じる。

彼女はこんなに背が高かっただろうか。しかも、背が高いと言っても、ひょろりと間延びした感じはなく、全身にしなやかさが溢れている。

朱家が司る季節のように、のびやかで、清々しい。それでいて、時折ふと伏せられる瞳に、えもいわれぬ艶があった。

（しかも、こちらの挑発にも、まるで動じないだなんて）

最も違和感を覚えるのは、そこだ。

朱　慧月が劣等感の塊で、緊張すると黙り込むし、感情が溢れると喚き散らすということは、一年をともにしてきた雛女なら誰もが知っている。

全方向から敵意を向けられるこの状況、しかも清佳からはあからさまな攻撃を受けているというのに、穏やかに微笑んでみせる――彼女はそんな人間ではなかったはずだ。

清佳は考え込んだが、ややあってから、軽く首を振ってそれを振り払った。

今の自分は、この儀式の主催者側の人間である。進行を疎《おろそ》かにするわけにはいかない。

彼女は円扇を軽く叩いて意識を切り替えると、にっこりと笑みを浮かべた。かすかな音と、華やかな清佳の笑みに、人々がはっと我に返るのがわかる。

「それでは皆さまお揃いになりましたので、中元節の儀を始めましょうか」

視界の隅に朱 慧月の姿を捉えつつ、清佳は如才なく儀式を進めていった。

まずは尭明に挨拶をもらい、総員で天と始祖に向かって祈りを捧げる。弓や剣といった神器を五色の糸で飾り、その後一人一人に盃を回し、水で口を清めたら、いよいよここからは儀式の主眼、奉納の舞である。

一番目には、玄家の雛女、玄《げん》 歌吹《かすい》を指名していた。歌吹は雛女の中では最も年長で、十九歳。白い肌とすらりとした体躯を持ち、雪の精を思わせる端整な顔立ちをしているが、表情に乏しく、口数の少なさもまた陰鬱さを表すかのようで、清佳としては好んで接近したい相手ではない。

とはいえ、なにごともそつなくこなす女だとは認識しているので、こうした儀式で、毒にも薬にもならない端《ハナ》を任せるのには打ってつけであった。

「では、きたるべき秋の日に、豊穣の女神が微笑むことを祈って」

実際、武術を得意とする玄家の女らしく、歌吹は豊穣を願う錫杖を巧みに操りながら、無難に舞いきった。

(硬質な鈴の音が、楽器というよりはまるで武器のようですこと)

内心では冷ややかに片眉を上げながらも、清佳は舞台に翡翠《ひすい》の玉を差し入れる。

尭明からは水晶が、妃たちからは真珠が、藍家の雛女からは羽飾りの立派な扇が捧げられた。女官や宦官たちは、宝飾品の代わりに拍手をもって舞を讃える。

　では、身ひとつで蔵に追いやられたと聞く朱 慧月はどうか、と見てみれば、彼女が差しだしたのは、なんと薬玉《くすだま》であった。本来は初夏の節句に使われるべきものだが、夏を司る朱家の雛女としては妥当だし、なにしろその薬玉は金銀の糸で緻密な刺繍が施され、いかにも美しい。

　手に取った玄 歌吹が、思わずというように目を見開き、珍しく顔をほころばせていたので、中に縫い込んだ香も、上等なものと見えた。

　気の利かない、冴えない、が代名詞だったはずの朱 慧月が、心憎い品を用意してみせたことで、周囲は一瞬、ざわついた。

　二番目には、藍家の雛女、藍《らん》 芳春《ほうしゅん》が舞った。芳春は、雛女の中で最年少の十三歳。いまだあどけない大きな瞳と小柄な体、おずおずと控えめな佇まいが周囲の庇護欲をくすぐる、美しい少女である。もっとも清佳からすれば、藍 芳春の華奢さや幼気《いたいけ》な様子は、黄 玲琳から気高さを差し引いた残骸のように見え、ついつい評価が辛《から》くなるのだが。金剋木《きんこくもく》。もとより相性の悪いこの二家の雛女は、怯え、怯えさせる関係にほかならなかった。

「それでは、そのう……きたるべき秋の日に、豊穣の女神が微笑むことを、祈って……」

　芳春は、舞始めの合図となる口上を小さな声で述べ、それからきゅっと口を引き結ぶと、身の丈と同じほどの錫杖を持ち、顔を上げた。

　小さな手足を軽やかに動かして舞う様子は、愛らしい。動きに迷いはなく、なかなかに鍛錬を重ねたものと見えた。

舞を終えると同時に、清佳からも、そして参加者のそれぞれからも、先ほどと同様の称賛が与えられる。

思いのほか儀式は和やかに進み、次は清佳の舞う番となった。

「それでは――きたるべき秋の日に、豊穣の女神が微笑むことを祈って」

しゃらん、と大きく鈴を鳴らしてから、舞台上をのびやかに舞いはじめる。周囲がうっとりと見惚れるのを、清佳は冷静に見て取った。

己の舞には、華がある。女性らしい、まろみを帯びた体つきをぞんぶんに活かし、遊びを持たせて拍を取るその動きは、誰の目をも惹きつけてやまない。

鍛錬の厳しさなどかけらも感じさせぬ、余裕のある所作は、清佳の誇りである。

曲の合間、ちらりと婀娜《あだ》な視線を流せば、金家の女官たちは誇らしげに胸を張り、宦官すら感激したように頬を染めた。尭明や四夫人たちもまた、居住まいを正し、真剣に鑑賞している様子が伝わってくる。

(そうでなくては)

美の体現者となりきる快感に、清佳は、とびきり華やかな笑みを浮かべてみせた。

少し息を上げ、最後まで舞いきると、尭明からも「素晴らしい」と直々の称賛があった。差し入れられた水晶には金細工で鳥を模した台座が付き、先の二家の雛女に与えられたものより、ずいぶん立

玄賢妃
金淑
藍芳者

派だ。女官たちからの拍手も、これまでで最も大きい。

「ありがとうございます。皆さまから盛大なお褒めの品を頂戴し、誠に嬉しゅうございますわ」

艶を滲ませた口調で応え、清佳はちらりと朱 慧月を見た。意図としては、他家と同じ薬玉ではないだろうな、というところだ。報奨の品はいわば財力の競い合いでもあり、後見の妃たちに頼らず、どれだけ上等な品を入手できるかは、雛女の腕の見せ所である。

皇太子からも称賛を得た舞に対して、薬玉程度では、侮辱にあたる。

朱貴妃からの援助も断たれているであろうなか、さてどう出るものかと、清佳は目を細めて朱 慧月を見つめたが、彼女は意外なものを差し出してきた。

「大変美しい舞でございました。豊穣の女神もきっとご満足なさるだろう舞に引き換え、あまりにささやかではございますが、どうぞ、こちらをお納めくださいませ」

なんと、銀細工と真珠が美しい簪である。

上等な品を前に、清佳は軽く目を見開き、沈黙した。


（金 清佳様は、どう出るだろう）

見つめ合う朱 慧月と金 清佳を前に、莉莉は緊張を強めた。

衆人が注目する中、彼女の主人は、なんということもないように微笑んでいる。

「いかがでしょうか？　雛女の中の雛女、豊穣の女神のように豊かな心をお持ちの清佳様ならば、なにも仰らず、収めていただけるものと思っておりますが」

それどころか、笑顔でぐいぐい念押しする姿を見て、莉莉は顔を引《ひ》き攣《つ》らせた。

（うん、つまり、主人としての度量を示すなら、「なにも言わず」恫喝《かんざし》材料の返却を受け入れろ、ってことね）

雰囲気だけはたおやかなのに、がんがん踏み込んでいく主人に、莉莉の冷や汗は止まらない。

いや、これでもかなり、解決方法としては穏当なものに落ち着いたはずなのだ。

たとえば鍛錬の初日、やっと訪れた休憩時間にふと、朱 慧月の顔をした女は、梨園《にわ》の草に這うアブラムシを物憂げに見つめながら、

「ねえ、莉莉。わたくしの大切な梨園《にわ》を荒らすアブラムシさんは、水攻めがよいと思います？　それとも油攻め？　はたまた潔く素手でえいっと行くべきか。莉莉はどの方法が好みですか？」

などと尋ねてきたのだから。

「い……いや、あの、それって、あくまでアブラムシの、話ですよね……？」

「ふふっ」

鈴を転がすような音色で笑われたが、莉莉は大いに焦りを覚えた。

そこから時間を掛けて、「大事にしたくないから」「過剰防衛って言葉を知ってます？」「いや、あんたも『嫌がらせ』のおかげでいい思いをしてきたわけでしょ⁉」などと説得しつづけ、最後にはやけくそ気味に、

「っていうか、あたし風邪引いてませんけど!?」

と叫んだのだが——なぜこんなに敵を庇わなくてはならないのだろう——、それを聞いた途端、相手は「あら」と目を瞬かせたのである。

「そうでした。わたくしとしたことが、起こってもいないことに、ずいぶんと怒ってしまっていましたね」

どうやら、彼女の価値観の大切なところに触れたようである。

結局、簪を返却し、相手がなにも言わず受け取ったら、この話はなかったことにする、という方針で落ち着き、今日を迎えたのであった。

（まあ正直、途中からはそれどころじゃなかったけど……）

莉莉は、遠い目になって考える。

この三日間、自分がどうやって生き延びてきたか、ちょっと思い出せない。

朱 慧月の顔をした女は、言動はとても穏やかだというのにやたらと厳しく、彼女の望む水準に莉莉が達するまで、あの手この手を使って鍛錬を続けさせるのだ。

おかげで今日の自分は、我ながらずいぶん美女に化けたと思うが、それでもやはり、目の前で微笑む彼女には敵わない。入場時も今も、これだけ周囲から注目を集めておいて、よく泰然としていられるなと感心するほどである。

（いや、それより……雅容《がよう》様は、どこにいるんだろう）

斜めに逸《そ》れていた意識を切り替え、莉莉は、金 清佳の背後に控える女官たちを盗み見た。

雅容は常に円扇で顔を隠していたので、人相がわからない。下級女官と上級女官ではもともと接点も少ないうえ、莉莉には相談できる女官仲間もいないのである。

(せめて、もう一度声を聞けたら、わかるかもしれないんだけど)

内容にばかり気を取られていたので、識別できる自信はあまりないが、かなり上品な話し方だったとは思う。

すると、まるで莉莉の想いを聞き取ったかのように、清佳付きの女官たちが、次々に口を開きはじめた。

「あらまあ。見事な品ではありますが、身ひとつで謹慎されていたはずの方が、いったいどうしてそんなものをお持ちなのやら」

「さては謹慎とは名ばかりで、財に飽かして女官たちを虐げる日々を過ごしていたのではなくて？　これまでのように！」

どうやら、沈黙した清佳のために、援護射撃しようということらしい。

内容には眉を顰《ひそ》めていたが、朱 慧月がちらりとこちらに一瞥をくれたので、莉莉ははっとした。

『この方？』

視線はそう問うていた。

いや、こんな早口ではなかったはずだ。莉莉は視線だけを動かし、『違います』と合図を送った。

「およしなさい。朱貴妃様への侮辱にあたりますわよ。朱 慧月様は、たしかに身ひとつで謹慎されたと、わたくしは聞き及んでいます」

「ですが清佳様。それならなぜこのお方は、こんな立派な品を手に入れられたのでしょう」

『この方?』

『違います』

普段なら、身を縮こませていたに違いない暴言を前に、莉莉はあくまで冷静に、主人へと合図を送り続けた。

「もしや、盗んだのではございませんか? わたくし、以前誰かが簪を失くしたと嘆いていたのを、聞いたことがございます」

『この方も違います』

『そう』

「まあ、ありえる話ですわね! だって、人間、追い詰められたらなにをするかわかりませんもの。側仕えの女官も一人しかいないなんて、相当みじめな生活だったに違いございませんわ」

『この方も違います』

『そう』

ひそひそ話の態《てい》を装い、厭味《いやみ》ったらしく攻撃を続ける白練《しろねり》たちの前でも、もう莉莉は怯えない。

「しかもその女官、よく見たら、踊り子の娘ではないの。ほら、朱駒宮《しゅくぐう》に、顔はそこそこ見られるけれどと噂になっていた子、いたでしょう？　いかにも品性いやしい、色好きそうな顔ですわ。きっと彼女に盗ませたのでしょう」

『この方も違います』

侮辱にもちっとも動じず、合図を送った莉莉だが、主人がぴたりと動きを止めたのを見て、眉を寄せた。

「………？　雛女様――」

「そこのあなた」

彼女は、こちらの呼びかけを遮り、つと金家の女官に向き直る。

そこに浮かぶ表情を見て、莉莉は、ひえっと肩を浮かせた。

（アブラムシを前にした笑顔になってる！）

どうやら、雅容の件とはべつに、莉莉を侮辱した女官に腹を立てたようである。

「今、わたくしの女官を貶《おとし》めるような発言があったように思うのですが」

それまでゆったりと構えていた朱家の雛女が、突然抗議したことに、女官は驚いたらしい。

一瞬慌てたような顔になったが、すぐにつんと顎を上げ、清佳に縋るように身を寄せた。

「清佳様。わたくし、感想を述べただけですのに」

「そうした感想の述べ方が、金家流だと思われてよいということですね」

だが、軽く目を細めた女は、ぴしゃりとそれを封じる。

ついで彼女は、清佳を強く見据えた。

「清佳様。僭越《せんえつ》ながら申し上げます。雛宮において、各妃殿下と雛女が親子に近しい縁を結ぶように、雛女と女官もまた、強き絆で結ばれるべきもの。女官に不行き届きな点があったなら、雛女のあなた様から、なにか一言あってしかるべきものではないでしょうか」

きっぱりとした主張に、周囲がざわめく。

これまで、朱 慧月がこんなにも堂々と、なにかを主張したことなどなかった。それも、明らかに道義的に正しいことを。

凛とした眼差しを持った彼女は、それこそ雛女の中の雛女のような風格がある。

誰もが、知らず圧倒され、息を呑んで彼女を見た。

「わたくしの女官に対する、不当な評価を撤回していただけますか。していただけないのなら――」

「おやめなさい、慧月」

だがそこで、制止の声が掛かった。

見ればなんと、それは室の奥に控えていた朱貴妃である。

彼女は優しげな顔を赤く染め、珍しく声を張り上げた。

「恥を知りなさい。謹慎を命じられていた身でありながら厚顔にも儀式に参じ、あまつさえ、その儀式の進行を妨げて他家に喧嘩を売るなど。わたくしの顔にどれだけ泥を塗れば気が済むのです？」

「ですが朱貴妃様、命じられた謹慎はすでに終えておりますし、喧嘩を売ったのではなく、お話し合いをしたいと申し上げただけでございます」

「屁理屈をこねるのはおよしなさい！　とにかく、あなたはもう宮にお下がりなさい。これ以上あなたが失態を重ねる前に……よいですね、これは忠告です！」

日ごろたおやかであった貴妃のどこに、というほどの大きな声であった。

おそらくは、きっぱりと雛女を糾弾してみせることで、朱家としての体裁を守ろうという計算もあるのだろう。

だが、叫ばれたほうは小ゆるぎもせず、じっと朱貴妃を見つめ返し、やがて口を開いた。

「承知しました」

さすがに彼女も引き下がるか、とほっと胸を撫で下ろした莉莉だったが、続く言葉に、ぎょっと目を見開く羽目になった。

「つまり、儀式の進行を妨げず、恥を晒さなければ、清佳様とお話を続けてよいということですね」

「え？」

「わたくし、さくっと舞ってまいります」

「なんですって？」

言うが早いか、すっと立ち上がる。

しなやかな身のこなしで舞台に向かう彼女を、誰もが驚きの表情で見守った。

芸事が不得手で、儀式のたびに大柄な体を縮こませ、目に卑屈な色を浮かべていた朱 慧月。

そんな彼女が、踊りの名手と言われる金 清佳のあとで、いったいどうしたら「恥を晒さない」ような舞が披露できるというのか。

「清佳様。約束でございます。わたくしの舞が皆さまのお目汚しとならず、無事に儀式を終えることができましたら、お話の続きをいたしましょう」

「あなた……」

舞台に上がりざま、静かに告げる朱 慧月を、清佳がまじまじと見つめる。

彼女は猫のような大きな瞳に、いろいろと考えを巡らせていたようだが、やがては口の端を持ち上げた。

「わかりましたわ。もしあなたが、豊穣の女神を満足させられるような舞を披露できたなら、ね」

「努力いたします」

そのやり取りを最後に、二人の雛女は場所を入れ替わる。

舞台の中央に膝をついた朱 慧月に、金家の女官が錫杖を手渡した。豊穣を祈るこの特別な杖は、全家の雛女が共通して使うものなのだ。

だが、朱 慧月が杖を受け取った瞬間、異変が起こった。

——しゃらららららっ！

杖に房状に取り付けられていた鈴が、一斉に外れてしまったのだ。連ねられていた鈴は次々とほどけ、けたたましい音を立てながら舞台上に散らばった。どうやら、金家の上級女官が腹いせに糸を切ったらしい。

「金 清佳殿」

「いいえ鷲官長様。わたくしはなにも指示しておりませんわ」

責めるように目を細めた辰宇に、清佳は素早く主張する。

ただしその瞳は、鍛えられた金属の刃のように、冷ややかな色を浮かべ、女官を睨み付けていた。

「わたくしは、美を尊び、誇りのなんたるかを知る金家の娘。このような小細工をせずとも、わたくしの舞が、ほかの雛女たちの誰より女神を満足させるものであることは、この場の皆様がご存じのはずです。それを弁《わきま》えぬ者は、金家にはおりませんもの」

つまりは、舞台を汚してまで敵を窮地に追いやろうとする女官は「もはや金家の人間ではない」ということである。

見苦しい舞い手に石を投げることは許せど、その舞自体を妨げることは許さない――いかにも清佳らしい、しかし、他者には容易にはわかりえぬ逆鱗に、女官はどうやら触れてしまったようだった。

「あ、あの……っ、清佳様……」

失態を悟った女官は、ざっと青褪める。

室には俄《にわか》に緊張が満ちたが、そこに不意に、柔らかな声が響いた。

「さようでございますね」

静かに微笑んでそう相槌を打ったのは、なんと、錫杖を台無しにされた朱 慧月当人である。

「清佳様は、小細工を好まぬ潔いお方。きっとこれは、不慮の事故でございましょう」

彼女は棒切れとなった杖をそっと舞台の端に転がすと、「ですが」とその場に立ち上がった。

「不慮とは、不吉。女神へ捧げる儀式に、不穏な要素などあってはなりません。ですので、不穏を吹き飛ばすような舞に変更いたしましょう」

そうして、肩から腰帯にかけて巻いていた領巾《ひれ》を抜き、それをひらりと、腕に這わせた。

「朱 慧月殿……？」

「いったいなにを――」

「きたるべき秋の日に、豊穣の女神が微笑むことを祈って」

訝しむ清佳たちをよそに、彼女は拱手《きょうしゅ》して目を伏せると、演奏開始の合図となる口上を述べるではないか。

おずおずと、笙《しょう》の音色が響きはじめた次の瞬間、

「…………！」

その場に居合わせた者たちは、一斉に息を呑んだ。

朱 慧月が、天女のように穏やかな微笑を浮かべたからだ。

つ……、と、まるで風に導かれるようにして両腕を持ち上げる。彼女は香りを味わうようにゆったりと体を傾げると、ついで、片足を開きながら、ゆっくりとその場で一周した。ふわりと袂《たもと》が揺れ、手にした領巾がはためく。

両手を広げて、ただくるりと回っただけ。

だというのに、人々はそこに、豊饒の大地を見下ろし、口元を綻ばせる天女の姿を幻視した。

「どういうことですの……?」

清佳は、呆然としていた。

自らも舞を得意とするからこそわかる。単純に見える動作を、観衆の目を釘付けにする域にまで高めるのには、とてつもない鍛錬を要するのだ。たとえば腰の落とし方、手首の傾け方ひとつを取っても、彼女が体幹を正確に把握し、鍛えていることがよくわかった。

こんな、努力に裏打ちされた優雅を体現する女を、清佳は一人しか知らない。

(まるで、黄 玲琳のような……)

だが、次の瞬間には、彼女はその考えを振り払った。

いや、それとも少し違う。黄 玲琳が得意としたのは、どこまでも繊細で優雅な——言い換えれば、体力の消耗が少なくて済む舞。そんな彼女が、この舞に手を出すはずがない。

(だって……朱 慧月のこの動き……彼女が舞おうとしているのは——)

笙の音が速まる。曲調が変わり、琵琶《びわ》と笛も、力強く高い音を鳴らしはじめた。

——ピィイイイ!

瞬間、領巾を手にした朱 慧月がばっと振り返る。素早く両手を振った彼女は、その勢いのまま、くるくると旋回しはじめた。

領巾が、舞う。

まるで風と戯れるかのように。

あるいは、彼女自身が蝶にでもなったかのように、ひらりひらりと。

緩急をつけ、舞台上を縦横無尽に舞い回る姿を見て、人々は浮かされたように呟いた。

「胡旋舞《こせんぶ》……！」

それは、激しい旋回を特徴とし、妓女でも極める者が少ないという、異国の舞である。

朱 慧月の舞は止まらない。旋回自体はすさまじい速さなのに、一拍遅れてふわりと漂う領巾はあくまで優雅に、人々の目を引きつけた。わざとなのだろう、時折爪先が、床に転がった鈴をぴんと弾き、そのたびに響く硬質な音すらも、観衆を心地よく刺激する。

速く。もっと速く。

より高みに、より優雅に、より気高く。

薄く笑みを湛《たた》え、吹き抜けから差し込む光を追いかけるように舞う朱 慧月に、誰もが見惚れた。

いや、あまりの美しさに、知らず涙を浮かべる者すらあった。

やがて演奏は盛りを過ぎ、徐々に終曲へと向かってゆく。甲高かった音色が囁くようなそれに変わり、最後、たった一音を引きずるようにして曲を終えると、朱 慧月もまた、縋るようにして天に腕を差し出したまま、舞を終えた。

はらり、と領巾が余韻を残して揺れ、やがて止まる。

風そのもののようだった領巾がぴたりと動かなくなってもまだ、人々は言葉を発せないでいた。水を浴びせるなど、とんでもない。それどころか、拍手を忘れるほど、舞の余韻に捕らわれていた。

「…………」

尭明もまた、言葉を失った者の一人だった。

（なんだ、これは……）

知らず、胸を押さえる。

（なぜ、こんなに胸がざわつく……？）

これまでにないほどに、自分が朱 慧月の姿に惹きつけられているのがわかったからだった。

だが、尭明はそんな自分が信じられない。心を許したのは、黄 玲琳に対してのみだったはずだ。その芯の強さに敬服したのも、舞い姿に心奪われ、胡蝶の二つ名を許したのも、玲琳ただ一人。それがなぜ、その玲琳を傷付けた女――卑屈で陰険、「雛宮のどぶネズミ」などに、見惚れなくてはならないのか。

「殿下。褒美を」

傍らの辰宇が、小声で促す。彼もまた、日頃は人形のようなその顔に、ありありと興奮を乗せ、囁く声もまた掠れさせていた。

「雛宮に舞い降りた天女に、これまでで最大の褒美を」

促されて、尭明ははっとする。

だが、差し出すべきものを考え、眉を寄せた。

金 清佳に対しては、すでに国宝級に高価な褒美を与えた。それ以上の品となると、もはや、皇太子である尭明自身の装身具でも手渡すしかない。正直なところ、朱 慧月がこれほどの舞を見せるとは予想もせず、たいした褒賞品を用意していなかったのだ。ちらりと周囲を見渡せば、皇后や四夫人も同様であることがわかる。

その頃には、女官や宦官たちも徐々に我に返りはじめ、拍手を始めた。最初はまばらであったそれは、次々に周囲の意識を呼び覚まし、一気に広がる。やがて、雛宮全体に響き渡りそうなほどの、万雷の拍手となった。

(よかった。ひとまず、処分は回避できましたね)

頬を紅潮させ手を打つ人々を見て、玲琳はほっと胸を撫でおろす。

啖呵は切ったものの、そう言えば、「黄 玲琳のような振る舞いを見せたら処分する」と言われていたことを思い出し、慌てて、玲琳時代には舞えなかったものに、演目を変更したのだ。

(莉莉に胡旋舞を教えてもらっていたのは、我ながら幸運でした……ずっと憧れだったのですよね)

同時にちゃっかり、夢の一つを叶えてご機嫌な彼女でもあった。

激しく旋回する胡旋舞は体力の消費が激しいうえ、指導者の数も少なく、習得が難しい。

今回、母が胡旋舞の達人であったという莉莉に出会ったことで、「あわよくば」程度の気持ちで教えを乞うたものの、まさかこんなにも早く、披露の機会に恵まれるとは思わなかった。

うろ覚えであった莉莉に、全力で記憶を呼び戻してもらった甲斐があるというものである。

「なぜ……あなたが、妓女でも難しいという胡旋舞を舞えるというの……!?」

「優秀な女官に教えを乞うたからでございます。わたくしの女官は、お母君の教育がよかったために、胡旋舞も嗜《たしな》みますの」

いまだに目を見開き、身を震わせている清佳が問うてきたので、玲琳は「羨ましいでしょう?」とばかり、にっこりと微笑む。

すると視界の隅で、莉莉が俯き、わずかに肩を揺らしだしたのが見えた。涙ぐんでいるようである。

(えっ。今泣かせたの、わたくしですか!?)

ちょっと動揺したが、玲琳は慌てて気を引き締めた。きっと悪い涙ではないはず。とすれば、あれは健康を損なうものではなく、心身浄化作用のあるものだ。たぶん。

(い、今はそれよりも、莉莉を侮辱したことへの謝罪を引き出さねば)

たおやかに見えて、その実好戦的な玲琳は、もちろん話を曖昧にするつもりはなかった。

褒美もまだ差し出されてはいないが、まあ舞は済んだので、出番は完了ということでいいだろう。

玲琳は舞から意識を完全に切り離して、真顔で清佳に向き直った。

「さて、それでは無事に奉納舞も終えましたので、話を戻すのですが――」

「お待ちなさい。まだ誰も、褒賞の品を差し出せていなくてよ」

「拍手は頂きましたので結構でございます」

清佳が戸惑ったように言ったが、玲琳はそれにあっさり首を振り、身を乗り出した。

「先ほどの白練の方のご発言ですが、わたくしの女官を品性いやしい泥棒扱いとは、どういうことでしょう。だいたい――」

「待って。待ってちょうだい。これだけの舞を見せられたのよ？　わたくしたちの感動を、形にさせてくださいな！」

なぜか、嫌がらせをしていた側が讃えさせてくれと頼む異常事態である。

実際、なによりも美を尊ぶ清佳にとって、これだけの舞が披露されながら、それが誰からも報われないなど許しがたいことなのである。優れた芸術は、万人から愛でられ、讃えられなければならない。

「朱　慧月よ。これまでに見たどの舞よりも見事な、まさに豊穣の美を感じさせる舞であった」

とそこに、沈黙を守っていた尭明も口を開く。

あきらかに最上級とわかる賛辞に、周囲が静かにどよめいた。

尭明はその場に立ち上がる。女なら誰もが見惚れずにはいられぬ精悍な美貌で、じっとこちらを見つめた。その瞳には、葛藤と――同時に、抑えきれぬ熱が覗く。

黄　玲琳しか視界に入れてこなかった彼が、今、どうしようもなく朱　慧月に惹きつけられているのだということが、誰の目にもよくわかった。

「おまえの舞を讃えるには、金細工を施した水晶でもまだ足りまい。後に褒美はべつに用意するとしよう。今はこれを収めよ」

そうして差し出したのは、なんと、彼がこの瞬間まで身に付けていた扇である。宝石が埋め込まれ、翡翠と真珠を連ねた数珠《じゅず》までもが付いている。

その豪華さ――なにより、尭明が彼自身の装身具を女に差し出したという事実に、人々は大きく息を呑んだ。

それは、これまで、黄 玲琳にしか許されなかったことのはずだ。

「勘違いするな。これはおまえ自身にではなく、あくまでおまえの舞に対して取らせる褒賞で――」

「承知しました。殿下のご厚意に天にも昇る心地でございますありがたく拝受し今後もさらなる精進をここに誓いますそれでは褒賞の品もつつがなく頂戴しましたので話を続けても?」

だが、褒美を受けたほうはと言えば、雑としか言いようのない早口で感謝を述べると、さっさと話を戻してしまった。

「それでですね、清佳様。先ほどの白練の方の盗人発言なのですが、わたくし、今回のこと以外にも腹に据えかねていることがございまして――」

「ちょ、お、お待ちなさい、あなたね、恐れ多くも殿下が……っ」

目を白黒させたのは清佳のほうである。

雛宮の女ならば、誰もが望む尭明の寵《ちょう》。それを、儀式参加の粗品として渡される手ぬぐいのように扱ってしまうなんて。

尭明もまた愕然としている。辰宇はそんな異母兄に気付き、こらえきれず顔を逸らした。硬く唇を引き結び、くつくつと肩を揺らす鷲官長に、文昴《ぶんこう》たち宦官は、怖いものを見たかのようにぎょっとしている。

今や、雛宮の一室は、ちょっとした混乱状態にあった。

「そもそもですね、清佳様は女官の動きをどこまで把握されているのでしょう。もしや三日前、朱家の者に簪を盗まれたと訴え出た者はいませんでしたか？　もしいるのなら、即座にわたくしにその者のお名前と特徴、経歴と苦手な食べ物をですね――」

「ちょっと、も、もう少し離れてくださる？　そんなことより、早く殿下の下に受け取りに上がりなさい。不敬でしてよ！」

「わたくしは、それよりも先に発生した不敬について話しているのです。よいですか清佳様。食品管理の基本は先入れ先出し。まずこの件をきっちりと片付けてからでないと」

「なぜ食品管理ですの？　ああもう、わかった！　わかりましたわよ！　わたくしの女官の、先ほどの発言については謝るから！」

悲鳴のような声を上げ、先に折れたのは清佳のほうだった。

芸術家肌とはいえ、常識も弁えた彼女としては、硬直した尭明をそのままにしておくわけにはいかなかったのである。

「あなたの女官は容色と才能に優れた素晴らしい女性だわ。どう？　これでよくて？」

「ついでに、白練の雅容様という方を、この場にお呼びくださいます？」

「は？　雅容？」

譲歩してもなおぐいぐい来る相手に、清佳は顎を引きながら応じる。ただし、その顔は困惑に満ちていた。

「白練の中に、雅容などという名前の者はいませんわ」

「え……？」

ぐいぐいと前のめりで清佳を追い詰めていた朱 慧月の動きが、止まった。

（どういうことです……？）

玲琳は困惑していた。

莉莉がまさか嘘をつくはずもない。とすれば、偽名を使われていたのだろうか。

「では……、では、三日ほど前に、簪を盗まれたと訴え出た女官はいませんか？」

「三日前？　たしかに簪を失くした、誰かに盗まれたかもしれないと騒ぐ女官はいましたが、それはもうひと月は前のことですわ」

「ひと月……」

なにかがおかしい。

だが、違和感を追及しようとする玲琳を、女性の声が妨げた。

「まあ、黄家の筆頭女官殿がこちらに走ってきますわ。どうしたのでしょう」

朱貴妃である。居心地が悪かったのか、室の外へと視線を向けていた彼女が、こちらにやって来る人影を捉えたのだ。

「厳粛なる儀式の最中に、ご無礼仕《つかまつ》ります。皇后陛下に申し上げます！」

黄家筆頭女官――冬雪《とうせつ》は、すぐに室までたどり着き、入り口で跪《ひざまず》く。その肩は荒い息のせいで揺れ、額には汗が滲んでいた。

「皇后陛下。急ぎ、黄麒宮《こうきぐう》にお戻りくださいませ。雛女様が……玲琳様が、苦しんでおいでです！」

「なんだと？」

不吉な報告に、母后を差し置いて、尭明が声を上げる。

冬雪は、珍しく焦りの感情を前面に出し、震える声で告げた。

「熱が……熱が下がらぬのです。肌が燃えるように熱くてこれまでにないほどです。意識も朦朧《もうろう》とされ、幻覚もあるようで、つい先ほど、痙攣《けいれん》まで起こされました。薬師を呼びましたが、どのような薬もまるで効きませぬ。病がちな玲琳様とはいえ、このようなことは初めてで、このままでは、……このままではっ」

冬雪が声を詰まらせる。続きを聞かずとも知れた不吉さに、室はにわかにざわめいた。

「――静まれ」

だが、そこに、凛とした女の声が響く。

人々をはっとさせ、一瞬で場の空気を掌握してみせたその人こそ、皇后・黄絹秀《けんしゅう》であった。

「委細あいわかった。だが、冬雪よ、藤黄《にょかん》の長ともあろう者が、それほどまでに動揺を露《あらわ》にするものでない」

すっと席を立ち、重厚な裾を捌《さば》いた絹秀は、女性にしては低い、貫禄《かんろく》ある声で窘める。

「玲琳はあれで、芯の強い女子《おなご》。こたびもきっと、気丈に耐えておろうに、周囲が取り乱してどうするのだ」

「ですが、陛下……っ。こたびばかりは、いつもと様子が異なるのです。もしかしたら、玲琳様は、今日一日とて――」

「仮に」

冬雪はそれでも、瞳に恐怖を浮かべ言い募ったが、絹秀はそれをきっぱりと遮った。

「仮に妾《わらわ》の愛するあの子が、今日一日で命を燃やしきってしまうというのなら、それがあの子の天命なのだ」

「陛下……！」

「ただし、あの子がそれに抗い、明日までをも生きようとするのなら、あらゆる手助けを惜しんではならぬ。よいか、冬雪。取り乱さず、かつ全力で臨むのだぞ」

絹秀は踵《きびす》を返し、さっさと室を出て行こうとする。儀式を放り出し、黄麒宮に向かおうというのだろう。尭明も素早く、それに続いた。

「金 清佳よ、見事な儀であったぞ。中座の非礼を許せ」

「……もったいないお言葉でございます」

声を掛けられた清佳は、急な展開に頭が追い付かないのか、呆然とした様子で応じる。

だが、そのまま室を去ろうとした絹秀を、鋭く呼び止める者があった。

「お待ちくださいませ、陛下、殿下！」

なんと、朱 慧月である。

彼女は素早く舞台に膝をつき、真っすぐな視線で絹秀を、そして尭明を射抜いた。

「お願いでございます。わたくしも、黄麒宮に伺わせてくださいませ」

「なんだと？」

「わたくしには、看病の心得がございます。かの方の病状を、きっと癒やせると思うのです」

必死さの滲み出る願いを、しかし絹秀はあっさりと退けた。

「笑止」

彼女は、意志の強そうな顔を、不快げに歪めていた。

「薬師を上回る腕前だとでも言うのか。いいか？　妾の知る限り、そんな不遜を吐いてよいのは、玲琳本人だけだ」

「ですので――！」

「弁えろ、朱 慧月よ」

悲壮な顔で身を乗り出した朱 慧月を、今度は尭明が制した。

「いいか。獣尋の儀で無罪になったとはいえ、おまえが玲琳に害意を抱いていたことは、この場の誰もが知っていることだ。そんな女をなぜ、瀕死の床にある玲琳に近付けると思う!」

張りのある王者らしい声は、今や抑制を欠いている。それだけ、尭明が取り乱している証拠であった。愛しい者を失いかけて、冷静でいられる男などいない。大地のようにどっしりと構える母后とは異なり、父親譲りの玄家の血が、堰《せき》を押し流す勢いで、心の内で暴れ狂っているのだ。

彼はまた、この数分の出来事を悔いてもいた。

心の内に入れたのは玲琳だけ。ほかの何を差し置いても、唯一彼女だけ――天が遣わしたような、可憐な蝶を、慈しむと誓ったのに。

(だというのに、彼女を不審に思い、わずかでも、ほかの女に目を奪われたりなどしたから)

だから、天は尭明から玲琳を奪おうというのではないか。

朱 慧月の舞に心奪われたことによる無意識の罪悪感が、今、苛烈な悔いと敵意になって、尭明を蝕《むしば》んだのだ。

「いいか。おまえはけっして黄麒宮に近付くな。玲琳は、病魔からも害意からも、俺たちで守るのだ」

「いいえ、殿下! わたくしは、害意など抱いておりません。お願いでございます、信じてくださいませ。わたくしの、なにに懸けたっていい。どうか、信じてくださいませ!」

獣尋の儀の直前、命乞いすらほとんどしなかった朱 慧月が、今や、血相を変えて叫んでいる。

尭明は眉を寄せた。

「なぜ、玲琳の命に、おまえがそこまで躍起になる。日頃、あれほど玲琳のことを妬み、始終、疎ましげな視線を送っていたくせに」

「えっ⁉　そうなのですか⁉」

「は？」

不可解な反応に尭明が眉間の皺を深めると、彼女は慌てたように「いえ」と首を振った。

「そ、そうでした。わたくし、始終見つめておりました。今思い出しました。ですがそれは、害意があったからではなく……そのう、か、彼女のことが、す、好き？　だったのです！」

「……なぜそこで照れる」

いよいよもって、朱 慧月の人となりがわからない。

困惑した尭明は、しかしそんなことをしている場合ではないと、踵を返そうとした。

が、彼女はいよいよ立ち上がり、こちらへと駆け寄ってくる。

「お願いでございます。では、先ほどの舞の褒美ということにしてくださいませ。水晶よりも金細工よりも、わたくしは看病をする権利が欲しゅうございます！」

「くどい！」

尭明は裾に向かって伸ばされた腕を振り払い、一喝した。

「信用できぬと言っているだろう！」

びり、と空気が震えるほどの声。精悍な顔に龍気が滲み、周囲の多くは本能的に、じりっと膝ごと後ずさった。

だが、朱 慧月はそれでも諦めない。背筋をぴんと伸ばしたまま、尭明に向き直った。

「お願いでございます。彼女を追い詰めてしまったことのあるわたくしだからこそ、救わねば」

「――よかろう」

膠着《こうちゃく》状態を破ったのは、絹秀だった。

驚いて振り返った息子に、彼女は眉の片方を上げて応じる。母子というよりは、武官同士のやり取りのようであった。

「朱 慧月。そこまで言うなら、おまえに機会をやろう」

「陛下！　ありがとうござい――」

「ただし、妾の愛しい玲琳を罵ったおまえを、黄麒宮の誰も信用しておらぬというのは事実だ。よって、おまえには看病の機会ではなく、信用を得る機会を与える」

「え……？」

戸惑いに瞳を揺らした雛女相手に、絹秀はにいと口の端を上げ、辰宇を呼んだ。

「鷲官長。破魔の弓を持て」

「は？」

辰宇が怪訝そうに眉を寄せる。

それでも命令に従い、五色の糸で飾られていた神器の弓を差し出すと、絹秀はそれを、朱 慧月に突きつけた。

「これを引け。一晩だ」

「え？」

「破魔の弓は、その弦音で病魔を怯えさせ、的を射る音によって病魔を祓うという。玲琳の回復を祈りながら、一晩中弓を引けたなら、おまえに害意がないことを認め、看病を許そう」

いかにも黄家の人間らしい、根性によって人の資質を測ろうとする行為である。

「お待ちください、陛下」

だがそれに、意外にも辰宇が異議を挟んだ。

「破魔の弓は、男でも引くのに難儀するほどの強弓。さらに言えば、それは皇帝陛下――玄家が管理してきた、水の気の強い神器です。火の加護のある朱家の雛女が扱うには向かないでしょう」

「だからこそだ」

だが、絹秀はその異議を一蹴した。

「誠意を測るための行為が、容易なものであっていいはずがないだろう？」

「ですが……では、そう、一晩掛けていては、せっかくの看病の申し出も、無駄になってしまうかもしれません」

「言うたであろう。そのときは、それが玲琳の天命なのだと。これ以上の異議は越権だぞ、鷲官長よ」

絹秀はぴしゃりと反論を封じると、鋭い眼光で朱 慧月を射抜いた。

「妾のかわいい玲琳を、分不相応にも妬み、罵ったこと。むろん妾とて、許してはおらぬのだ。浅はかな善意を見せつけようと企むくらいなら、まずは地に額《ぬか》ずいて詫びることだな」

結局のところ、彼女もまた、朱 慧月憎しの念に燃える一人なのである。

絹秀は今度こそ踵を返すと、素早く室を出て行った。尭明もすぐにそれに続く。

儀式の場には、人々が呆然としたまま残された。

ふと視線をやれば、朱 慧月は強弓を受け取ったまま無言で俯いている。

さすがに言葉もないかと、女官の莉莉がいたわしげな一瞥を向け、そして、辰宇もまた、彼女へと近付いた。

「朱 慧月。これは要は、大人しくしていろということだ。今さらおまえが黄 玲琳のために奔走したとしても、得られるものなど少なかろう――」

「ふふ」

だが、彼女が突然、小さく笑い声を上げたので、辰宇は目を見開く羽目になった。

「朱 慧月?」

「弓を。一晩中。ふふ、たしかになんと、やりがいのある挑戦でございましょう。さすがは皇后陛下でございます」

彼女はそう呟くと、くるりと傍らの女官に語りかけた。

「気は急《せ》きますけれど、たしかに皇后陛下の仰《おっしゃ》るとおり、彼女はまだ存命のわけですもの。起こってもいないことにやきもきしても、仕方ありませんわね。きっと彼女も、耐えてくれることでしょう」

なにを言っているのか、よくわからない。

だが、獣尋の儀のときと同じく、今の彼女が、件の――凄みさえ感じさせる達観の域にあることは、辰宇にもよくわかった。

「やってみせましょう。徹夜弓……！」

そうして、朱 慧月の顔をした女は、目をきらりと輝かせ、拳を握ったのである。

9・玲琳、弓引く

「雛女《ひめ》様、水を持ってきました」

とうに日も暮れ、空が闇にとっぷりと覆われた頃である。

莉莉《りーりー》は、鷲官《しゅうかん》の訓練場のひと隅を借り、ひたすらに弓を射続ける主人に、そっと水を差し出した。

が、弓を構えた彼女は、碗《わん》に見向きもしない。傍らの床には、先ほど差し入れた食事や水がそのまま残っていて、莉莉は声を荒らげた。

「なにしてるんですか!?　さっき、今度こそは食事を取ると言ったではないですか！」

「…………」

だが相手はそれに答えず、じっと無言で弓を引く。

ぎ、と弦の軋む音すら重く鼓膜を揺さぶる、強弓をだ。次の瞬間、矢はまっすぐに放たれたが、徐々に軌道をそれ、的の下に当たった。

「んん、また外れ」

彼女は悔しそうに呟くと、それから、ようやく莉莉に気付いたようで、はっと振り返った。

「ごめんなさい、莉莉。ええと、揚げ芋は蜂蜜派か塩派かという話ですっけ」

「先に会話の的中率を上げろよ！」

莉莉は思わず素の口調で突っ込んでしまってから、極《き》まりが悪そうに告げた。

「ちゃんとご飯を食べてください、って話です。朝餉《あさげ》を済ませてから、なにも食べてないでしょ？　しかも、そんな強弓をぶっ通しで引き続けて。さすがのあんたも……倒れるんじゃないかって」

「まあ。心配してくれたのですね。ありがとうございます」

「べつに、心配なんかしてませんけど！　あんたが倒れでもしたら、あたしの寝泊まりする場所がなくなるんです。それだけですから！」

微笑む相手に、莉莉は早口で答えた。

「だから……もう、そろそろ切り上げてはどうです？」

ついで、おずおずと言い添える。目は、弓引く彼女の手元――小刻みに震える細い手を見ていた。

破魔の力を持つという神器は、その威光にふさわしい堂々とした作りで、いかに朱《しゅ》　慧月《けいげつ》が大柄なほうとはいえ、構えるのすら苦労する。先ほど試しに莉莉が持ってみたとき、そのあまりの重さに驚いたほどだ。しかも、水の気が強いというその弓は、朱家の人間が触れるのを嫌がるように、どれだけ弦を引けど、強張った感触しか返してこない。

その強弓を、彼女はかれこれ、もう三刻以上構え続けている。それも、儀式で胡旋舞《こせんぶ》を披露し、急いで蔵に戻り、黄《こう》　玲琳《れいりん》のための薬草を煎じて黄麒宮《こうきぐう》に届けた後だ。

「わたくしの誠意が届きましたら、どうぞかの方にこの薬を飲ませてくださいませ」

そう告げられた藤黄《とうおう》の女官たちは、最初あくまで冷ややかに応じるだけだった。

が、監視のために順番に射場を訪れた彼女たちは、汗を浮かべながら弓を引く朱 慧月の姿に目を瞠《みは》り、やがて黙り込み、最後には根負けしたようにその場を去っていった。あるいは、見飽きたか、眠気を覚えただけなのかもしれないが。

そう、莉莉の主人は、観衆が見飽きるほどに、休むことなく、ただひたすら弓を引いているのだ。すでに腕は震え、肩は腫れはじめている。おそらく、痺れてもいるだろう。なにしろ、道着もなく、儀式用の長い袂《たもと》を切り落とし、韘《ゆがけ》の代わりに手にその袂を巻いて引いているのだ。

さすがの莉莉も、気を揉《も》まずにはいられなかった。

「少なくとも、さっきの黄家の女官たちには、雛女様が本気で黄 玲琳様をお助けしたいと思っていることは伝わったんじゃないですか。これまでの贖罪《しょくざい》になるかはわかりませんが、謝罪の一つにはなっていると思います。もう、いいんじゃないですか?」

このままでは、本当に彼女が、倒れてしまうと思ったのである。

「――その通りだな」

とそこに、低い声が降ってくる。

誰かと振り向けば、それは、相変わらず仏頂面をした鷲官長・辰宇《しんう》と、松明《たいまつ》を持ったその部下、文《ぶん》昴《こう》であった。

「鷲官長様！　なぜこの場に？　あたし……、わ、私を捕らえにきたのでございますか？」

「なにを言っている。そこの無茶な雛女を諭しにきたに決まっているだろう」

取り押さえられたことのある莉莉がびくびくして問えば、辰宇はふんと鼻を鳴らして応じる。

それから、相変わらず弓を構えたままの相手を見て、告げた。

「見かねた女官や宦官から連絡があった。贖罪を見せつけるための弓ならば、もう十分に見たと」

「連絡があったっていうか、ご自身で何度も射場を盗み見しにきて、周囲にそれを言わせたってほうが正確ですけどね──痛っ！」

文昴がぼそっと指摘するが、辰宇はすかさずその足を踏みつけ、強制的に黙らせた。

「今は玲琳殿の看病に集中したいので、監視に割く人手も取れない。よって、これ以上の弓引きは無用であると、黄麒宮から言質も取った。なので朱 慧月。もう、弓は引かずともよい」

「では、わたくしの薬を飲んでいただけたので？」

意外に柔らかな声で説得してくる辰宇に、彼女は首だけを巡らせて問う。

「……玲琳殿自身が目覚めず、薬師の薬も含めて、飲める状況ではないということだ」

「そうですか。ならば、まだ弓を引かなくてはなりませんね。そもそも、命じられたのは『一晩』でございますもの」

「いい加減にしないか。おまえの誠意は、すでに伝わったと言っているだろう」

辰宇は苛立ったような声を上げたが、相手は頑《かたく》なだった。

「たしかにわたくしは誠意を伝えるために弓を引いていますが、ではなぜ誠意を伝えるのかというと、それはかの方を助けるためです。助けられなくては、意味がないのですわ」

きっぱりとした口調に、辰宇と文昴は言葉を失う。

では彼女は本当に、贖罪の演出としてではなく、黄 玲琳の病魔を祓うために弓を引いているのだ。

だが、朱 慧月とは、こんなに献身的な人物であったろうか。

莉莉が「困った人でしょう?」とばかりの視線を送ると、代表して辰宇が説得を再開しかけ、だが

そこで、彼はふと眉を寄せた。

「おい。その右手を、よく見せてみろ」

「え?」

相手はなぜか、戸惑ったように動きを止める。

「いえあのう、ええと、殿下以外の殿方に、肌を触れさせるのはいかがなものかと、…………っ」

矢を持ったままの腕を背中に隠そうとしたのを、辰宇が強引に取ると、彼女はぐっと悲鳴を呑み込むような仕草をした。

「これは……」

巻かれていた布を解《ほど》いてみて、辰宇たちは絶句する。

莉莉に至っては、松明の光で明らかになった光景に、顔色を失った。

「あんた……なにやってんの!? 手、ぼろぼろじゃないか……!」

貴族の女らしい、しみひとつなかったはずの手は、今や皮膚がずり剥け、血塗《ちまみ》れになっていたのである。

「だ、大丈夫です。神器には血が付かぬよう、細心の注意を払って――」

「そういうこと言ってんじゃないだろ⁉」

「そ、そうですよね！　汚れないようにだなんて、よそ事に気を取られているから、集中が甘くなるのだというご指摘――」

「違う！　このど阿呆！」

「はい！　ど阿呆です！」

せっかく取り繕っていた敬語も忘れ、これまでにない迫力で詰め寄る莉莉に、珍しく慌て顔になった主人が一歩退く。

だが、辰宇が険しい顔つきになり、

「こんな無茶をする女がどこにいる。弓は取り上げるぞ」

強弓を奪いにかかると、彼女はさっと身を翻した。

「いやでございます」

「朱　慧月！」

「なぜ止めるのです？　鷲官長様。わたくし、悪女なのでしょう？　そんな女が少し擦り傷をこさえただけで、大騒ぎなさるのはおかしなことに思いますわ」

意外にきっぱりとした口調でそう告げられてしまえば、辰宇は押し黙るしかない。

ちょうどそのとき、黄麒宮の方角から宦官が走ってきて、声高に叫んだ。

「鷲官長様！　文昴殿！　黄 玲琳様の熱が下がってきたそうです！　もうすぐ、意識も取り戻しそうであると薬師が！」

「なんだと」

辰宇は振り返った。

「すぐに殿下に知らせなくては」

尭明《ぎょうめい》は雛宮《すうぐう》を自在に行き来できる身分とはいえ、この国の皇太子。長く病人とともにいて、万が一障りがあってはいけないということで、本宮に戻されていたのだ。

やきもきしながら待っているであろう異母兄を思い、辰宇は素早く踵《きびす》を返した。

だが、射場を去る直前、振り返る。

「後で、こちらにも薬師を手配する。必ず手当てを受けるように。それから……俺が次に戻ってきたときには、必ず弓を終えよ。表情は平静を装っていても、異常な量の汗が、おまえの限界を訴えているぞ」

「まあ。お優しい鷲官長様。このわたくしを、心配してくださるのですか」

「……そうだと言ったら従うのか」

唸るように呟けば、相手は軽く目を見開き、それから微笑んで、無言で首を振った。

「生意気な女は嫌われるぞ」

「問題ございません。遺憾ながら、すでに諸方向から嫌われているようですので」

二人はしばし、見つめ合う。夜闇にあってさえ、強い輝きを宿した黒瞳を見て、辰宇はわずかに息を呑んだ。

先に折れたのは、辰宇のほうだった。

「……くれぐれも、無理をしないように。女官よ。なにかあれば、即座に鷲官所に連絡を寄越せ」

仏頂面の鷲官長はそう言い捨てて、今度こそ踵を返す。

生意気な悪女であるところの朱 慧月――いや、玲琳は、その姿を、微笑んだまま見送った。

(鷲官長様も、お優しい方。ですが)

足音が遠ざかったのを確認し、すぐに手に布を巻きなおす。

「ちょっと！　せめて手当てを受けてからにしなよ！　黄 玲琳様は回復しはじめてるんだ。もういいだろ？」

莉莉が悲鳴のような声を上げたが、玲琳はそれを聞き流して、弓を取った。

回復しかけているからこそ、確実に薬を飲んでもらわねばならないのだ。それに、

「わたくし、存外……というかかなり、この状況を堪能しておりますの」

言葉を失う莉莉に、彼女はにっこり笑ってみせた。

(そう。実際のところ、慧月様には申し訳ないのですが……かなり、胸躍る状況ではあるのですよ

ね)

玲琳は内心でうんうんと頷く。

さすがは同族というべきか、絹秀《けんしゅう》の命じた課題は、努力を愛する黄家の血を実に騒がせるものだったのである。

強弓を引け。何度も何度も。たとえ皮膚が破け、骨が軋もうとも。

それはどこか、険しい大地に向かってひたすら鍬《くわ》を振り下ろすことに似ている。絹秀は嫌がらせというよりも、誠意を測るためのあくまで自然な発想として、この方法を選んだのだろうということが、玲琳には肌で分かった。だって、きっと玲琳が絹秀でも同じことを命じる。

(水の気が強いことも、わたくしとしてはなんの問題もございませんし)

黄家とは大地を拓く、土の気の強い一族で、土は水に打《う》ち克《か》つ。神器だという破魔の弓は、最初こそ「朱 慧月」の手を嫌がるように、弦を固く強張らせていたが、玲琳が根気強く構えているうちに、徐々にそれが緩んでいった。なんだか生き物に「言い聞かせる」ような感覚を抱く現象だ。もしかしたら単純に、引きすぎて弦が疲労しはじめているだけかもしれないが。

(手は痺れるけれど、徐々に精度は上がってきている。弓が、少しずつわたくしに寄り添ってくれているのを感じます。それが嬉しいというのは……おかしなことなのでしょうか)

玲琳は、かがり火だけが照らし出す、真っ暗な射場を見渡してみる。

最初は掃き矢だらけだったのが、今では、的の近くの藁《わら》に当たるようになってきた。先ほどは、一本が的の端をかすりもしたのだ。感じるのは手ごたえだけ――そこに、疲労や諦めといったものはなかった。

そう、自分は今、楽しいのだ。

心配性の女官たちに始終張り付かれ、行動を制限されていた玲琳時代とは異なり、誰にも迷惑をかけず、心行くまで困難を拓いていける、この状況が。

的の近くで揺れるかがり火を見つめ、彼女は慧月のことを思った。

（……慧月様、ごめんなさい。わたくし、じつはあのとき、見栄を張りました）

内心で詫びる。三日前、慧月と炎越しに会話したとき、玲琳は少しだけ、嘘をついた。

（乞巧節《たなばた》でわたくしが最初に願ったことは、『健康になりたい』というよりも……）

――楽になりたい、だった。

（わたくしはきっと、疲れていたのです）

どれだけ薬を含んでも、絶え間なく襲ってくる熱、吐き気。皮膚は手入れを忘れるとすぐに爛《ただ》れ、少しでも油断すれば気を失う羽目になる。好きなものも食べられず、人に心配をかけてはいないかと気を遣う日々。夜寝床に横たわるとき、朝には自分が死んでいるかもしれないと、いったい何度思ったか。

恐怖も、痛みも、繰り返せば慣れる。いや違う、本当は、すっかり心が疲弊しきってしまったのだ。

だから、玲琳は負の感情を手放すことにした。なにかを恐れること、痛みに呻くこと、憎むこと、怒ること、執着すること。それらは、激しく体力を奪う。

病のときにこそ鍛錬に打ち込んだのは、きっと、心を空っぽにするためだった。

(けれど……)

いよいよ痺れを無視できなくなってきた腕を揉み、玲琳は汗を浮かべたまま微笑む。

けれど、乞巧節の夜。ほうき星が、健康な体を与えてくれた。朱 慧月の体にいると、健やかであるとはこういうことかと、玲琳は毎日しみじみ感動するのだ。

大声で笑って、ただそれがしたいからという理由でなにかに打ち込んで。痛みを感じて、他人を構い倒して、それから怒る。毎日が鮮やかで、玲琳はときどき、泣きだしたくなるほどだった。

(慧月様。わたくし、本当に、感謝しているのです。そして、反省も)

かつて慧月は、玲琳がひとり高みにあって許せないと罵った。自分がそんな上等な人間とは思えないが、しかしあまりに周囲に対して無関心だったというのは、きっと事実だ。

(ねえ、慧月様。わたくし、今、すごく体力があるのです。心を忙《せわ》しなく動かすための、素晴らしい力が。だから)

玲琳は軋む腕を上げ、弓を構え直した。矢をつがえ、口割りに引いてゆく。

(みっともなく足掻いて、無茶をして――あなたを救わせてくださいませ!)

慧月を、あの体のせいで死なせたりしない。

――タァ……ン!

放たれた矢は、それこそ空翔《か》ける星のような素早い軌道を描いて、的に突き刺さった。

「あ……！」

見守っていた莉莉が、息を呑む。

矢は、的の真ん中に命中していた。

「…………！　やりました！　やりましたわ、莉莉！」

玲琳もまた、目を輝かせて快哉《かいさい》を叫んだ。

「ほらね！　ほらね!?　確実に、弓が寄り添ってきてくれている！　わたくし、まだまだやめません。まだ、いけます。わたくし、あと何本でも、何刻でも、この弓を引いてみせます」

興奮のまま、次の矢をつがえようと腕を伸ばす。

ちょうどそのとき、遠く離れた黄麒宮の方角から、わあっと明るい歓声が、夜風に流れて聞こえてきた。

玲琳と莉莉は、素早く視線を交わし合う。

恐らく——「黄 玲琳」が意識を取り戻したのだ。

しばし、目を閉じる。

静寂を縫って広がる、喜びの気配を感じ取り、玲琳はぽつりと呟いた。

「——……よかった……」

緩く下ろされた腕は、突然痛みを思い出したように、小刻みに震えている。

それをそっと撫でてから、玲琳は弓を抱きしめるようにして、胸の前で両手を合わせた。

「ああ。本当に、よかった……！」

胸に、喉に、熱いなにかが込み上げてくる。

その強い感情は、あっという間に全身を駆けあがり、目のあたりで雫になろうとしたので、玲琳は慌てて瞬きをした。

すぐに潤むこの瞳ではあれど、人前で涙は、流さないことにしている。

代わりに彼女は笑みを浮かべると、ぱっと莉莉を振り返った。

「莉莉。悪いのですが、鷲官所に向かい、かの方が目覚められたのか、確認してきてもらえます？」

「え、ああ……」

だが、頷きかけた莉莉は、なぜだかそこで不意に口をつぐむ。

彼女は眉を顰《ひそ》めて、なにかを検分するかのように、こちらを覗き込んできた。

「それはもちろん、しますけど……なんか……」

「どうしたのです？」

「あんた……紙みたいに、真っ白な顔色してません？」

「え？」

首を傾げようとして、玲琳はふと、莉莉がやけにふらついていることに気が付いた。

（あら？）

いや、違う。こちらがふらついているのだ。

自覚した瞬間、ぐらりと世界が揺れるのを感じる。

「あ、ら……?」

耳鳴りと、閉塞感と、微《かす》かな吐き気。なんだか、すごく久しぶりの――立《た》ち眩《くら》みだ。

(あ、しまった……急に、気を、緩めたから……)

この体ならなにをしても大丈夫と、いつの間にか過信していたが、そう言えば、ここ数日あまり睡眠も取らずに刺繍に励んでいた上に、今日は午前から胡旋舞を舞い、薬草を煎じ、そして夜遅くまで強弓を引いていたのだ。体はとうに限界を超え、気力だけで持っていた状態らしい。

(え……っ、そ、そんな、せっかくの、八日連続不気絶記録が……)

途絶えてしまう、と思った頃には、もう、膝頭が崩れはじめていた。

「あ……」

「ちょ……っ!」

莉莉の悲鳴とともに、堪《こら》えようのない痛みが、全身を襲う。

切羽詰まった叫び声と、なんとか肩を支えようとする手の感触を遠くに感じながら、玲琳は八日ぶりに、気絶した。

＊＊＊

（くそ……）

雛宮から大きく距離を隔てた本宮の寝室で、尭明は睨みつけるようにして月を見上げた。

少しは雛宮の状況がわからぬものかと耳を澄まし、けれど夜の静寂以外にはなにも鼓膜を打たぬことに絶望して、小さく息を吐き出す。それも、もう何度目かわからぬことだった。

「殿下。お眠りになれぬようでしたら、酒杯をお待ちいたしますが……」

扉の外に控えた宦官が、おずおずと声を掛ける。

「いや、よい。それより、黄麒宮からの報せはまだ来ないのか」

「申し訳ございません。看病に専念するあまりなのか、こちらへの報告が疎《おろそ》かになるようで……」

急《せ》いた声で問えば、宦官は平伏してそう答える。彼は、本宮と雛宮とを繋ぐ、伝令の役割を持つ官職であった。

「――よい。そなたの咎《とが》ではない」

尭明は努めて冷静に応えつつも、抑えきれぬ感情を持て余し、就寝用に緩く結った髪をくしゃりと乱した。こんな状況にあってさえ、小姓により美しく手入れされた髪。体は沐浴を済ませさっぱりとし、上質な調度品に囲まれた寝室には、最高級の香が焚かれている。

なにもかもが「完璧に」整えられた己の周囲を、尭明は忌々しげに見つめた。

そんなものより、今は、玲琳の手を取って支えたいのに。

（皇太子など、しょせん愛玩動物のようなものだな）

形のよい唇に、皮肉げな笑みが閃く。

皇后と連れ立って黄麒宮へと見舞いに向かったのも束の間、玲琳がいよいよ危篤状態と判明すると、尭明は即座に本宮に戻された。「至上の御身」に、万一のことがあってはいけないからである。

この国の、この後宮では、いつもそうだ。

国を継ぐ男児は、この上ない権力を与えられているようで、実際には、諍《いさか》いや不幸から注意深く遠ざけられ、恭しく籠に閉じ込められている。たとえ母妃が殺されようと、幼い妹が病に苦しもうと、いや、危機が身近であればあるほど、男たちは後宮の「外」に、即座に追い出された。戦い、傷付き、苦しみの声を上げるのは、いつも女たちだ。

犠牲を鷹揚《おうよう》に受け取るだけの冷酷さか、あるいは苦しみに気付かぬ愚鈍さがあれば、尭明は楽に過ごせたのだろう。

けれど、愛されるよりも愛することを望み、内側に入れた者をなんとしても守りたいと望む黄家の血が、こうしたとき、激しく彼の胸を掻き乱す。

直前に見た、力なく寝台に横たわる玲琳の姿を思い出し、尭明は強く拳を握りしめた。

「……不甲斐ないことだ」

「え？」

小さな呟きを捉え損ねたのか、宦官が慌てたように身を乗り出す。

尭明はそれに「いや」と首を振ると、形ばかり寝台に腰を下ろした。

そうして再び、心の内で呟いた。

(不甲斐ないことだ。好いた女の危機を前に、なにもできぬなど)

選ばれた女から引き継いだ精悍な美貌。優れた体格に、なにごともそつなくこなせる才能、五家の血を集めた末の龍気、至上の身分。だがそんなもの、いったいなんの意味があるだろう。

国内随一の薬師を手配し、病床での環境を最高のものに整えてやることはできても、こうして、相手が一番苦しんでいるときに、側にいてやることさえできない。

「あの――」

苛立ちに眉を寄せる尭明を見かねてか、伝令の宦官が、おずおずと口を開いた。

「黄麒宮からの報せでは、ないのですが……。鷲官の詰め所より、朱 慧月様が破魔の弓を引き続けているとの報告は、ずっと、上がっております」

尭明の逆鱗とも言える「朱 慧月」の名を出すことに、宦官は躊躇《ためら》いがあったようである。

無言で見返してきた皇太子に、ひとまず怒りを買うことはなさそうだと判断したらしい彼は、控えめな口調で続けた。それが、この場で彼に提供できる、数少ない朗報であったからだ。

「黄麒宮からと、鷲官から、それぞれ二名ほどずつ見張りを立て、こうして報告を上げさせているわけですが……少なくとも、かれこれ三刻もの間、かの雛女はずっと、弓を引き続けているそうです」

「三刻だと?」

およそ現実的ではない長さに、尭明が目を見開く。命じたのはこちら側とはいえ、本当にそこまでの長時間弓を引き続けるなど、おそらくは皇后自身も予想しなかったことだろう。

「はい。それも、一度朱駒宮《しゅくぐう》、というか、その一画にある粗末な蔵に戻り、黄 玲琳様のために薬湯を煎じた後にです。薬を手渡された藤黄たちから冷ややかに睨まれても、かの雛女は深々と頭を下げ、礼儀正しく去っていったと、報告にはありました」

「…………」

「鷲官に申し出て、射場を借りた後、彼女が真っ先にしたのは、自身の礼装の袂を切り取ることだったそうです。片方は、射場の拭き清めに。もう片方は、諜《ゆがけ》の代わりに。道着すらないからでございます。そして、それを手に巻き付け、食事すらも断って、弓を引き続けているのです。すでにその掌は、血を滲ませているとか」

想像を超える状況に、思わず言葉を失う。

宦官の表情にもまた、隠しきれない同情の念が浮かんでいた。

「最初は的どころか藁にも当たらず、掃き矢だらけだったとのことですが、徐々に、精度が上がってきているとの話もありました。鷲官の多くも、感心しているようです。黄家からは常に、刻々と病状が悪化する旨の報告ばかり上がっておりましたが、この半刻ほどは、そうした報せがぴたりと止みました。これは、必ずしも悪い意味とは限りませぬ」

私見を挟むことを恐れながらも、彼は慎重に言い添えた。

「もしかしたら……弦音が冴えるごとに、黄 玲琳様のご病状も、少しずつ、快方に向かっているのやもしれませぬ」

「………」

尭明は無言のまま、目を細めた。

朱 慧月が、そこまで献身的な人間であるとは思えない。

彼女は何度も嘘をついてきたし、思い付いたように、権力者の前で善人ぶった行動をとることだってたびたびあった。

だが――。

(少なくとも、今、弓を引き続けていることは、事実だ)

信じる、信じないの問題ではなく、それは純粋な事実だ。

そしてそれは、少なくとも尭明よりも、彼女のほうが、黄 玲琳の救いになりえていることをも示していた。

ちらりと、窓の外に視線を向ける。

遠く隔たれた夜空の向こう、女の手で不慣れに引かれた弓の音が、そっと降り積もっているような気がした。

「殿下、朗報にございます」

とそのとき、控えめながら、素早く扉を叩く者がいる。

声にほんのわずかに興奮を滲ませたその人物は、なんと鷲官長・辰宇であった。伝令に任せず、自らの足で報告に上がってくれたらしい。

「黄 玲琳殿の熱が下がってきているとのことです。薬師の見立てによれば、じきに意識を取り戻すはずとも」

「そうか……！」

心臓を掴んでいた見えない手が、不意に緩んだかのような心地を覚える。

「そうか……よかった」

寝台から立ち上がった尭明は、ふとそこで、己の体を見下ろす。

沐浴を済ませたばかりの、清潔な体。汚れひとつない白い装束。

彼は素早く思考を巡らせると、室《へや》の外に控えていた小姓に声を掛けた。

「しばし出かける。火を持て」

「殿下。気が急くのはわかりますが、黄麒宮に見舞うのは、せめて夜が明けるまで待たれたほうが」

「わかっている。向かうのは紫龍泉《しりゅうせん》だ」

慎重に制止をかける辰宇に、尭明はきっぱりと答えた。

思いもかけぬ行先に、冷静沈着のはずの鷲官長が、珍しく目を瞬かせる。

「紫龍泉？　というと、禁域の……？」

「ああ。幸い、身は清めてある」

紫龍泉とは、王宮の最奥、いくつもの森と滝の奥に隠れた小さな泉のことである。仙人が遺《のこ》したというその泉の水は、鏡のように澄んで真実を映し、肌を清めればたちまち傷を癒やすと言うが、それゆえに厳重に管理され、皇太子といえども簡単には取水を許されない。それを尭明は、今、この夜も明けぬうちに汲みに行くと言うのだった。

「殿下。恐れながら、紫龍泉の水は、怪我には効けど、病を癒やす効能には乏しいのでは……」

恐縮しながら宦官が申し出たが、尭明は静かに口の端を引き上げた。

「少なくとも、ただの水よりかは助けになるだろう。あの朱 慧月すら玲琳の回復に幾ばくか貢献したかもしれないというのに、俺がのんびりと寝室で夜明けを待っていていいはずがなかろう？」

先ほどの報告を使って応じれば、宦官はそれ以上なにを言えるでもない。

それを視界に入れながら、尭明は、己の体にふつふつとなにかが湧きあがるのを感じていた。

目の前の道を照らし、足を進めさせる力。その名前を、希望という。

そして、彼に希望をもたらしたのは、この世界に踏みとどまってくれた玲琳自身と――愚直に弓を引き続けた、朱 慧月の存在であった。

（おまえに、後《おく》れを取ってなどいられない）

力強く室の外に踏み出した尭明は、慌てて後を付いてくる小姓たちに、次々と指示を飛ばした。

「先触れを出せ。陛下に許可を取るための、硯《すずり》と筆も。無垢《むく》の布と油で巻いた松明と、泉に供える酒、それから新しい桶を持て」

そこで、少し考える。

手に血を滲ませるほどに弓を引き続けたという、朱 慧月。

「――桶は、二つ用意せよ」

きっぱりと告げ、尭明は月明かりの下を、堂々と進みはじめた。

＊＊＊

「ん……」

窓から差し込む月明かりを瞼《まぶた》に感じながら、玲琳はゆっくりと意識を浮上させた。

（ここは……？）

なにごとも経験と言うのか、気絶慣れしている彼女は、ごく無意識的に、周囲の様子と自身の体調を探り、手際よく現状を把握していく。

（ああ……。そうでした、わたくし、射場で倒れたのですね。まだ……夜ですか）

月の傾きから察するに、どうやら倒れてからさほど時間は経過していないようで、かつ、自分は今、朱駒宮蔵の、草を編んで作った寝床に横たえられているようだった。

おそらくは、莉莉が運んでくれたのだろう。あるいは、詰め所に声を掛けて、鷲官たちに手伝ってもらったのかもしれない。

いずれにせよ、迷惑をかけてしまったと、玲琳は横たわったまま眉を下げた。

莉莉は今、どこにいるのだろう。水を汲みに行ったか、それとも、薬を手に入れるべく、鷲官あたりに掛け合いに向かったか。

あまり上手とは言えないやり方で、右手に巻かれた布切れを見て、玲琳は淡く苦笑を浮かべた。

(手当てまで、してくれたのですね)

傷を認識した途端、なにやらずいぶん痛みだす。

玲琳は腕だけを持ち上げて慎重に布を解き、現れた傷口を見ると「あらまあ」と溜息を漏らした。

掌の皮膚はほとんどが剥がれ、赤い肉から、いまだ血が滲んでいた。

(慧月様の体には申し訳ないことをしてしまいました……)

まだ少し、頭がぼうっとする。

玲琳は横たわったまま、手つきだけは滑らかに、布を巻き直していった。

本当は清水と酒で清めたいところだが、ひとまず、止血が優先だ。幸い、布の巻き方にも、莉莉よりは心得がある。

(忙しい……とても忙しい、一日でした。こんなに濃密な日が、これまであったことでしょうか)

くるり、くるり、と布を巻き付けながら、彼女はぼんやりと、今日のことを思い返していた。それとも、慌ただしかったこの数日、いや、入れ替わってからの日々のことを、だろうか。

初めて人に罵られた。初めて黄麒宮の外に出た。初めて自分で煮炊きをし、寝床を編み、自制を忘れて趣味に耽《ふけ》った。愛らしい女官に出会い、親しい人の意外な一面を知り、怒り、笑い、反発し、挑み、そして――。

「痛い……」

玲琳は、布を巻き終えた右の掌を天井にかざし、じっとそれを見つめた。

笑いだしてしまいそうなほど全身が軋み、燃えるように熱い右手は、疲労でがくがくと震えている。

彼女はこの日、手放していた負の感情を――そして痛みを、ようやく、思い出したのだ。

「あ……ら、ら」

不意に、頬を涙が伝ってゆく。

零れ落ちるそれは、こめかみを滑り、耳朶《じだ》を打ち、髪を濡らして、草の寝床に溶けていった。

いったいこれがなんの涙かわからず、玲琳は困惑に眉を寄せる。しばらく考えて、やっと理解した。

自分は今、安堵したのだと。

止めるすべもなく、涙は、はらりはらりと落ちていく。

玲琳は一度だけ、嗚咽《おえつ》を漏らすことを自分に許した。

(知りませんでした……)

痛みは、緊張を解いた後にこそやって来ること。

涙は、安堵したときにこそ込み上げること。

それを玲琳は、今日、初めて知った。

その名を紡げない喉の代わりに、胸の内で呼びかける。

(慧月様……)

(あなた様が生き延びてくださって、よかった。本当に、よかった)

自分にできた貢献など、ごく些細なものかもしれないが、それでも、ともに回復を喜ぶことを、彼女は許してくれるだろうか。

ぽろぽろと涙をこぼしながら、玲琳は鸚鵡《おうむ》のように、よかったよかったと、同じ言葉を繰り返した。

心の弦が唐突に緩んでしまうこの現象を「安堵」と呼ぶのだろうと、頭ではなんとなく理解したものの、ではいったい自分がなんの緊張にさらされていたのかは、よくわからない。初めてのことだからだ。

おそらくは、自身の虚弱さのせいで、他者の命を奪ってしまうことが恐ろしかったのだろう。あるいは、連日の無茶を強いたこの体が、心まで巻き込んで悲鳴を上げていたのかもしれない。それとも、自分はずっと、もう思い出せないほど昔から、強く心を張り詰めさせて、生きてきたということなのだろうか。

わからない――――けれど、これまでになく、ゆらゆらと揺れる今の気持ちを、玲琳は好ましく思った。

揺れる心は頼りなくあれど、炎にも鼓動にも似て、温かい。

(ねえ、慧月様。やはりわたくし、あなた様に、感謝せずにはいられないのです)

淡く笑みを浮かべ、そっと右手を握りしめる。

いまだ血を滲ませる傷が、心の臓と一致して疼《うず》くのがわかった。

と、己の鼓動を聞き取っていた耳が、蔵の外の喧騒を捉える。

どうやら女性が話しながら歩いているようで、速度の異なる足音は徐々に、こちらに近付いていた。

「――から、……様はまだ……で」

片方は莉莉のようだ。苛立ったように、もう一人の人物に向かって話しかけている。

「ご報告は私からいたしますので。わざわざ筆頭様がお出向きにならなくても結構でございます」

相手は身分の高い女官のようだが、静かに話す人物なのか、声は聞き取れなかった。蔵の扉の前で一度立ち止まったらしい二人に、玲琳は慌てて、涙の痕を拭き取る。

「莉莉？　どなたかご来客ですか？　わたくしは起きて――」

なんとか身を起こし、外に向かって声を張った玲琳だったが、その言葉は中断されてしまった。

なぜなら、

「お目覚めでございますか」

冷えた雪原のような低い声とともに、軋む扉を開けたその人物は、藤黄色の衣をまとった女。

黄 玲琳付き筆頭女官、冬雪《とうせつ》だったのだから。

「冬雪……」

燭台の灯が眩しい。

目を細めながら、なぜここに、と言いかけて、玲琳ははっと口をつぐんだ。

なんだかこれは、牢での一幕の再現のようだ。

そういえば、そのとき彼女には、馴れ馴れしく名前を呼ぶなと言われていたのだ。これではまた、どぶネズミと怒鳴られてしまう。

(いい加減わたくしも、学習しなくては……)

ばつの悪さに、玲琳は頬を押さえて小さく溜息を落としたが、冬雪は意外にも、こちらを罵ってくることはなかった。

彼女は、頬に当てられた玲琳の手をじっと見つめながら、淡々と話すだけだった。

「黄家筆頭女官としてご報告申し上げます。渦中の方は、すでに意識を取り戻しました。不思議なことに、本当に、破魔の弦音が歪みなく聞こえ始めた頃から――あなた様の放つ矢が的に近付いてきた頃から、少しずつ、熱が退いていったのでございます。先ほど自ら起き上がり、あなた様の手配した薬も飲まれました」

「まあ、よかった……!」

「すると、残っていた熱もさらに退いてゆき、顔色も呼吸も落ち着きました。ですので、皇后陛下は弓引きを一晩とは仰《おっしゃ》いましたが、もう破魔の弓を鳴らしていただく必要はございません。恐らく陛下からも、後ほど、直々に礼と詫びが――」

彼女はなぜかそこで、唐突に言葉を途切れさせた。

「詫びが寄越されると、思い……」

人形のようであった瞳に、ふいに涙の膜が張る。

「冬雪？　……あいえ、黄冬雪、様？」

「その、止血布の巻き方」

無表情の顔に、透明な水滴だけが、ぼろりと勢いよく零れ落ちた。

「相槌の打ち方。微笑み方。困ると頬に手をお当てになる、癖」

燭台の細い明かりを頼りによく見てみれば、いつも隙なく整えられていたはずの冬雪の結髪は、まるで疲れ切ったように乱れている。細い眉がわずかに寄せられ、唇の端が、震えていた。

「……本当に、そうなのですね」

「え？」

「あの女が、玲琳様のお体と魂を引き離し、入れ替えた」

冬雪は燭台を投げ捨てるようにしてその場に跪《ひざまず》き、それから縋《すが》るように、玲琳を見つめた。

「あなた様が……玲琳様なのですね⁉」

悲壮な声での問いに、玲琳の瞳が揺れる。

はく、と口を動かした彼女と、涙を浮かべた藤黄の女官は、しばし無言で見つめ合った。

特別編

彼女と化粧

「あ、まだ見えますね、ほうき星」

中元節の儀を翌日に控えた夜。

遅くまで準備に駆り出されていた文昴《ぶんこう》が、雛宮《すうぐう》の廊下から身を乗り出し、なにげなく漏らした言葉に、鷲官長《しゅうかんちょう》・辰宇《しんう》は、つられて空を見上げた。

濃紺の夜空には、白い星々が散り、その遥か上方を、長く尾を引くほうき星が悠々と進んでいる。乞巧節《たなばた》の頃に比べればだいぶ小さく見えるようになったものの、未だ存在感を放つそれを、辰宇はさしたる感慨もなく眺めた。

「こたびのほうき星は、またずいぶんと明るい。これが百年前なら、国中が凶事を恐れて大騒動だったでしょうねぇ」

少しばかり露悪的な性格の持ち主である部下は、狐のような目を細めて意地悪く笑う。

そう、ほうき星は、つい百年ほど前までは、突然上空に現れることもあり、国を混乱と崩壊に導く凶兆と見なされていたのだ。

それが今や、観覧のためにわざわざ高楼まで建てられ、流星のように願掛けの対象にまでなったのは、ひとえに、ときの皇帝が、勅命でもって彗星《すいせい》を瑞兆《ずいちょう》と断じたためである。

それは、お抱え学者でもあった道士が、在位中に彗星がやって来て御代を滅ぼすと告げたからだったが、結局その予言は外れて道士は首を切られ、今頃になって、その勅命の恩恵が効果を現している。百年をかけて瑞兆に成り代わったほうき星は、今や、国のあちこちで心穏やかに見上げられ、手を合わせられていることだろう。

「僕なんて古びた田舎の出身ですから、いまだにほうき星を見ると、ちょっとぞくっと来ますけど、都の方々からすれば、今や、大層美しいものに映るんでしょうねぇ。都合が悪ければ、黒いものも白と言い、思わせる。いやはや、大陸を統べる至高の方の力強い姿勢には、まったく感服しきりですよ」

「不敬だぞ」

仕事終わりの解放感からか、軽口を叩く文昴を、堅物の鷲官長は低い声で窘《たしな》める。

だが辰宇とて、べつに、この国の皇族たちに、深い忠誠心を抱いているわけではない。職務なので制しただけだ。

ついでに言えば、ほうき星が瑞兆だろうが凶兆だろうが、それもまたどうでもよかった。

「軽口はそのくらいにしておけ。星は、星だ」

辰宇からすれば、世の中のものは大抵そうだ。

星は、星。

瑞兆だ、凶兆だと、好きに意味をなすりつけたところで、べつに、青白い星の輝きが増すわけでも、減るわけでもない。

だが、淡々と述べる上司が不服だったのか、文昴は肩を竦めた。

「やれやれ、そういう態度だから、鷲官たちにひそかに朴念仁って言われるんですよ」

「……おい、なんだそれは。そう言われているのか？」

「そりゃあ星なんて、言ってしまえば夜空に転がる石ころですよ。恋なんて欲望だし霊の正体は枯れ尾花ですよ。でも、そこに意味を見出してときめくっていうのが、人間が人間たるゆえんなわけじゃないですか」

「おい待て。言われているのか？」

辰宇が声を低め、重ねて問うと、ようやく文昴は「いやぁ」と曖昧な言葉を返す。

「言われているか言われていないかで言えば……まあ、言われてますよねぇ」

「…………」

冷え冷えとした美貌、その眉間に、くっきりと皺が寄る。

さすがにまずいと思ったのか、文昴はへらりと食えない笑みを浮かべ、言い訳を始めた。こういうときは、自虐混じりで反論しにくい空気に持っていくというのが、宦官のよく使う手だ。

「いえ、これはですね、それだけ彼らが、長官を慕っているということですよ。つまり、彼らは、長官に構ってほしいわけです。好いた男の視線をねだる女のようにね。けれど、長官は仕事一直線で、後宮の女官はもちろん、鷲官の媚《こ》びた視線にも、まったく動じないでしょう？　それで、やっかみ混じりに、つれない男のことを『朴念仁』だなんて呼んでしまう。いやあ、やはり、陽の塊を失うと、鬱々たる気に追い込まれるのかもしれませんねぇ」

「なにが『彼ら』だ。どうせ朴念仁だなんて言いだしたのはおまえだろう。反論しにくい自虐での言い訳をすれば、ごまかせるとでも思ったか」

だが、意外に鋭い上官は、文昴の欺瞞《ぎまん》をあっさり見抜く。ついでに、宦官独自の鬱屈を盾にするなと、さりげなく釘を刺した。

男性機能を残したまま仕える役人と、性別を失ってようやく後宮に入れた宦官には、えてして乗り越えがたい断絶があるものだったが、辰宇と文昴の間柄に限定すれば、それは当てはまらない。それは文昴が、貧困と性別を天秤にかけて、迷わず宦官の道を選べる割り切った人間だったからだし、同時に辰宇が、相手の心の機微に頓着しない人間だからでもある。

どちらも、性格に少々ひねくれたところがあるのは否めないものの、だからこそ、この二人は妙に馬が合うのだった。

「えー、なんでわかっちゃうんですかねぇ」

「おまえ以外に、長官を臆面もなくこき下ろす痴《し》れ者《もの》が、そうそういて堪《たま》るものか」

「こき下ろすだなんてとんでもない。むしろ、誘惑に負けない清廉な精神の持ち主だと、僕としては、そういうことを言いたかったんですよね、うん」

どう聞いても心の籠もっていない賛辞に、辰宇が冷ややかな一瞥を向ける。

旗色悪しと踏んだらしい文昴は、戦術を変えて、相手の非を突きつけることにしたようだった。

「だいたい、長官にも原因があるんですよ。いつ見ても鉄壁の無表情、言い寄る女になびかないのは結構なことですが、部下からの陳情や愚痴にも、まったく表情を動かさない。この方に人の心はあるのかなと、そのへんを心配されても、いやはや、僕はまったく不思議からぬことだと思いますよ」

その指摘には、辰宇も少々反論に悩む。

実際、常に淡々とした自分の言動が「可愛げのない」と取られることも理解していたし、前の職場で上司から排斥されたのは、それが原因のようなものだからだ。

整いすぎた顔立ち、温度を感じさせない、硬質な青の瞳というのは、ただそこにあるだけで、相手に緊張を強いるものらしい。

「……べつに、感情がないわけではない。と、思うのだが」

主張が曖昧になってしまうのは、己としても少し自信がないからだ。

皇帝という至高の権力者に手を付けられた母親は、辰宇を産み落とすと逃げるようにして姿を消した。周囲は腫れものに触れるように辰宇に接し、しかも厄介ごとを恐れるように次々と彼をたらい回しにしてくれたので、寂しいだとか、悲しいといった感情を覚える暇もなかった。さらに言えば、彼が属する玄家《げんけ》は、もともと感情の起伏に乏しい人間が多いので、無表情や寡黙さを矯正されることも、指摘されることすらあまりなかったのだ。

むしろ社会に出て、大げさに笑ったり、涙をこぼして泣いたりする人間を見ると、辰宇は静かに衝撃を覚えるほどである。もっとも、女の場合は、それがほとんどのようだが。

そうしたことをぽつぽつと語ると、文昴は目頭を押さえて俯き、やがてそっと辰宇の背を叩いた。

「長官……強く生きてください」

「待て。なんだその哀れみに満ちた眼差しは」

「僕、これで長男なんですよ……なんかね、出来の悪い弟を見ると放っておけないんですよね……。あ、長官のことじゃないですよ。ことじゃないんですけど……うん、よければ今度、花街の割引券をご用意しますね。女性に話しかける練習から、まずはしていきましょうねぇ」

「いらん」

すっかり生温かくなった眼差しと手を、辰宇はいらっとした様子で振り払った。

「あいにくだが、女には不自由していない」

「えぇっ!?」

「なんだ、その純粋な驚きぶりは」

演技ではなく驚いた様子を見せた文昴に、辰宇はむっとしたようだった。

「え……っ、ええっ、でも、いったいどうやって!? 長官、そんな冷ややっこみたいな雰囲気をしておいて、女を口説く言葉を吐けるんですか？ あっ、さてはやっぱり花街ですね！ 法外な料金を払って、完全お任せ態勢──」

「いよいよ失礼なやつだな」

辰宇は顔をしかめたが、それから不思議そうに首を傾げた。

「べつに金など払わずとも、じっと見つめれば、だいたいの女はしなだれかかってくるだろう？」

「……………」

文昴は両手でそっと胸を押さえて、淡い笑みを刻んだ。

「……僕、殺意って言葉の意味が、この年になってようやくわかった気がしました」

「不穏なやつめ」

「いや、そうでしたよね……長官は、異腹とはいえ、あの殿下の弟君なのですもんね……」

「殿下と比するなど失礼だ。殿下の場合、見つめるどころか同じ空間にいるだけで、女たちが発情期の猫のように色めきたつ」

色めきたつ女の中には雛女《ひめ》もいるはずで、この場合辰宇は、雛女をこき下ろすと同時に、尭明《ぎょうめい》のこともマタタビ扱いしているわけだが、その不敬には気付いていないようだった。

「だがまあ、そういうわけで、べつに色恋沙汰に不自由しているわけでもない」

文昴は次第に、残念な生き物を見るような目つきで、目の前の上官を眺めだした。

「……長官。言っておきますけどね、あなたが経験なさった、女との『それ』は、色恋なんかではありませんよ。恋というのは、もっと、胸が高鳴り、あれこれ思い悩むものなんです。だいたい『それ』のときは、長官から主体的に好意をもったり、追いかけたりしたわけではないでしょう？」

辰宇は顎をしゃくり、これまでの経験を振り返った。

たしかに、追いかけたことはない。というか、胸を高鳴らせたこともなかった。

ふいに沈黙した上官を見て取り、文昴は重い溜息を落とした。

「ほらもう、朴念仁のうえに、恋愛のど素人じゃないですか。やだやだ、そういう御仁に限って、遅咲きの恋に暴走するんですよ。部下として僕は甚だ心配です」

「……べつに、ど素人などということは」

「あります。たとえばですが、すごく気になる女性がいたとします。恋の始まりですね。さて、そうしたとき、男性にはどのような症状が起き、どんな行動を取ると思いますか？」

ここにきて、まさかの恋愛指南である。

意外に面倒見のよい、というか、この手の話題が好きらしい部下相手に、辰宇は面倒になりながらも、思い付いた答えを返した。

「押し倒す？」

「論外！」

だが、即座にくわっと牙を剥いて叱られる。

辰宇は怪訝な表情になった。

気に入ったからという理由だけで、奴隷だった母を抱いた皇帝《ちち》しか手本を知らない彼としては、なぜこれで叱られるのかがよくわからない。

宝石を与えること。身の安全を保障すること。そしてその身を抱くこと。それが、彼の知る「愛情表現」のすべてだ。かつ、女性から拒絶されたことのない美貌が、彼のその思い込みを強固なものにしていた。

「なぜだ。好いたなら、抱けばよいだろう」

「あなたね、心の機微の成長は赤子並みだというのに、どうしてやることは歴戦の色男のそれなんですか？　それともあなた熊かなにかですか？」

これで情緒に重きを置くらしい文昴は、もはや手をわなわなと震わせるありさまである。

「まずね、恋をしたら男になにが起こるか。そわそわするんですよ。自分が自分ではなくなるんです。いいですか、これが恋の初期症状ですからね。ちゃんと覚えておいてくださいよ」

「厄介な現象だな、それは……」

「そして、恋に落ちた男はなにをするか。口説くんですよ！　抱く前に、言葉を重ねる！　それ以前に、想いを重ねるべきです。想うというのはつまり、相手のことを想像するという意味です。相手の状況に心を砕き、気持ちに寄り添い、自分のことのように相手のことを考える。いいですか、これができてようやく、恋愛成就の第一歩ですからね」

「なんと面倒な」

辰宇があからさまにげんなりとしたのを見て取って、文昴はとうとう、遠い目になって、乾いた笑みを浮かべた。

「長官のあだ名を、『朴念仁』から『唐変木』に格上げしておきますね……」

「おまえが犯人だと自白したな？　本人の前で罵倒ぶりを深めると宣言するなどいい度胸だ」

いよいよ辰宇は眉間の皺を深めると、文昴に向かって掌を突き出した。

「今日の『下賜品』は返してもらおう」

「ええっ！　それは困ります！　やだなもう、全部冗談に決まっているじゃないですか！」

途端に文昴は慌て顔になり、さっと懐を押さえる。

「僕、本当は長官のこと尊敬してますって！　ほかの鷲官たちも、今日のことでかなり長官に惚れ込んだと思うんですよね。うん、金払いのいい上司って、本当に素敵だなぁ」

ぺらぺらと急に賛辞を紡ぎ出した彼の懐には、今、上等な玉が収められていた。

それというのも、中元節の儀を翌日に控えたこの日、主催者である金家《きんけ》がその立場を利用し、雛宮に化粧師《けわいし》や行商を招いたうえで、最終の「打ち合わせ」を行っていたからだ。

もちろん、前日になって今さら、本気で衣装や宝飾品の検討を始めるわけもなく、彼女たちがそうした「打ち合わせ」を行うのは、贔屓《ひいき》にしている行商を遇するためだ。飾り立てた雛宮に招き、事前に収めさせた品を披露することで、いわば儀式の前祝いを行っているのである。

さてその祝いの場で、行商たちは恭しく、鷲官たちにまで金品の類を献上してくる。一方、雛宮の風紀を預かる身としては、無償で金品を受け取っては、その行商たちの贈収賄を認めたことになってしまう。そこで歴代の鷲官長は、苦虫を噛み潰したような顔で、その金品に見合う「適正な」額を支払うのが不文律となっていた。これはあくまで鷲官長の判断で行われるものなので、私費から賄わなくてはならないのである。

幸いというべきか、辰宇は曲がりなりにも元皇子としてそれなりの俸禄《ほうろく》を与えられていたし、金を使う当てもない、無趣味な男である。これはいい男、と舌なめずりする行商の女たちの視線が煩わしかったこともあり、彼は値段を聞き出すこともせず、ぽんと大金を与えて女たちを追い払ってしまっていた。

大量に収められた反物や宝飾品、化粧品は、すでに文昴に押し付け、鷲官たちに適宜配分するように指示してある。かくして文昴は、ちゃっかり自身に最上級の宝玉を割り振ったというわけだ。女物とはいえ、宝飾品は売れば金になるし、取引の材料にも使える。

実際、多少堅物だし、いろいろと無頓着に過ぎるところもあれど、辰宇は上司としては実に鷹揚な人物だ。

一見気さくでお調子者だが、その実かなり好き嫌いの激しい文昴としても、辰宇のことは高く評価していた。

「長官も、少しは持っていかれはしませんので？　見たところ、反物は流行最先端の柄ですし、簪《かんざし》の類も一級品。化粧品も、まるでそれ自体が宝飾品のようにあつらえられていて、見るだけで心が弾むじゃないですか」

「いらん。女でもあるまいし」

「またまた。僕たちと違って、長官は、女性に贈ることだってできるでしょうに。ほら、春の訪れですよ、春！」

「贈る当てなどない。今は夏だし、じきに秋だ」

文昴がほらほら、と媚びるように金品を差し出してくるのを、辰宇は煩わしそうに振り払う。

だが、その手に載せられているのが、目にも鮮やかな朱色の口紅であったことを見て取り、彼はふと、動きを止めた。

燃える炎を思わせる口紅は、金箔をまぶした貝殻の中に、品よく収められている。

（……彼女は）

そのとき、脳裏に、朱色の衣をまとった女の姿が浮かんだ。

（中元節の儀に臨むための、用意はあるのだろうか）

獣尋《じゅうじん》の儀を終えた彼女——朱《しゅ》慧月《けいげつ》は、次に蔵で会ったとき、雛女であるにもかかわらず、粗末な衣に身を包んでいた。

——申し訳ございませんが、御前を失礼してもよろしいでしょうか。

真っすぐにこちらを見つめる、あの澄んだ瞳を思い出す。

礼儀正しいのに、武技に秀でた辰宇にすら隙を感じさせせない迫力を、その姿は帯びていた。

——殿方のいない場所で、身を整えてやりとうございますので。

心から女官を気にかけていたようであった口調。実際、あのときの彼女は、指先にいたるまでが美しく整えられていた。衣は貧相で、化粧気もなかったというのに、その姿勢に、表情に、えも言われぬ端整さが感じられたのだ。

（女という生き物にとって、化粧や衣装というのは、死活問題なのではないか）

ついぞ関心のなかった分野に対して、辰宇なりに一生懸命想像力を働かせてみる。

今日の金家の女たちを見る限りでも、儀式で目立つような華やかな衣をまとったり、己の顔が最も美しく見える化粧を施したりというのは、とても重要なことなのだろう。なにしろ彼女たちは、皇太子の寵《ちょう》を競うために集められた、雛女なのだから。

だが、朱貴妃に見放された今の朱 慧月には、おそらく、十分に着飾るための用意がない。

辰宇からすれば、べつに雛女など、健康な子を孕《はら》めるのならば、見た目など関係ないように思うが、もしかしてもしかすると、みすぼらしい出で立ちで儀に臨むというのは、とても、心細いことなのではないか。

（例えば、丸腰で戦に臨むような）

その比喩に背中を押された気がして、辰宇はおもむろに、文昂の突きつけた口紅を手に取った。

丸腰で戦おうとする女に武器を渡すということなら、雛宮内の公平を守る鷲官長として、妥当な行いと、言えなくもない。

「お？　長官、もしや、どなたか贈る当てを思い出されました？」

「いや……贈るというか……配給、というか」

曖昧に応じながら、辰宇は、口紅を引いた朱 慧月の姿を思い浮かべた。

あの、凛とした笑みを浮かべる唇に紅を差したら、どうなるのだろうか。

強さの滲む目尻に朱を入れたら、あるいは、引き締まった頰に淡く朱を滲ませたなら。

きっとそれは、さぞ――。

「いやいやいや！　なに仰《おっしゃ》るんです！　口紅を渡すなんて、求愛のど定番じゃないですか」

だが、勢いよく放たれた文昴の言葉に、辰宇は物思いを引っ込めた。

「……なんだと？」

「いや、だって。男は自分が脱がせたいものを贈るというのが、世の中の通説でしょう？　衣を贈るのは脱がせたいから。となれば、口紅を贈るのは、それを拭い取りたい……つまり、熱い口づけを交わしたいから。そういう意味になりますよ」

きっぱりと断言されて、辰宇は渋面になった。

「意味」。まただ。

「……やはり、いらん」

「え？　いいんですか？」

「おまえにやる。好きにしろ」

「えっ」

せっかく手にした口紅を相手に突き返すと、文昴は慌てたようだった。

だがそれも無視して、辰宇はさっさと、雛宮の回廊を引き返す。いい加減に仕事を切り上げなくては、明日の儀式に万全の体調で臨めない。

（なにが、求愛だ。くだらない）

言いようのない憤慨は、いったいなににによるものか。

瑞兆だろうが凶兆だろうが、星は星と言い切った一方で、求愛という意味を知ったとたん、口紅を渡せなくなってしまったこと。

好きな女は押し倒す、と疑問なく決め込む一方で、窮地に立たされた女の心情を、不慣れに想像してみせたこと。

己の矛盾に、まだ男は気付かない。

「まさか長官……ぼ、僕の唇を……？」

ついでに言えば、背後の文昴が、己の唇をびくびくしながら庇ったことも、幸か不幸か、気付く辰宇ではなかった。

＊＊＊

寝室の窓の向こうに、未だ尾を引くほうき星を認め、尭明は静かな溜息を落とした。

悠々と夜空を進む星が脳裏に呼び起こした人物は、べつに、名前の一部に星の意味を含む朱 慧月などではない。彼が思いだしたのは、たとえ百年前の勅命がなかろうと、きっと彗星のことを「瑞兆」と見なすのであろう、最愛の少女のことだった。

黄《こう》 玲琳《れいりん》は、醜く澱《よど》む泥を見ても、そこに咲く蓮の美しさを思い、空を駆ける禍《まが》つ星《ほし》を見ても、純粋にその美しさに見惚れるような、そんな人物だったから。

(……このところの玲琳の容体は、一向によくならぬな)

ぎし、と寝台に腰を下ろして、尭明はなんとなく脇に配置された棚を見つめる。

月光が注ぐ黒塗りの棚の上には、小ぶりな貝に収まった口紅が置かれていた。少し前に、母后・絹《けん》秀《しゅう》のなじみの行商から買い上げた品だ。淡い花のような色をしたそれは、きっと玲琳に似合うと思ったのだ。

だが、乞巧節《たなばた》での事件以降、彼女はずっと寝台に臥せっているので、尭明はそれを渡せずにいた。あの淡雪のような肌は特別繊細で、彼女自身が調合した以外のものを身に着ける際は、せめて万全の体調のときでないと、と女官たちから強く懇願されているからだ。むろん尭明とて、玲琳の肌に負担をかけてまで、好意を押し付ける気はなかった。

(玲琳と出会ってから、もう五年以上になるのか)

それ自体が宝飾品のような、上品な口紅を見ていると、記憶はいやおうなく、聡明な従妹と出会った頃へと引き戻される。

彼らの出会いとは、このようなものであった。

十五になったその年の清明節、尭明は母后に連れられて、黄家を訪れていた。その前年に、絹秀の父方の親戚に不幸があったため、先祖を祀《まつ》るこの節に墓参りを済ませたいと、特別に帰郷が認められていたのである。

「ちょうど、姪の玲琳も遊びに来ていることだろう。妾《わらわ》が知る中で、最も美しく、最も聡明な女子だ。おまえも楽しみにしているがいいぞ」

久々の実家で上機嫌に寛《くつろ》ぐ絹秀をよそに、尭明はそつなく「はい」とだけ返す。

女の言う「美女」とはだいたい誇張で、「聡明」とは小賢しさの意味であるということを、そのときの彼はすでに知っていたし、なによりも、生まれながらにまとった龍気のせいで、望むと望まざるとにかかわらず、あらゆる人間がこちらに媚びてくる状況に、彼はうんざりしていた。

尭明とて年頃の男、それがもし、美しい異性からの控えめな眼差しだけであったなら、悪い気もしなかったのだろう。だが、物心ついたときから、乳母に攫《さら》われかけ、武官に押し倒されかけ、はては宦官にまで倒錯した視線を向けられるとなれば、話は別だ。さらに言えば、女は物理的には無害であることが多いが、執念深かったり、陰で足の引っ張り合いをしたりと、なかなか厄介である。平たく言ってしまえば、当時の尭明は、そのとき女という生き物全般に嫌気が差していた。

(まあ、こたびも、適当に話を合わせておけばよいか)

室《へや》に備えられた碁で無聊《ぶりょう》を慰めながら、尭明はそんなことを考える。

龍気によって周囲が蛾のように惹かれるのは難儀なことだが、それもまた龍気で蹴散らせばいいだけなのだから、簡単な話ではある。ひとまず「愛らしいことだ」とでも告げて微笑めば、幼女から高齢の女まで即座に静かになったものだし、どうしてもしつこいなら、軽く睨みでもすれば、青褪《あおざ》めて退いていくのだから。

聞けば、黄 玲琳はやっと十の歳を数えたばかり。ようやく生まれた黄家の女児、しかも母親を早々に失ったということで、父親や兄から溺愛されて育っているそうだし、その自尊心をくすぐるのは、赤子の手をひねるより容易なことだろう。

だがその見立ては、その晩、絹秀たちのために設けられた宴の席で、早々に裏切られることとなる。

「お初にお目にかかります。玲琳と申します」

早朝に採った新火で燃やした燭台のもと、しずしずと現れた彼女は、まさに天女もかくやという美貌の持ち主であった。

滑らかな白い肌に、柔らかな色味の豊かな艶髪。長い睫毛《まつげ》は頬にあえかな影を落とし、その頬もまた、朝露を受けた花のように淡く上気している。

容貌はいまだあどけなさを残すのに、凛とした眼差しに、十歳というのが信じられぬほどの知性と品を感じさせる少女であった。

そう。彼女はまっすぐに、尭明のことを見つめてみせたのである。

媚《こび》も恍惚《こうこつ》とした色も含ませずに、ただこちらを射抜く瞳というのに、尭明は純粋に驚いた。

(彼女は、この龍気にあてられないと言うのだろうか)

自惚《うぬぼ》れのようではあるが、それまで、自分のことを見て平静でいられる女というのを、彼は母親以外に見たことがない。

だが玲琳は、尭明に控えめに応じ、微笑むものの、けっしてこちらに見惚れてくる様子はなかった。

「それでは余興に、我が家の舞姫の舞を披露するといたしましょう」

やがて酒も回り、上機嫌になった叔父、つまり玲琳の父が、誇らしげに玲琳を自席のそばに招き入れる。使用人に命じ、ぐるりと取り囲む座卓の中央を広く空けさせると、彼はそこに娘を立たせ、舞を命じた。途端に、黄家の侍女たちや、さらには無骨者と噂の黄家の息子たちまでもが、期待するように色めきたつのを、尭明は最初、少しばかり呆れて見守っていた。たしかに玲琳が美しく奥ゆかしい少女なのはわかるのだが、周囲の反応がいちいち大袈裟に思われたのだ。

たとえば、玲琳が美しい居住まいで座り続けていると、それだけで侍女たちはしみじみと目頭を押さえ、美味しそうに食事を口にすると、男たちは暑苦しく目を潤ませ、それを拭う。玲琳が月の美しさを讃える詩を読めば「すぐにでも石碑に刻もう」などと言い出すし、愛らしくはにかめば、複数名が胸を押さえて蹲《うずくま》る。万事がそんな調子なのだ。

なんでも彼女は少々体が弱いらしく、だからこそ、穏やかに笑っている姿を見るだけで、そのありがたさが身に沁み、始祖神への感謝が自然と湧き上がるとのことだったが、それにしたって、というのが正直な感想ではあった。

が――。

「それでは、伯母様とお従兄様《にいさま》の、ますますのご健康とご活躍をいのりまして」

わずかに幼さの残る口調でそう告げて、ひらりと舞いはじめた玲琳を見て、たしかに尭明は、言葉を失った。

その姿が、あまりに神々しかったからだ。

手足は細く、ぴんと張った糸のように伸ばされている。かと思えば、ふっと宙に身をゆだねるように力を抜く姿は実にたおやかで、まるで風に遊ぶ胡蝶《こちょう》のような優美さがあった。

なにより、その、遠くを見つめる視線。

物憂げに目を伏せ、尭明のことすらすり抜けて、ここではないどこかを求めるような眼差しに、尭明は思わず、手を伸ばして抱き留めたくなる衝動に駆られた。

この腕の中に閉じ込めないことには、彼女の魂が、ふと現《うつつ》を離れて掻き消えてしまいそうに思われたのだ。

舞い終えた頃には、涙を浮かべて身を震わせる黄家の人間たちと一緒になって、夢中で手を叩いていた。

「見事であった。さあ、玲琳。近う寄りなさい。伯母上が、そなたに褒美をやろう。好きなものを好きなだけ、持っていくとよい」

絹秀も感動に頬を赤らめ、興奮した口調で玲琳を呼び寄せる。卓一杯に広げてみせたのは、日頃その手のことにあまり興味を示さない彼女がどうやって、というほど、大量かつ上質な化粧品の数々であった。

尭明はそれを見て、なんとなく興が削がれた思いを抱く。

このように穢《けが》れのない、天女のような少女が、虚飾の美を装う道具に興味など示さないだろうにと思ったからだ。

だが、その予想に反して、玲琳は、明らかにそれとわかるほど顔を輝かせた。

「まあ、伯母様。ありがとうございます。わたくし、とてもうれしいです」

いそいそと卓に寄り、熱心に矯《た》めつ眇《すが》めつしている。

その姿は、日頃熱心に己の顔をいじくりまわしては、媚びた視線を向けてくる女たちとなんら変わらないように見え、尭明は急に、舞の興奮が引いていくのを感じた。

「のう、尭明よ。玲琳はよき女子《おなご》であろう?」

「はい。愛らしいことですね」

満足そうに笑う母には、無難に応じる。

そのとき、玲琳はふと視線を上げ、まじまじとこちらを見つめたが、嬉しそうに頬を染めるでも、興奮に舞い上がるでもなく、また褒美の選別作業に戻っていった。

(なんだ……?)

わずかに引っ掛かりを覚えたが、隣の母が、「ほれ、おまえも禁城の男として、いくらかは化粧に詳しかろう。玲琳に似合う紅などを、見繕ってやらぬか。これなどどう思う?」などとせっつくので、溜息を押し殺しながらそれに応えた。

「いいですね」

これはつまり、どうでもいいですね、という意味だ。

だが、それを聞くと、絹秀は「ふむ」と片方の眉を上げる。

彼女はしばし考えるように黙り込むと、やがてぱたんと円扇を弾き、こう告げた。

「玲琳よ。どうせならじっくりと選びたかろう? 妾の息子を付けておくから、別室で十分に時間をかけるがよい。尭明、相手をしておやり」

「母上?」

まさかここで、二人きりにさせられるとは思わず、尭明は眉を寄せる。

だが絹秀は知らぬ顔だ。

「おまえはもっと、玲琳と話したほうがよい。せいぜい十の女子に、人生の手ほどきを受けるがよいわ」

実の母とは言え、ずいぶんな侮辱だ。

尭明はむっとしたものの、宴を切り上げる口実にはなると判断し、その言に従った。

多少の気疲れはするだろうが、十歳の幼女相手ならば、べつに押し倒されたり、目の前で裸になられたりすることを心配する必要もない。

玲琳とともに別室に移動し、そこでしばらくは、笑顔の仮面を貼り付けて無難な相槌を打っていたが、しかしそこで、尭明はあることに気が付いた。

密室で、これだけの近距離にいるというのに、玲琳はまるで尭明に気兼ねしたり、ぼうっと見つめてきたりすることがない。むしろ、化粧品のことを、やけに熱心に見つめて――いや、「観察」しているのだ。

「まあ。こちらの品は肌に触れると、ずいぶんと色が濃くなりますのね。これでは全体に伸ばすのは難しそうです……逆にこちらは、最初の色は濃いけれど、肌の上でよく広がりますこと。水で溶いたら……いえ、油に混ぜたら、もっと伸びがよくなるでしょうか」

玲琳はぶつぶつと呟きながら、手の甲に紅を塗り込んだり、ほかの色と混ぜ合わせたりしている。

そのうちの一つを実際に試すときも、鏡の前で誇らしげに微笑むのではなく、じっくりと色味や肌への負荷を測定しているようで、その姿はまるで、虚飾の美に没頭する女というよりは、薬草を選別する薬師か、そうでなければ、得物を目利きする武官かのように見えた。

「……なにやら、化粧品を前にした少女のようには見えぬな」

「えっ」

思わず呟くと、玲琳は慌てたように顔を上げ、目を瞬かせる。

「なにか、そそうがございましたでしょうか？　わたくしなりに、真剣に選ばせていただいているのですが」

「真剣なのはわかる。が、化粧品を前にした少女の態度として、一般的な様子には見えない」

「さようで、ございますか……?」

当人には、その自覚はないようである。あどけなさの残る瞳に、困惑と不安が滲んだのを見て取った尭明は、ばつの悪さを覚えて、咄嗟に発言を引っ込めた。

「もっとも、男の俺が、化粧のなんたるかを知るわけもないが。縁遠い分野に口を出すのは無粋でしかないな。忘れてくれ」

「まあ」

だが、それを聞いた玲琳は、ますます不思議そうに首を傾げる。

「殿方でも、……と言いますか、お従兄様も、とても上手に、お化粧をなさっているではございませんか」

「なんだと?」

これには尭明がぽかんとする。

この年にして、すでに精悍な美貌を誇る皇太子は、もちろん頬に白粉《おしろい》もはたいたことはないし、宦官のように、戯れに紅を差したことだってない。

なにを言い出すのかと、呆れた視線を寄越す尭明の前で、玲琳は少し困ったように、「ええと」と言葉を選びはじめた。

「あのう、『お化粧』というのは、美しく装うことで、合っておりますよね?」

「そうだな」

「それで、お従兄様のおっしゃる『愛らしい』というのは、『愚かだ』という意味でございますよね?」

唐突に投げ込まれた発言に、尭明は思わず目を見開いた。

「……なんだと?」

「違っていたら、申し訳ございません。先ほど耳にしましたとき、そのように思ったのです。あとは、たとえば『いい』というのは、『どうでもいい』という意味でございましょう?」

「……………」

非難するでもなく、挑発するでもなく。ただ純粋に、「太陽は東から昇りますでしょう?」と事実を確認するような口調がかえって、尭明から言葉を奪った。

この少女は見通しているというのだ。尭明の抱える冷ややかさも、鬱屈も。

そして次に玲琳が続けた言葉にこそ、彼は息を呑んだ。

「ですが、お従兄様はそれを、美しくお隠しになる。さらけ出すのではなく、耳に心地よい言葉を装われる。さすがだなぁと、見習わなくてはなぁと、わたくし、そう思ったのでございます」

澄んだ瞳を見れば、それが揶揄《やゆ》でも皮肉でもなく、心からの言葉であることは、すぐにわかった。

そしてそれがなおさら、尭明の心に刺さった。

彼女は、意地悪さを取り繕う尭明の言動を見抜いていながら、それを、周囲を不快にさせぬための気配りと捉えているのだ。

その時になって、尭明は気付く。

玲琳が熱心に手に取っているのは、大人びた風貌を実現するための眉墨でも、華やかさを演出する金粉でもなく、自然な色味の——そう、ちょうど血の気が差した頬の色のような、紅や白粉ばかりだということに。

「……おまえは、なぜ装う」

問いは無意識だった。いや、問うていながら、すでに頭のどこかで、答えがわかっているような感覚があった。

はたして、美貌の少女は、おっとりと頬に手を当てて、静かに笑ったのだ。

「わたくしの顔色がよいと、皆さまが嬉しそうな顔をなさるからでございます」

その、困ったような、照れたような微笑みを、そしてそれを見たときに、胸の内に走った震えを、尭明は忘れることができない。

いまだ幼さの残る、自分より五つも年下の少女。だというのに、彼女が眩しくてならない。腕にきつく閉じ込めて守りたいような、いいやそれとも、己の吐息すら掛からぬようにそっと見つめていたいような、不思議な心持ちに襲われ、彼はしばらく、なにも言えないでいた。

「——では、次に会う時には、おまえが好みそうな淡い色合いの紅を、山ほど用意しよう」

ようやく言葉が出るようになってから、なんとかそんな約束を取り付けて。

それから半刻もかけて、玲琳とともに紅を選び出し、宴席に戻る頃にはもう、尭明は、華奢な玲琳の手を取り、歩みを支えるほどにまでなっていた。

「どうだ、尭明？　玲琳は、よき女子であったろう？」

どこか浮ついた様子の息子を見て、絹秀が円扇の下から、にいと口の端を引き上げる。

尭明はそれに反発を覚えることもなく、「はい」と頷いた。

視線は、兄たちに嬉しそうに褒美の品を披露する玲琳のことを、追いかけている。

「彼女は、胡蝶です」

ふわりと、まるで春風が揺れるような笑みを浮かべる彼女を、尭明は熱心に見つめ続けた。

「なんとしてもこの手の内に留め、守りたい——俺の胡蝶です」

そうしてこの日から、黄 玲琳は、「殿下の胡蝶」と呼ばれるようになったのだ。


（玲琳ほど「化粧」のうまい女も、おるまいな）

懐かしさもあって手にした貝の口紅に、ふと苦笑を漏らす。

彼の胡蝶、玲琳は、あれから五年の歳月を重ね、さらなる美しさを身に着けた。ごてごてと飾り立てるのではない、内から滲み出るような清廉な輝き。ただし、その顔に浮かぶ笑みをも「化粧」と捉えるのなら、間違いなく彼女こそが、当代一の「化粧」の手練れだ。

だが――。

尭明はぎゅっと、貝殻を握りしめる。

（そんなおまえの素顔を見たいと望んだのは、俺の過ちだったのだろうか）

窓から覗くほうき星を見上げて、彼はそんなことを思った。

ともに過ごす時間が増えるうちに、尭明はどんどん欲深くなる己を感じた。

笑顔が見たい。喜ぶ姿が見たい。けれどそれでは足りないのだ、本当は、悲しみに零す涙や、怒りに歪む顔だって、すべてを、自分だけが、知りたい。

いつも穏やかで、可憐に微笑む玲琳のことを愛おしく思う。けれどどうか、もっと自分に心を許してほしいと思った彼は、だから、乞巧節の夜、戯れにこう願った。

――どうか、玲琳がまだ隠している一面までも、自分に許してくれるように。

はたして星は願いを叶えてくれたのか、あの夜以降、彼女は、耳を寄せる囁きにもくすぐったそうに応じ、こちらの胸に縋《すが》り、不安そうな表情や、苛立ちの感情を隠さなくなった。

連日の見舞いを、甘えた声で迎える彼女のことを、たとえば辰宇あたりは非難がましく見ているようだし、尭明からしても、その姿は意外に映ったものだったが、しかし、自身がそんな感想を抱くことすら憚《はばか》られた。弱った姿を見せられた途端に困惑するなんて、男の風上にも置けない。それだけ心細いのだと思えば改めて朱 慧月への怒りがこみ上げるし、だいたい、その素顔に――弱さに触れたいと願ったのは、ほかでもない自分自身だ。

（だが……）

それでも、ほんの一粒、ざらりとした違和感が胸の奥を擦っていく。

尭明は夜空から視線を逸《そ》らすことで、物思いを振り払った。

明日は中元節の儀だ。金清佳《せいか》とともに儀を執り行う者としては、万全の体調で臨まなくてはならない。早く寝台に潜り込み、しっかりと眠るべきだろう。そう、夜明け前に起きて政務を前倒せば、儀式前に玲琳を見舞う時間も捻出できるはずだ。

横たわり、強引に目を閉じた尭明の横では、物言わぬ貝に収まった口紅が、静かに月光を跳ね返していた。

＊＊＊

いまだ夜空に燦然《さんぜん》と居座るほうき星を見上げて、黄家の女官たちは、回廊を通るたびに両手を合わせた。

「玲琳様のご容体が、早くよくなりますように」

皆の口を衝《つ》くのは、それればかりだ。流星とは異なれど、ほうき星もまた、悠々とではあれ、空を駆ける星。どうか少しでも効果があるようにと、星に願を掛けるのは、このところすっかり彼女たちの習慣になってしまっていた。ひとえに、乞巧節の夜から、彼女たちの最愛の主人が、ずっと寝台に臥してばかりだからである。

「明日の中元節の儀には、間に合わなかったわねぇ……。ご欠席だなんて、残念だこと。玲琳様を盛大に着飾らせる機会だと、わたくし、ずっと化粧の腕を磨いてきたのに」

「仕方がないわよ。儀式の場でご活躍になるより、ご体調が第一だわ。ああ、でも、式典用の華やかな化粧を施した玲琳様は、まさに天女のようなお美しさだったでしょうね。……やっぱり、わたくし、もう少し祈っておこうかしら」

「そうよそうよ、明日まではまだ半日もあるのよ。ここから急回復なさる可能性もあるわよ」

「それもそうね。気合いよね。わたくしも、玲琳様の装い姿が見たいわ」

藤黄《とうおう》をまとう女官ともなれば、黄家の中でもそれ相応の地位の子女たちだ。必然その性質は、玲琳と同じく熱血で、しぶとくもなる。彼女たちは諦め悪く、うんうんと唸りながら、仕事の手を休めてほうき星に祈りはじめた。

「そこに突っ立って、なにをしているのです」

だがそこに、冬の雪原のように冷えた声が掛かる。

振り向けば、隙のない身のこなしで佇むその人物は、玲琳付き筆頭女官、冬雪《とうせつ》であった。

「申し訳ございません、冬雪様。玲琳様のご容体が少しでもよくなればと、星に願っていたのです」

「心がけは認めます。けれど、仕事の手を休めていい理由にはならぬでしょう。玲琳様のご健康を願うのは、女官として当然のこと。常日頃その思いを胸に刻みつつ、粛々と手は動かしなさいませ。玲琳様に冷えた水と手拭いを持ってくるために、あなたたち三人は厨《くりや》に向かっているはずでしょう」

「は、はい」

取り付く島もない叱責に、女官たちは首を竦めて返事をする。

そそくさとその場を後にし、冬雪の姿が見えなくなると、こそこそと囁きを交わし合った。

「ああ、怖ろしかったこと。さすがは氷の筆頭女官殿。遠縁とはいえ、玄家の血は伊達じゃないわ」

「あの方が感情を揺らすところを、わたくしたち、見たことがないものね」

「玄家の血が混ざっているせいで、血が冷えているのよ。きっと、怖いものなどないのでしょうね。玲琳様のご体調に一喜一憂するわたくしたちの気持ちなど、わからないのだわ」

叱られた反発もあり、女官たちは拗《す》ねた口調だ。

だが、冬雪の有能さと、主人への忠誠心の深さは、彼女たちから見ても疑うべくもない。

多少取っつきにくいものの、そうした相手も大らかに受け止める黄家独特の精神性もあり、彼女たちは結局、軽い溜息でこの事態をやり過ごすのだった。

「まったく、頼もしい筆頭女官殿ですこと」


(……ふん)

さて、回廊に残った冬雪は、冷めた顔つきで鼻を鳴らしていた。

彼女に流れる玄家の血は、女官たちが思っているよりは、濃い。身体能力に優れたその血は、彼女に鋭い嗅覚や聴覚を与えていた。冬雪は人よりも少々、耳がよいのである。

（陰口など、呑気だこと。そんな暇があるなら、玲琳様のための薬草の一本も摘みに行けばよい）

表情は動かねど、人一倍忠義に厚い彼女は、ごく自然にそんなことを思う。

ふと、悠々と夜空に浮かぶほうき星を見上げて、彼女は呟いた。

「……ほうき星よ。おまえは、瑞兆なのか、凶兆なのか」

今は流星と同じ、願を掛けられさえするほうき星。だが、古くから続く家柄の出である彼女としては、いまだ、かの星を見上げると、不安のほうが先に心をよぎる。

「怖いものがないだと？　笑わせてくれる……」

女官の陰口を思い出し、冬雪はわずかに目を伏せた。長い睫毛が、切れ長の瞳に淡い月影を落とす。

冷静沈着と言われる氷の筆頭女官にも、怖ろしいものはあった。

それはもちろん、最愛の主人を失うことだ。

玲琳が寝台で昏々《こんこん》と眠り続けるとき、いったい彼女はどれだけ頻繁に、呼吸を確認し、脈を取ってしまうことか。玲琳が回復して笑顔を向けてくるとき、いったい彼女はどれだけ胸を撫でおろし、天に感謝を捧げてしまうことか。そうした冬雪の心の動きを、誰も知る者はいない。

いや、唯一知る者がいるとしたら、それは皇后・絹秀であろうか。

かつては皇后付きであった冬雪を、「見聞を広めよ」との言葉で、玲琳付き筆頭女官に命じた彼女。

絹秀であれば、冬雪が今や深く玲琳を崇拝していることも、出会った当初は彼女を侮っていたことも、すべて、知っているであろうから。

「……玲琳様と出会って、もう一年が経つのか」

冬雪は、回廊に落ちる月影をぼんやりと辿りながら、雛女付き――玲琳の下で仕えるよう命じられた日のことを思い出した。


「わたくしを、雛女付きに、でございますか？」

その日冬雪は、偉大なる皇后に向かって、初めて語気を強めるという不敬を働いた。むろん、その命令が不服であったからだ。

二十三の若さで、雛女、それも最大勢力である黄家の雛女の筆頭女官となる――これは普通に考えれば、破格の栄誉と考えてよい。事実、それまでの冬雪は、かろうじて藤黄をまとっているとはいえ、皇后付きの女官の中では若輩の部類であった。それが筆頭を名乗れるのだから、興奮に頬を染めてもよいところだったが、冬雪はこう思ったのである。

「……わたくしに、なにか至らぬ点がございましたでしょうか」

「なぜそうなる。言うたであろう。妾はおまえを高く評価していると。玲琳は我が掌中《しょうちゅう》の珠《たま》。妹の遺《のこ》した大切な娘であるからこそ、信頼できるおまえに託すのだ」

無表情ながら、わずかに視線を落とした冬雪に、絹秀は軽く溜息をつく。

「まったく……一部では『氷の女官』などと呼ばれているそうだが、おまえもたいがい、暑苦しい女よなぁ」

「陛下だからでございます。さらに言わせていただければ、黄家の血を汲む人間は、たいてい暑苦しいものでございます」

自分は黄家の人間である、とさりげなく強調した冬雪に、皇后は軽く肩を竦めるだけだった。おそらく、目の前の女官が、玄家の血のほうが濃いことを理解しているからであろう。

冬雪自身、己の猛々しい性質は理解している。日頃は冷淡、というより、あらゆるものに興味関心が働かない。それでいて、いや、だからこそなのか、心を捧げる価値のある相手に遭遇すると、全身全霊をかけて相手に尽くそうとするのだ。

そして、このときの冬雪にとって、その尽くすべき相手とは、皇后・絹秀のことであった。国母の肩書にふさわしい、貫禄ある佇まい。聡明さ。度量の大きさ。そのどれを取っても、自分には到底たどり着けない境地を感じさせる。至高の存在に従い、手となり足となれることを思うと、冬雪は恍惚感すら覚えるのだ。

それゆえに、せっかくこうした出世を示されても、心はまるで動かない。むしろ、尽くすべき主人に突き放された絶望を思うだけだ。

黄 玲琳の優れた美貌や才能の噂は聞けど、しょせん十五にもならぬ少女。冬雪が絹秀に感じるような、偉大な統治者としての片鱗や、人生のすべてを任せてもいいと思えるほどの凄みなど、期待するほうが無理というものだろう。

「ですが……陛下のご命令とあらば、最善を尽くします」

絞り出した答えが、冬雪の精いっぱいだった。


さて、しぶしぶ筆頭女官の座を引き受けた冬雪だったが、絹秀から任された以上は、職務を怠るわけにはいかない。あらゆる努力を払い、最高の環境を整え、玲琳の参上を待った。

「あなたが冬雪様ですね。ふつつか者ではございますが、ご指導のほどよろしくお願いいたします」

そうして迎え入れたのは、たしかに、人相を紡ぐという麗筆神が、さぞや丹精込めて筆を走らせたのだろうと思わせるほどの、美しい少女ではあった。

咲き初めの花のような顔には品と知性とが滲み、手足は華奢なものの、懸念していたほどの貧相さも、やつれた印象もない。

ただし、はにかむような笑みと、柔らかな声は、冬雪にはさして好ましく映らなかった。

「……わたくしは女官にすぎませせぬ。どうかわたくしのことは、冬雪と」

「まあ。申し訳ございません」

「目下の者に、軽々しく謝られるのもいかがなものかと」

冬雪が敬うのは、あくまで皇后・絹秀だ。あれこそまさに、荒れ狂う海原すら鎮圧する、重き大地。

その貫禄、王者らしい堂々とした姿こそが、冬雪を跪《ひざまず》かせる。

それに比べれば、目の前の少女は善良なものの、あまり器は大きくないように見えた。

冷えた声で指摘された玲琳が、「申し訳……あっ」と口を押さえるのを見て、冬雪は視線を逸らした。

「礼などおやめください、雛女様。相手は浅黄《うすき》の女官でございます」

「ですが冬雪。わたくしのために、わざわざお花を探してきてくださったのですよ」

「化粧でしたらわたくしどもがいたします」

「ありがとう、冬雪。でもね、わたくし、こちらの紅を自分で試してみたいのです」

「宦官たちにまで貴重な茶を振る舞うなど」

「ずっとわたくし一人が持っていても、古びるばかりでしょう。美味しいうちに、皆に飲んでもらったほうが、お茶も喜ぶというもの。さあ鷲官様方、いつもありがとうございます」

それから何度、同じようなことが続いただろうか。

玲琳は聡明だった。天与の才なのだろう、指導するまでもなく、舞や書、刺繍など、姫君としてのあらゆる資質に優れ、心根も美しい。ただし、下級女官にまで絶えず笑顔を向け、なにくれとなく褒美を与える姿は、ともすれば媚びているように見えたし、なんでも自分で取り組もうとする姿勢は、上に立つ者としてははしたないように、冬雪には思われた。

玲琳はこの黄麒宮《こうきぐう》の、そして雛宮の主となるべき女なのだ。その笑みも、礼の言葉も、褒美も、やすやす振りまくべきものではない。

それに玲琳は、夕餉を済ませるとすぐに冬雪たちを退《さ》がらせてしまう。絹秀であれば、教養ある女官を交えて碁を打ったり、経典を諳《そら》んじたりと、研鑽を絶やさないのに。

十日も経たぬうちに、冬雪の中で「黄 玲琳は、生涯を捧げるに値しない相手」との結論が固まりつつあった。

だが、短期間で筆頭女官が退くとなると、玲琳の体面、ひいては絹秀の体面を傷付けることは、重々承知している。そこで冬雪は、筆頭女官辞退の内諾を得るべく、絹秀に面会を求めたのだが――

「なあ冬雪よ。おまえ、申《さる》の刻以降はなにをしておる？」

返って来たのは、想定外の言葉だった。

「申の刻以降、でございますか？」

「ああ。夜更けまで玲琳に付き添ったことは、あるのか？」

「それは……ございませんが」

申の刻と言えば、夕餉を終える頃だ。玲琳はそれ以降、室に籠もって過ごすので、冬雪も「寝るのが早いお方なのだろう」とだけ思って、特になにをするでもなかった。

口ごもる冬雪を見て、絹秀は静かに笑う。

そして、告げた。

「見て来い。結論を出すのは、それからでも遅くなかろう」

すべては説明してもらえなかったが、絹秀の言うことだ。冬雪は日が暮れてしばらくした頃、命に従い、玲琳の室へと忍び寄った。足音を殺すのは、得意だ。

扉の隙間から覗く玲琳は、すでに寝間着の白い衣へと着替えていた。寝台も整えてあり、いつでも横になれる状態であることがわかる。

しかし――月明かりだけが差し込む室の中、寝台のすぐ傍に立った玲琳が、なにをしているのかを理解したとき、冬雪は絶句した。

「…………！」

彼女は、舞っていたのだ。それも、ひどくゆっくりと。

腕を持ち上げ、下ろす。足を水平にまで持ち上げ、また下ろす。

それを、呼吸を五つも六つもかけながら、低く腰を落とし、続ける。支える足腰や筋肉に、相当な負荷が掛かっているだろうことは、玄家筋の女として武芸を嗜《たしな》む冬雪には、よくわかった。

「――……う」

ときどき玲琳は、吐き気を堪《こら》えるように、ふと口を覆う。

だがそれも、無言で俯き、呼吸を整えてやり過ごすと、次にはまた舞いはじめるのだ。

よく見れば、その背後の小棚には、無数の経典が積まれている。碁も、合わせていたのだろう香と香炉も、刺繍道具も、茶道具も、鍛錬の余韻を感じさせるあらゆるものたちが、そこにあった。

（なんという……こと）

冬雪は愕然として、光景に見入る。

いつも可憐に微笑んでいる黄 玲琳。天から惜しみなく才能を与えられ、優雅に佇んでいるだけの少女に見えたが、とんでもない。それは、凄みさえ帯びた努力に裏打ちされた姿だったのだ。

「…………っ」

と、玲琳が再び小さく呻き、今度は蹲る。しばらくそうしていたかと思うと、彼女は気合いを入れるように大きく息を吐き、その勢いで立ち上がった。棚の周囲の鍛錬道具をさっと片付け、もつれ込むように寝台に倒れる。なんとか寝具を引き寄せ、最終的には、寝ているだけに見える状態になった。

だが、具合が悪いのは明らかだ。

「……雛女様」

冬雪は意を決して、扉の外から声を掛けた。

返事はない。

「雛女様……玲琳様。冬雪でございます。入室のご無礼をお許しくださいませ」

やはり返事はなかったが、冬雪は覚悟を決めると、無断で室に踏み入った。

そのまま、寝台に横たわる少女を覗き込む。室にある灯すべてに火を入れ、確認したが、顔色はさほど悪くない。だが、これだけ煌々とさせても目覚めないことに違和感を覚え、冬雪は衝動的に、眠る玲琳の腕を取った。

「…………！」

熱い。そして、驚くほど脈が速かった。

病、それも重度のものに罹《かか》っていると見て間違いないだろう。念のため額に触れてみれば、燃えるように熱い。彼女は眠っているのではなく、気絶しているのだ。

（なぜ見抜けなかった……！）

己の不甲斐なさに舌打ちしながら、ふと冬雪は気付く。

額に触れた指の先が、さらりと白粉のような感触を拾ったからだ。

まさか、と思い、片隅にある水差しで手拭いを濡らし、その柔らかな頬を拭ってみる。

すると、ごく自然に上気したような淡い桃色が、布に移った。

代わりに現れたのは、熱に侵された、青白い肌だ。

「玲琳様……。これでは、気付けませぬ」

知らず、冬雪は途方に暮れたような呟きを漏らしていた。

何度諭しても、玲琳が自分で化粧を施していたのは、気さくさからではない。周囲に病状を気取らせぬためだったのだ。

冬雪は、胸に込み上げるなにかを飲み下し、眠る玲琳を揺さぶった。

「玲琳様、玲琳様！　いかがなさいました。大丈夫でございますか！　すぐ薬師を呼びますので！」

「……冬雪……？」

声が届いたか、玲琳がふと瞼《まぶた》を持ち上げる。

しかし彼女は、いかにも自然に微笑むと、「ああ」と優しく頷いた。

「大丈夫ですよ、冬雪。すでに薬は、煎じて飲みましたの。明日には熱も下がります。疲れると、すぐに熱が出てしまうので、困ったものです……」

語尾が眠そうなだけで、口調は穏やかそのもの。

玲琳は視線だけを動かすと、冬雪を見つめ、笑みを深めた。

「心配させてしまいましたね。ごめんなさ……ああ、また言ってしまいました」

「よいのです。結構でございます。そのようなことはもう、気にしないでくださいませ」

「そう……」

冬雪は、切羽詰まった声で訴えたが、玲琳はゆっくりと呟くばかり。

そうして、すぅ、と意識を再び溶かすその直前に、一言だけ付け足した。

「いつもありがとう」

その言葉に、冬雪は頬を張られたように黙り込んだ。

目を閉じた玲琳が寝息を立てはじめても、冬雪はしばらく、そのまま愚か者のように、寝台の傍らで跪き続けていた。

彼女は、理解してしまったのだ。

自ら化粧を施すのは、自立心からではなく、周囲の心配を避けるため。

そして、

（この方の「ありがとう」は、「さようなら」という意味なのだ……）

感謝の言葉を惜しまないのは、その相手と未練なく決別するためだと。

「玲琳様……あなた様は……」

おそらくこの少女は、冬雪の思っていたのをはるかに超えるほど、病弱なのだろう。きっと何度も、そう、気絶する状況にすっかり慣れてしまうほどに、命の危機に瀕してきた。夜寝たら朝には死んでしまう、という恐怖すら、幾度となく抱いてきたのかもしれない。

だから、彼女は礼を述べる。財は配分し、感謝はその日のうちに伝え、いつ死んでも心残りがないようにしている。十五にも届かぬ少女が、そうやって、生きてきたのだ。

病魔に侵された身をがむしゃらに鍛え、それを微笑みの下に隠しながら。

「あなた様は……っ」

冬雪の目に、涙が滲んだ。込み上げる思いが、荒ぶる水のように堰《せき》を押し流し、全身に満ち溢れてゆく。今はっきりと、彼女は、黄 玲琳こそが自分の主人であるということを、認めた。

この主人は、とびきりの化粧上手だ。偽りの色をした白粉をはたき、嘘という名の紅を差して、感謝の口調で別れ言葉を口にする。

これほど揺るぎなく――孤高な主を、冬雪はほかに、知らなかった。

「玲琳様。わたくしが、この冬雪が、お仕えいたします。どうかおそばに置いてくださいませ。どうか……わたくしには素顔を、見せてくださいませ」

やがて、冬雪はそう声を震わせる。握りしめていた手拭いを持ち直し、化粧を清めていった。四六時中化粧をしていて、体にいいわけがないからだ。

そうしてこの瞬間から、冬雪は玲琳第一の、忠実な女官となったのである。


（素顔を見せてくれ、か）

再びほうき星を見上げながら、冬雪はぼんやりと物思いに耽《ふけ》った。

その願いは、玲琳と近しいものなら、きっと誰もが胸に飼う類のものだ。

冬雪もまた乞巧節の夜、空駆ける星を前に、心の内でこう呟いたものである。

どうかこのお方が、素直な心を許してくださいますように。素顔を見せてくれたなら、たとえそれがどれだけ無様であっても、全力でお守りしますゆえ——と。

冬雪は無言でほうき星を見上げる。

かの星は、はたして瑞兆なのか、凶兆なのか。冬雪の願いは、叶ったようにも、叶わなかったようにも思える。

（近頃の玲琳様は、ずいぶんと感情を露《あらわ》にされる……）

高楼から突き落とされてから、玲琳は変わった。情緒は不安定になったし、外聞もなく寝込むようになった。もちろん、あれだけの事件を経験したのだから、しばらくは様子がおかしいのは当然だし、素直な感情を表現するようになったことは、まさに自分が望んできたことのはずだったのだが。

（だが……なんだ？）

冬雪は、その先を追及するのが、どうしても恐ろしい。

一歩間違えばそれは、「弱みを見せる主人は尊敬できない」と、至高の存在を切り捨てることになりかねないからだ。自分がそれを、望んだにもかかわらず。

「……怖いものがないなど、笑わせてくれる」

冬雪は再び呟くと、意識を切り替えるべく、軽く頭を振った。

女官たちを叱責したのに、自分がいつまでも回廊で星など見上げていては、示しがつかない。

中元節の儀までは、まだ半日ある。玲琳が冬雪の知るいつも彼女であるならば、ここから急激に回復して、にこやかに儀式に臨むことだって、十分ありえるのだ。そう、あの、ごく淡い化粧の力を借りて。

「とびきりの化粧道具を準備しておかねば」

冬雪は呟き、今度こそその場を後にした。

おそらく明日、その準備が生かされることはないのだろうと、半ば知りながら。

＊＊＊

「雛女様、お時間です」

「まあ、ありがとうございます、莉莉《りーりー》」

さんさんと朝の陽光が降り注ぐ蔵の中、水を張った桶を鏡代わりにした玲琳は、唇に添わせていた小指を離し、にこやかに振り向いた。

「ちょうどわたくしも、お化粧が済んだところです」

「はあ……」

莉莉は玲琳の全身を視界に捉えると、溜息のような、あるいは唸り声のような息を漏らす。

「どうしました？　あ、紅がはみ出していますでしょうか？」

「いや、そうじゃなくて……」

玲琳が小首を傾げると、莉莉は口を歪め、しみじみと首を振った。

「その……すごく、きれ……いや、よく化けたものだなぁと」

「まあ。ふふ、ありがとうございます」

ひねくれた賛辞にも、玲琳は気を悪くすることなく、ころころと上機嫌な笑い声を立てる。

あなたもとても愛らしいですよ、と玲琳は本心から応じたのだったが、莉莉は腑に落ちない様子で、首をひねるばかりだった。

「っていうかほんと、うますぎません？　すごい印象が変わる……凄腕の化粧師が、十年くらいかけてようやく会得する技術、くらいの域ですよ、これ」

「まあ、それは褒めすぎです」

年頃の娘らしく、化粧の技術に熱心な視線を寄越す女官に、玲琳は微笑ましさを覚えた。

「でも……そうですね。わたくしもそのくらいは、頑張りましたでしょうか」

「え？」

「いいえ。なんでも」

聞き損ねたらしい莉莉を笑って躱《かわ》すと、「さあ」と蔵の扉を開けた。

荒れ放題だったはずの梨園《にわ》は、あちこちですっかり畝が整えられ、いつの間にか細い道までできている。

雑草ひとつ生えていない、その剝き出しの土の道に、すっと足を踏み出すと、玲琳は背後の女官に誘いかけた。

「参りましょう、久方ぶりの雛宮へ」


空は息が詰まるほどの鮮やかさで、きっと今も青白い尾を引き宙を進んでいるはずのほうき星は、輝く太陽に隠れるばかり。

気になる女の装う姿を見たい、あるいは大切な者の素顔に触れたい――そんな人々の願いなど、知らぬとでも言いたげだ。

実際、玲琳は、この先に待ち受ける者たち、そして彼らが受けることになる衝撃などつゆ知らず、上機嫌に、雛宮への道を進みはじめたのだった。

あとがき

こんにちは、中村颯希《なかむらさつき》です。このたびは本作を手に取っていただきありがとうございます。

唐突な告白で恐縮ですが、私はしたたかでぶっ飛んだヒロインというのが大好物でして、これまでそうした女の子が登場する話ばかりを書いてまいりました。

いやいや今度こそは繊細で儚げで真っ当な、危機に陥ったら読者の皆様に心配してもらえるような女の子を書くのだと決意して本作を執筆したのですが、気付けば「鋼様《はがね》」とあだ名される、不敵な鋼鉄メンタル主人公が爆誕していました。ちなみに執筆&加筆量も不敵（?）で、一冊で物語の最後まで収まるかなと思っていたら、全然収まりませんでした。人生って、不思議なことの連続です。

それでも願わくば、皆様にはぜひドキドキしながら、玲琳《れいりん》を応援していただければと思います。

本作発売と同時に「月刊コミックゼロサム」様でコミカライズも始まりましたので（作画：尾羊英《おひつじえい》先生）、そちらにもぜひ熱いご声援をいただければと！

またこの場をお借りして、素敵なイラストを手掛けてくださったゆき哉《かな》先生、デザイナー様、編集者様に御礼申し上げます。そして手に取ってくださった読者様には、最大の感謝を。

どうかまた二巻でお会いできますように。

二〇二〇年十二月　中村颯希

初出……「ふつつかな悪女ではございますが」
小説投稿サイト「小説家になろう」で掲載

2021年1月5日　初版発行
2022年2月21日　第5刷発行

著者　中村颯希《なかむらさつき》

イラスト　ゆき哉《かな》

発行者：野内雅宏

発行所：株式会社一迅社
〒160-0022　東京都新宿区新宿3-1-13　京王新宿追分ビル5F
電話　03-5312-7432（編集）
電話　03-5312-6150（販売）
発売元：株式会社講談社（講談社・一迅社）

印刷・製本：大日本印刷株式会社

DTP：株式会社三協美術

装丁：伸童舎

ISBN 978-4-7580-9323-1

おたよりの宛先
〒160-0022　東京都新宿区新宿3-1-13　京王新宿追分ビル5F
株式会社一迅社　ノベル編集部
中村颯希先生・ゆき哉先生

ふつつかな悪《あく》女《じょ》ではございますが
～雛宮蝶鼠とりかえ伝《でん》～